Katharina Springer / Georg Lexer

INNEGEN

Widmung

Ich möchte das Buch meiner Frau Andrea, meinen Kindern Georg und Gina, meinen Schwestern Beatrix und Renata (†) sowie allen Kindern und Kindeskindern widmen.

Katharina Springer / Georg Lexer
INNEGEN. Leben und Tod im katholischen Widerstand

Lektorat: Wolbert Ebner
Fotos: privat
Covergestaltung: ilab.at
Titelbild von Brandy Brandstätter: „Abwehr als Pflanzenschutz“

Gesamtherstellung: Hermagoras Verein / Mohorjeva družba, Klagenfurt/Celovec

ISBN 978-3-7086-1285-0

Bundesministerium
Bildung, Wissenschaft
und Forschung

LAND KÄRNTEN
Kultur

Katharina Springer / Georg Lexer

INNEGEN

Leben und Tod im katholischen Widerstand

Mohorjeva
Hermagoras

Vorwort von Dr. Georg Lexer

„Zu manchen Zeiten ist Glück oft das, was man gar nicht dafür hält.
Vieles kann man erst später ordnen und beurteilen.“
(Dr. Georg Lexer; 1922–2011)

Es war ein Wintertag im Lesachtal, wie viele davor, der mein Leben veränderte. Ein friedlicher Tag ohne Schneemassen und Unwetter. Die Menschen in dem Hochtal waren nicht abgeschnitten von der Welt, wie so oft. Man freute sich auf die Faschingszeit an diesem diesigen, freundlichen Nachmittag im Februar, an dem die Schneeschmelze einsetzte. An jenem Donnerstag wäre ich fast gestorben und sah mir die Welt meiner Vorfahren von oben an. Ohne Übertreibung ist das die reine Wahrheit.

Am 21. 2. 2019 stürzte ich mit meinem Wagen 150 Meter in die Tiefe. Ich wurde nach diesem spektakulären Absturz von TV und Printmedien interviewt, weil es so außergewöhnlich war, dass ein Mensch so etwas überhaupt unbeschadet überleben konnte.

Hinter einer Autowerkstatt in St. Lorenzen geht es direkt und beinahe senkrecht 150 Meter den Hang hinab bis hinunter zum Gailfluss. Ein Moment der Unachtsamkeit beim Retourfahren und ich verlor den Halt. Das Fahrzeug überschlug sich zuerst einige Male seitlich, wich den wenigen Bäumen in der Böschung wie durch ein Wunder aus, kippte erneut und überschlug sich dann noch mehrfach der Länge nach. Es blieb schließlich mit dem Heck in einem etwa einen Meter hohen Schneefeld neben dem Fluss stecken, mit voller Wucht tief eingerammt in den Boden. Die Airbags lösten schon auf den ersten Metern aus und hingen wie Plastiksäcke einmal ober und dann wieder unter mir. Bei dem gesamten Absturz war ich bei vollem Bewusstsein, hielt mich mit aller Kraft mit einer Hand am Lenkrad und mit der anderen an der Handbremse fest. Zudem verkeilte ich einen Fuß zwischen der Bremse und der Kupplung. Den Kopf presste ich mit Gewalt gegen die Kopfstütze, hatte ich doch schon so viele Unfälle mit Querschnittlähmungen gesehen. Ich musste meinen Kopf schützen! Ich war voll da und erlebte nicht, dass mein Leben einem Film gleich an mir vorbeiraste, wie das so oft beschrieben wird. Sekunden vergingen, vielleicht Minuten, bis das Donnern und Drehen aufhörte, das Geräusch des Krachens von Steinen und vom Knicken der Äste abbrach. Es war still in mir, wie früher im Operationssaal, wo ich immer ruhiger wurde, je stressiger eine Situation sich entwickelte. Schon als Kind zog ich mich zurück, wenn es hektisch um mich wurde. Das war es oft in einer Familie mit fünf Kindern, die später, wie der Vater, alle Ärzte wurden.

So saß ich also in dem Vakuum meiner Flugkapsel. Mit einem gewaltigen Knatschen und Krachen des Metalls kippte der Wagen ein letztes Mal in Richtung der Fahrerseite. Mir fehlte die Orientierung. Die Augen öffnend, sah ich vor mir nur das Weiß des geborstenen Glases, das noch nicht gebrochen war. Vorsichtig rüttelte ich am Lenkrad, um mich zu vergewissern, dass ich wirklich nicht mehr weiter abstürzen konnte. Das Fahrzeug schien stabil, also löste ich die Hand vom Lenkrad und versuchte zur Beifahrerseite zu klettern. Mit viel Kraft hob ich die Beifahrertüre an und konnte aus dem Fahrzeug gleiten. Draußen sah ich erst, wie tief das

Wrack in der Erde steckte und dass es die Rückbank quasi nicht mehr gab, weil sich das Metall zusammengestaucht hatte, auch die Front des Geländewagens war nicht mehr vorhanden. Einzig die Fahrerkabine blieb intakt.

Ich hörte einen Arbeiter der Autowerkstatt und dessen großen Schäferhund eilig auf mich zulaufen. Beide waren die steile Böschung hinab gerutscht und erreichten atemlos den Wagen. Ich rief ihnen zu, dass ich unversehrt war, und spürte ein leichtes Drücken in meinem Schuh. Hier war wohl doch etwas passiert, aber wenigstens stand ich aufrecht und aus eigener Kraft vor dem Wrack. Sofort rief ich meine Frau, meinen Sohn und meine Tochter an, dass ich unverletzt wäre.

Dann spielten sich Szenen ab, die ich nur aus Actionfilmen kannte: Der Pilot lenkte den gelben Helikopter wie eine Libelle über das Wasser, die umliegenden Bäume nicht berührend, aber haarscharf daran vorbei, näherte er sich sehr vorsichtig. Das Dröhnen war betäubend, die Rotoren drehten in der engen Schlucht. Ich hob die Hände schützend vors Gesicht und versteckte mich mit Abstand hinter dem Autowrack, immer noch unsicher, ob es nicht doch noch auf mich kippen könnte. Der Pilot landete im Flusskies, ein Notarzt sprang heraus. Strahlend klopfte er mir auf die Schulter und meinte, dass er froh sei, dass ich ihm keine Arbeit mache und dass er einmal bei mir im Turnus war. Worte, die in dem Moment ungehört an mir vorüberzogen. Ich wurde also in den Helikopter gesetzt, völlig unverletzt. Mir war nicht einmal schwindelig, nur mein Herz raste. Das spürte ich, trotz der Druckwelle des Rotors. Es schlug noch. Ich lebte noch.

Wir hoben senkrecht nach oben aus der dunklen Schlucht ab. Je höher wir stiegen, desto heller wurde es. Die Sonne gleißte im Schnee, als der Helikopter nach vorne flog und eine Runde kreiste. Die Strecke führte uns über die Heimat meiner Vorfahren: über das Haus meines Großvaters, über das meines Onkels und über das Dorf, das ich mit vielen schönen Erinnerungen mit meinem Vater verbinde. Mitten im fortwährenden Piepsen des Cockpits und dem lauten Brummen des Motors wurde ich erneut still.

Ich blickte auf die alten Bauernhöfe aus Holz, auf die schmale Straße, welche in Serpentinen zu den Gehöften führt, und mir wurde bewusst, dass ich die Geschichten deren Bewohner noch nicht erzählt hatte, dass sie für immer verloren gehen würden. Ich stand unter Schock, aber ich war klar wie selten in meinem Leben. In diesem Moment erkannte ich zwischen Himmel und Erde schwebend, dass es Zeit war, die Geschichten meines Großvaters und Vaters zu erzählen, solange ich das noch konnte.

Hoch über den vertrauten Bergen war ich bei mir angekommen und fasste den Entschluss, endlich über meine Wurzeln zu berichten, sie zu würdigen und daraus zu lernen. Von diesen besonderen Menschen, von Vorbildern für die Begriffe Kraft, Willen, Glauben und Ehre. Es wurde Zeit, mit Hilfe meiner Familie in mich zu gehen oder, wie man hier sagt, zum „Innegen“.

Wrack in der Erde steckte und dass es die Rückbank quasi nicht mehr gab, weil sich das Metall zusammengestaucht hatte, auch die Front des Geländewagens war nicht mehr vorhanden. Einzig die Fahrerkabine blieb intakt.

Ich hörte einen Arbeiter der Autowerkstatt und dessen großen Schäferhund eilig auf mich zulaufen. Beide waren die steile Böschung hinab gerutscht und erreichten atemlos den Wagen. Ich rief ihnen zu, dass ich unversehrt war, und spürte ein leichtes Drücken in meinem Schuh. Hier war wohl doch etwas passiert, aber wenigstens stand ich aufrecht und aus eigener Kraft vor dem Wrack. Sofort rief ich meine Frau, meinen Sohn und meine Tochter an, dass ich unverletzt wäre.

Dann spielten sich Szenen ab, die ich nur aus Actionfilmen kannte: Der Pilot lenkte den gelben Helikopter wie eine Libelle über das Wasser, die umliegenden Bäume nicht berührend, aber haarscharf daran vorbei, näherte er sich sehr vorsichtig. Das Dröhnen war betäubend, die Rotoren drehten in der engen Schlucht. Ich hob die Hände schützend vors Gesicht und versteckte mich mit Abstand hinter dem Autowrack, immer noch unsicher, ob es nicht doch noch auf mich kippen könnte. Der Pilot landete im Flusskies, ein Notarzt sprang heraus. Strahlend klopfte er mir auf die Schulter und meinte, dass er froh sei, dass ich ihm keine Arbeit mache und dass er einmal bei mir im Turnus war. Worte, die in dem Moment ungehört an mir vorüberzogen. Ich wurde also in den Helikopter gesetzt, völlig unverletzt. Mir war nicht ein mal schwindelig, nur mein Herz raste. Das spürte ich, trotz der Druckwelle des Rotors. Es schlug noch. Ich lebte noch.

Wir hoben senkrecht nach oben aus der dunklen Schlucht ab. Je höher wir stiegen, desto heller wurde es. Die Sonne gleißte im Schnee, als der Helikopter nach vorne flog und eine Runde kreiste. Die Strecke führte uns über die Heimat meiner Vorfahren: über das Haus meines Großvaters, über das meines Onkels und über das Dorf, das ich mit vielen schönen Erinnerungen mit meinem Vater verbinde. Mitten im fortwährenden Piepsen des Cockpits und dem lauten Brummen des Motors wurde ich erneut still.

Ich blickte auf die alten Bauernhöfe aus Holz, auf die schmale Straße, welche in Serpentinen zu den Gehöften führt, und mir wurde bewusst, dass ich die Geschichten deren Bewohner noch nicht erzählt hatte, dass sie für immer verloren gehen würden. Ich stand unter Schock, aber ich war klar wie selten in meinem Leben. In diesem Moment erkannte ich zwischen Himmel und Erde schwebend, dass es Zeit war, die Geschichten meines Großvaters und Vaters zu erzählen, solange ich das noch konnte.

Hoch über den vertrauten Bergen war ich bei mir angekommen und fasste den Entschluss, endlich über meine Wurzeln zu berichten, sie zu würdigen und daraus zu lernen. Von diesen besonderen Menschen, von Vorbildern für die Begriffe Kraft, Willen, Glauben und Ehre. Es wurde Zeit, mit Hilfe meiner Familie in mich zu gehen oder, wie man hier sagt, zum „Innegen".

„Die Reise nach innen ist unendlich,
die Reise nach außen endlich."
(Dr. Georg Lexer, Autor)

Der weichende Sohn

(Stabenthein im Lesachtal, 1905)

Sie stapfen durch den Graben, den sie in die Schneewechten geschlagen haben, in Richtung Dorf. Der Schnee liegt über eineinhalb Meter hoch auf der Sonnseite des Tales. Sie sind viele. Die Köpfe der Älteren bewegen sich oberhalb der Schneelinie gleichmäßig nach oben und verschwinden immer wieder kurz ganz im Weiß. Sie tragen Mützen aus Wolle, Hüte aus Loden oder fest um den Kopf gebundene Wollschals. Die Jüngeren bewegen sich schweigend durch den Schneetunnel, setzen ihre Tritte konzentriert und wägen ab, ob sich die Fußstapfen des älteren Bruders oder der großen Schwester besser eignen, um das Tempo zu halten oder ob sie ihren eigenen Rhythmus finden wollen. Die Kirchenglocken läuten hallend, es ist nicht mehr weit. Die vertrauten Häuser tauchen vor ihnen auf, eng aneinandergeschmiegt in der sonnigen Seite des Tals. Viele Fenster sind vereist. Manche, vom Dunst der Rauchkucheln beschlagen, verheißen schon ein Mahl nach dem Kirchgang. Ob das reichlicher ist als ihr eigenes vermögen sie nicht zu sagen. Der Duft von getrockneten Birnen und Schmalz kriecht in die Nasen der Kirchgänger aus Stabenthein, als sie das Dorf betreten. Im

Wirtshaus neben der Kirche klappern Teller und Gläser, Pfeifentabakduft vermischt sich mit dem Geruch von geräuchertem Fleisch.

Vorboten der Weihnachtszeit, denkt Georg beiläufig, dann konzentriert er sich auf seine Füße, denn die geschnürten Schuhe drücken fortwährend vorne an den Zehen. Es sind die alten Lederstiefel seines ältesten Bruders, die davor schon zwei weitere ältere Brüder trugen. Er kann sich an kein Kleidungsstück erinnern, das nicht geflickt und gebraucht schließlich an ihn übergeben wurde.

Die Kinder grüßen nach rechts und nicken nach links. Die Burschen lauter als die Mädchen, die scheu nach unten auf den Boden blicken, während sie über die Stufen die Kirche betreten. Weihrauch vernebelt den Blick auf den Altar, der mit Fichten- und Wacholderästen geschmückt ist. Noch ist es nicht Advent, noch bleibt das Warten auf die schöne Zeit. Der Vater deutet den Kindern mit einem kurzen Wink an, dass sie in der gewohnten Bankreihe Platz nehmen sollen. Er selbst bleibt hinter der letzten Bankreihe stehen, nimmt den Hut an der breiten Krempe in die Hand, verschränkt diese in die andere und hält so den Hut schützend vor seinem Bauch.

Der Atem malt Rauchwolken in die kalte Kirche. Leises Gemurmel der Alten vermengt sich mit jungen, flüsternden Stimmen. Die Bänke sind von den Generationen der Familien vor ihnen durchgesessen, sie sind selten warm. Die Schulkollegen der Jüngeren ministrieren, ein verschmitztes Lächeln huscht einem Ministranten über das sonst so feierliche Gesicht. Der Priester betritt den Altarraum. Sein Talar schleift geräuschvoll über den ausgetretenen Mamorboden. Das ist das Zeichen für alle zu schweigen und sich zu erheben.

Josef sitzt direkt unter dem bunten Glasfenster. Der Älteste steht im Jahr 1905 kurz vor seiner Hochzeit, er wird

der rund um den Hof unterwegs. Immer ist es laut bei den Burschen, immer lustig und körperlich. Sie pinkeln und spucken zusammen, sie hüpfen von der obersten Tram ins Heu, sie jagen die Hühner und zündeln heimlich. Was dem einen nicht einfällt, weiß der andere anzustellen. An den Abenden spielen sie in der großen Küche, am Boden hockend, mit selbstgeschnitzten Holztieren und Figuren. Die Mutter spinnt oder strickt daneben, das Toben und Schreien oder Necken der Schwestern unterbindet sie. Georg ist seine gesamte Kindheit nie alleine, er ist stets in Gesellschaft, immer in engem Kontakt mit seinen Schwestern und Brüdern. Als ein eigenes Individuum versteht er sich kaum, selbst in der Schule sitzen die Buben beisammen, werden auch oft verwechselt. Sie halten zusammen, und dennoch werden sie sich bald voneinander lösen müssen. Die älteren Söhne sind nun in ein Alter gekommen, in dem sie sich entscheiden müssen, ob sie als Knechte ihres ältesten Bruders am Hof bleiben oder in die Welt hinausziehen. Sie verlassen bald der Reihe nach den Schoß der Familie. Wohlbekanntes hinter sich lassend, lockt nun, was hinter den Bergen ist.

Georg ist sich bewusst, dass er nicht mehr lange am großen Holztisch mit den anderen aus einer Pfanne sein Mus schöpfen wird, sondern fortgehen wird wie Anton, vielleicht als Holzknecht. Sein Bruder ist ein kräftiger Mann, der bald zu den Italienern hinübergehen würde. Dabei wäre er ein paar Jahre zuvor fast gestorben, schwach und rachitisch. Die Mutter versuchte ihn mit Preiselbeerkompott und Kräutern aufzupäppeln. Er sah wie ein Herbstkätzchen aus, dem man schlechte Überlebenschancen einräumt. Keiner wundert sich, wenn so ein Kätzchen nicht mehr da ist, denn das ist der Lauf der Natur. Der Stärkere kommt weiter, der Schwache muss gehen. So ist das an einem Ort, der nichts einfach so verschenkt. Jeder Bewohner muss kräftig bleiben und seinen Teil beitragen in einem Tal, in dem man jeden Tag die steilsten Wege bewältigen muss, um sein Vieh auf die Weide zu bringen. Sogar die höchstgelegenen Wiesen auf den Almen werden im beinahe senkrecht verlaufenden Steilgelände gemäht. Das Heu wird zuerst auf Hieflern getrocknet und dann in Schobern verwahrt. Von dort wird es im Winter mit Schlitten ins Tal gebracht. Nicht wenige Lesachtaler sterben bei dieser gefährlichen Arbeit.

Jeder Mensch hat seine Aufgabe und jedes Tier ist kostbar, wenn es mit so wenig überlebt. Im Winter wird oft nicht mehr mit Heu und Stroh gefüttert, sondern nur mehr mit Blättern der Buchen und Eschen. Ein Pferd ist ein großer Schatz für die harte Arbeit, doch nicht alle können es auch füttern. Jedes Schwein ist eine Versicherung, den Winter zu überleben, jedes Schaf gibt Wolle und damit Wärme. Jedes Korn wird im Herbst bei der Ernte aufgehoben, jeder Halm verwendet. Georg kann kaum laufen, als er für diese Arbeit eingeteilt wird. Ab dem Moment wird er vom Vater wahrgenommen, davor ist er ein kleines Kind, in jener harten Welt kaum beachtenswert. Es muss gewickelt und gewaschen werden, hängt an der Mutterbrust und hält sie von der Arbeit im Haus ab.

Georg kennt nichts anderes, er kennt keine Verschwendung. Nichts darf vergeudet werden, alles wird verzehrt, verwendet und geschätzt. Die Kindheit von Georg bleibt nicht ohne Missernten und Trockenzeiten. Das wenige Getreide muss gut eingeteilt werden, oft haben die Kinder Hunger, ihr Löffel fährt nach wenigen Bissen aus der großen Schüssel in der Mitte des Tisches ins Leere. Dann werden die Löffel in der Schürze abgewischt und wieder unter der Tischplatte unter ein festes Lederband gesteckt. Die Mutter sieht den Kindern an, dass sie nicht satt sind, sie selbst verzichtet dann oft auf ihr Mahl, kostet nur beim Kochen. Meist reicht es, um satt zu werden. Brei und Einbrennsuppen, dazu Wurzelgemüse aus dem eingezäunten kleinen Garten, verpflegen die Großfamilie. Im Sommer helfen gesammelte Pilze und Beeren, dem eintönigen Speiseplan mehr Geschmack und Süße zu geben. Vieles wird eingekocht und in Gläsern in der Kammer verwahrt. Das Brot liegt dort in Tüchern, damit es nicht schimmelt. Manchmal schneidet die Mutter die Scheiben dicker, manchmal aber auch so dünn, dass man fast hindurchsehen kann. Hafer, Weizen und Roggen wachsen gut, doch die harten Winter und Lawinen bringen viel Geröll auf die Ackerböden, die mühsam von den Steinen befreit werden müssen. Eine harte Arbeit, doch die Demut der Eltern vor dem Herrn ist groß, und kaum je kommt ein Wort der Klage über ihre Armut, die sie nicht selbst verschuldet haben.

Die Mutter steigt nach der Geburt der Jüngsten nicht mehr alle Sonntage entlang des Bachbetts und dann wieder hinauf bis in die Kirche nach Liesing, aber als Anton als Jugendlicher so schwach ist, dass er sterben könnte, marschiert sie wieder jeden Tag hinauf nach Liesing. Sie stiftet viele Kerzen in der Kirche und pilgert schließlich mit dem kränkelnden Jungen auf dem Wagen des Nachbarn zur Muttergottes nach Maria Luggau. Der Vater lenkt das Fuhrwerk und spricht auf dem Weg noch weniger als sonst, er treibt nur beständig das Pferd an. Am Platz unter der imposanten Wallfahrtskirche bleibt er stehen und hilft seiner Frau mit dem kranken Anton, der sich kaum auf den Beinen halten kann. Die anderen drei Buben schiebt er mit seinen großen, abgearbeiteten Händen vor sich her, den langen Kirchenraum entlang in Richtung des vergoldeten Altars in der Basilika. Für Georg ist es eine bleibende Erinnerung: Der schwarze Altar mit den goldenen Engeln und der Muttergottes, die von einem samtenen Mantel ganz umhüllt wird. Sie trägt einen halbnackten mageren Jesus halb in diesen Mantel geborgen. So ist sie einst der Bauerntochter Helena erschienen, erklärt der Vater brummend. Die Mutter hat sich derweil mit dem bleichen Patienten in den zugigen Durchgang zum Kloster gesetzt, der von vielen Votivbildern geziert an die Bitten der Pilger und kleinen Wunder erinnert. Sie hält Anton fest in Decken und in ein Schaffell gewickelt. Fortwährend murmelt sie leise vor sich hin. Der Rosenkranz zwischen ihren Fingern wippt bei ihren wiegenden Bewegungen sanft nach vorne und wieder zurück.

Georg möchte nicht, dass Anton stirbt und dann im Winter auf dem Dachboden liegt. Das ist mit dem alten Mann im Nachbarort geschehen, der im tiefen Winter starb und dessen Leichnam auf dem zugigen Dachboden oberhalb der Stube lag. Die Knechte haben ihn auf einer Bahre hinaufgezogen, wo er unter einem Leintuch liegenblieb, bis der Schnee so weit verschwunden war und der Boden auftaute, sodass man wieder eine Grube im Friedhof graben konnte. Der alte Bauer war tiefgefroren über die Weihnachtsfeiertage zwei Etagen über der noch lebenden Familie abgelegt worden. Die Familie besuchte ihn, räucherte und zündete Kerzen neben ihm an. Eigentlich war er gar nicht weg. Vielleicht würde Anton auch nicht weg sein? Aber er würde nicht mehr lachen und nie mehr mit ihm die steilen Wände hinunter zum Gailfluss stolpern, um dort Frösche zu fangen.

„Muata, ich bitte Sie. Anton isch mei liabschter Bruder, ihm derf nix g'schehen", fleht er die Mutter an. „Gott wird fir ihn sorgen, die gütige Muttergottes halt ihn warm in der Nacht", beruhigt sie Georg auf dem Fuhrwerk auf der Heimfahrt.

Wie der Besuch in Maria Luggau dem Bruder hilft, weiß Georg nicht mehr. Anton hat es nach Wochen auf der Bettbank neben dem Ofen liegend und lümmelnd geschafft, gesund zu werden und muss danach noch viel in der Sonne sitzen bleiben. Die Mutter gibt ihm allerlei Frauenarbeiten auf, wie das Flachskämmen auf der Bank vor dem Haus. Das verzagt ihn für eine Weile, bis er wieder mit Georg und den anderen rund um den gekalkten Stall und die große Holzscheune laufen kann. Wie dankbar die Mutter ist, beweist sie im Frühjahr darauf, als Anton einen kräftigen Wachstumsschub hat und fast um einen Kopf größer ist als Georg. Sie pilgert nur mit Anton allein rund 100 Kilometer weit bis zum Luschariberg. Sie bedankt sich, dass keines ihrer Kinder gestorben ist, dass sie alle aufgekommen sind. So viele Kleinkinder liegen auf dem Friedhof, oft nur noch notgetauft oder schon tot entbunden. Als die Mutter die dreiwöchige Reise antritt, sind Georg und seine Geschwister das erste Mal ohne die Mutter im Haus. Es ist seltsam kalt darin, obwohl es Frühling ist. Ihm fehlen die Gerüche und die Liedchen, die sie ganz leise beim Waschen summt. Nach ihrer Heimkehr drückt er sie fest an sich: „Muata, Sie sind wieder da. Dank dir, Herrgott." Der Vater verzieht über so viel Zuneigung die Mundwinkel nach unten. „Ist schon guat. Zerdrück sie nicht."

Erst wenige Wochen vor dem Kirchgang hat die Mutter die alten Stiefel des Bruders vom Getreidespeicher aus einer großen Truhe geholt, gesäubert und mit Speckschwarten eingerieben. Bis Oktober gehen alle am Hof ohne Schuhwerk. Sie marschieren bloßfüßig über die Felder, über die vom Tau und später von Raureif bedeckten Wiesen bis hinauf auf die Almen oder bis in die Schule. Nur im Wald bei der Holzarbeit brauchen die Burschen die Goiserer. In diesem Herbst und Winter ist Georg oft mit dem Vater und den Brüdern im Berg unterwegs. Frühmorgens, nach dem Füttern der Kühe und dem Ausmisten, machen sie sich auf den Weg, um den Tag zu nützen. Ist der Weg dorthin weit, dürfen sie auf dem

Fuhrwerk sitzen. Die meiste Zeit aber haben sie kein Pferd, weil sie es sich vom Nachbar ausleihen müssen. Sie ziehen die schweren Stämme weit hinunter und rollen sie, wo es möglich ist. Dann zerren sie diese mit den Sappinen und starken Stricken wieder weit den gegenüberliegenden Hang hinauf bis zur Schotterstraße. Es ist eine Schinderei, aber sie sind gut aufeinander eingespielt. Während die Brüder und der Vater sägen und fällen, putzt Georg die Äste von den Stämmen und beginnt mit dem Schälen der Rinde. Abends ist er so voll mit Baumharz, dass seine Hände nicht mehr sauber werden.

„Er hat ein gutes G'spür für die Orbeit", meint die Mutter eines Abends zum Vater, während die Älteren, in der Stube um den Ofen sitzend, Nüsse knacken. Der Vater stopft am Tisch sitzend bedächtig seine Pfeife. Er fährt sich, von der Nasenspitze beginnend, langsam über den Vollbart und murmelt, den Tabakrauch mit schmatzenden Geräuschen einziehend: „Er isch ein guter Arbeiter daheim, des wird er woanders woll a sein. Dünn, sege wohl, aber grad gewachsen und a zaches Mandl."

Während der Priester die Fürbitten spricht, hebt Georg die kleine Resi auf seinen Schoß und putzt ihr die Nase mit seinem Stofftaschentuch. Seine Hände sind rau von der Kälte. Resis Zöpfe kitzeln ihn in der Nase, unter der ein zarter Flaumbart wächst. Georg selbst hat bloß kurze Stoppeln unter seiner Haube. Seine Haare wachsen seit dem Sommer kratzig nach. Im Frühjahr werden die Burschen von der Mutter immer kahlgeschoren, sie möchte keine Läuse in ihren Betten und hat keine Zeit, sie aus den langen Zöpfen der Mädchen zu ziehen. Sie hatte ihr Weinen satt, wenn sie ihnen die Kopfhaut mit Petroleum einreibt. Der penetrante Geruch lag dann über allem im Haus, sogar über dem scharfen Essig vom Kraut in den Fässern.

Das Sonnenlicht trifft auf die bunten Glasfenster der Kirche und taucht die schwarzgekleideten Frauen in sanftes Gelb und Rot. Die Tage sind schon so kurz geworden, dass jeder Sonnenstrahl kostbar ist. Georg wartet ungeduldig auf den abschließenden Segen und möchte wieder hinaus und heim zur Mutter, die derweil für die Familie kocht. Georg ist immer hungrig. Oft knurrt nachts sein Magen, doch die Speisekammer ist fest versperrt.

Auf dem Weg zum Hof bemerken die vorauslaufenden Kleinen einen fremden Schlitten vor dem Haus. Er ist hoch aufgepackt mit allerlei Werkzeug und Rucksäcken. Obwohl die Neugierde da ist, bleibt man misstrauisch gegenüber Durchziehenden. Einzig der Vater ist nicht überrascht, sondern begrüßt den aus dem Haus tretenden Mann freundlich. Für die Kinder vielleicht sogar zu freundlich. Der Vater ist nicht nur streng zu ihnen, er hat auch kaum etwas für Fremde übrig. Der alte Josef begegnet Auswärtigen mit Misstrauen, Stolz und hartem Ton. Wer nicht hier geboren ist und aufwächst, ist es meist nicht wert. Ihm ist zuwider, wer zu viel plaudert, denn so jemand ist für ihn nicht ernsthaft, nicht gottesfürchtig oder gar ein großspuriger Lügner. Wer hier mit der Erde verwurzelt aufwächst und ihr alles unter schwerstem körperlichem Einsatz entlockt, ist wenig beeindruckt von Worten. Für ihn zählen Körperkraft und Demut vor dem Herrn. Der Viehhändler und der Holzkäufer sprechen viel, wenn sie an seinem Küchentisch sitzen, aber der Vater verkauft selten Tiere, das Holz bringt ihm mehr ein. Eben über diesen Holzhandel ist er auch dem Zimmermann begegnet, der nun winkend neben der Mutter im breiten Holzrahmen der Labntüre lehnt.

Aus der Sicht des historischen Kontextes:

Der Kreislauf des Lebens wird in einem Hochtal auf fast 1.200 Metern Seehöhe in erster Linie von den harten natürlichen Bedingungen bestimmt, dem folgt der tiefe Glaube seiner Bewohner, geprägt durch generationenübergreifende Traditionen und Rituale. Tief verwurzelt werden zwei Mächte nie angezweifelt: die der Kirche und ihrer Vertreter sowie die des Kaiserhauses, dem man mit unbedingter Treue und Verbundenheit zum Großreich Österreich-Ungarn begegnet.

Quelle: vgl. Engelbert Obernosterer, 2010

Kaisertreu an die Front

Georg ist das Gehen gewohnt, weite Strecken musste er schon als kleines Kind zurücklegen. Nun fühlt er sich mit seinem Rucksack fast verwachsen. Er packt ihn wieder und wieder, hängt die Werkzeuge an Schlaufen darüber und bricht auf zum nächsten Hof. Seinem Vater ist er nicht mehr böse, dass er ihn ohne Vorwarnung mit auf die Walz geschickt hat. Die Mutter vermisst er lange und auch die kleine Resi. Sie weint bitterlich, als er den Hof winkend verlässt und läuft ihm und Karel Blecha noch ein weites Stück nach. „Resi, werscht innegen! Kimbt eh woll wieda, da Jirgl!", schimpft die Mutter. Georgs Lehrherr Blecha stammt aus Böhmen, einem weit entfernten Teil der Monarchie. Obwohl er mit starkem Akzent spricht, versteht er sich mit Georg auf Anhieb gut. Er hat rötliches Haar und helle Haut, die er bei der Arbeit auf den Dachstühlen vor der Sonne schützen muss. Blecha hat immer ein Lied auf den Lippen, pfeift vor sich hin und lacht sehr viel über sich selbst und mit Georg. Solchen Frohsinn kennt er aus seinem Tal nicht. Er ist an viel

Gram und Auszehrung gewöhnt, sodass Blechas schallendes Lachen ihm zunächst unheimlich ist. Doch mit der Zeit eignet Georg sich vorsichtig einen feinen und schlagfertigen Humor an.

Georgs Lehrzeit ist eine Ansammlung von langen Arbeitstagen, an denen er über die Jahre viele tausend Holzstämme schultert und hebt. Wenn er hobelt, steigt ihm der Holzgeruch in seine Nase, wie zu Hause in den Wäldern. Das hilft ihm, seine Wurzeln nicht zu vergessen, obwohl die Heimat und das Hochtal inzwischen weit fort sind und damit auch seine Kindheit. Er wächst zu einem drahtigen und kräftigen Mann heran. Sein Schnauzbart ist dichter geworden, seine Schultern werden breiter. Noch zeigt er kein Interesse für die Mädchen, die ihn auf manchen Höfen bewundernd von unten anstarren, während er hoch oben mit seinem Hammer hantiert. Er hält sich zurück, wenn von den Männern derbe Geschichten erzählt werden oder der Schnaps zur Feier eines fertigen Hauses im Kreis herumgereicht wird. Georgs angeborenes Misstrauen gegenüber der Sünde und Völlerei machen ihn zu einem geschätzten Lehrburschen, der mit wenig auskommt und nicht viel fragt, sondern anpackt. Er betet vor dem Einschlafen leise, wo auch immer er nächtigt. Egal ob das in der Scheune oder einem fremden Bett ist. Oft schlafen die Männer unter freiem Himmel. Georg trägt die kleine Bibel seiner Mutter von Hof zu Hof im Rucksack wie einen Talisman. So folgsam und keusch hat ihn der Vater auch seinem Lehrherrn angepriesen, und so verdient sich Georg sein tägliches Brot, das auswärts viel reichhaltiger ist als er es kennt.

Mit den Jahren reift sein Interesse an der Welt abseits der Berge und der felsigen Grate. Umso schwieriger ist seine Rückkehr auf den Hof nach seiner Lehrzeit. Als der weichende Sohn, wie man die Burschen und jungen Männer nennt, die nicht den Hof übernehmen können, fühlt er sich nicht mehr sehr wohl. Das Willkommen ist herzlich, aber kurz angebunden. Der Vater lässt sich von dem Reichtum der Bauern abseits des Tales und Georgs Arbeit erzählen. Die Mutter zündet Weihrauch für den Heimkehrer an, die jüngeren Brüder umarmen ihn. Nur die kleine Resi schaut ihn missmutig und ängstlich vom Bett über dem Kamin aus an. Inzwischen ist sie ein mageres, hübsches Schulkind geworden. Georg hat sich zu sehr verändert, als dass sie ihn um den Hals fallen möchte wie einst. In dem dunklen Zimmer der älteren Burschen ist es leer geworden, bis auf den Ältesten haben alle das Haus verlassen. In seinem alten Bett findet er Ruhe, aber nicht sehr lange, denn ein guter Esser muss sofort wieder anpacken. In diesen Tagen wird ihm bewusst, dass er gefangen ist. Er wird ohne eine Stellung nie heiraten können und es nicht schaffen, eine Frau und Kinder zu erhalten. Diese Sorge ist berechtigt, denn viele sind schon ohne Arbeit in diesen Tagen. Man kann teilen, aber nicht bis ins Unendliche. Drei entbehrungsreiche Jahre ziehen ins Land, in denen Georg Gelegenheitsarbeiten als Zimmermann annimmt und als Holzknecht für den Bruder arbeitet.

An einem Sommertag im Juli 1914 stehen die Bauern und Besitzer nach dem Kirchgang auf dem Dorfplatz zusammen und rauchen. Georg lauscht dem hitzig verlaufenden Gespräch. Es wird Krieg geben, darüber ist man sich einig. Es gab ein Attentat in Sarajewo auf den Thronfolger und seine Gattin. Es wird wohl bald losgehen und die Jungen werden zuerst einberufen an die Front. Georg wischt sich über den Schnäuzer, er nestelt an seinem Taschentuch im Hosensack und erkennt seine Chance, wieder fortzugehen, diesmal noch viel weiter.

Nicht nur ihn begeistert diese Nachricht, viele andere junge Männer aus den angrenzenden Gemeinden treffen sich daraufhin, um sich freiwillig zu melden. Den greisen Kaiser und das Reich wollen sie beschützen, obwohl die Vorstellung von der Größe der gesamten Monarchie für die jungen Männer nicht greifbar ist. Sie haben davon noch nichts gesehen. Georg hat zumindest einen Teil davon in Südtirol kennengelernt, aber Blechas Erzählungen über dessen entfernte Heimat mit den fetten schwarzen Böden Böhmens, die bis zum Horizont reichen, bleiben in Wahrheit unerreichbare Märchenwelten für Georg.

Auf dem Weg zur Musterung erinnert sich Georg an die Heimatkunde in der Volksschule, als der Lehrer mahnend auf das Porträt des Kaisers deutete und über Heimat sprach. Er meinte, dass der Mensch geboren wird, um sie zu lieben und zu hochachten. Er schwärmte von dem schönsten Kaiserreich, in das sie die Gnade hätten, hineingeboren zu sein. Er sprach von den vielen Völkern: von den Ungarn und Bosniaken, den Kroaten und den Windischen; er erwähnte die Böhmischen und die Welschen, die allesamt von Wien regiert werden, wo der Kaiser auf seinem Thron sitzt. Seit bald 60 Jahren sorgt er für seine Völker wie ein guter Vater, der sie kleidet und beschützt und ernährt. Es ist schade, dass er im August Geburtstag hat, denn sonst hätten die Kinder frei. Wenn der Kaiser einmal ins Lesachtal kommt, dann werden die schwarzgelben Fahnen gehisst und dann singen sie alle gemeinsam „Gott erhalte – Gott beschütze". Das Lied probten sie viele Male und sahen dabei in die gekalkte Wand, an der das Bild des vielgeliebten Kaisers hing, direkt neben dem des Papstes.

Die vielen Völker sind schon lange nicht mehr zufrieden, unter dem einen gnädigen Vater vereint zu sein. Zu groß sind die kulturellen, sprachlichen und religiösen Gegensätze und Schwierigkeiten innerhalb des Vielvölkerstaates. Am 28. Juli 1914 erfolgt die Kriegserklärung, von der Georg während der Heumahd erfährt. Aufgeregt rennt ein Schickbub aus dem Nachbardorf über die Felder und hält dabei keuchend eine Zeitung hoch. Der Vater ruft den Buben zu sich, der ihm das verschwitzte Papier übergibt. Georg kommt näher. „Mobilisierungs-Kundmachung" steht auf dem Titelblatt in riesigen Buchstaben. Es ist Krieg, alte Werte und Bünde sind gebrochen. Es wird aufgerüstet. Es soll aber noch eine Weile dauern, bis Georg tatsächlich einberufen wird. Den Winter verbringt er abwartend, der darauffolgende Frühling wird zur Geduldsprobe.

Aus der Sicht des historischen Kontextes:

Von den heutigen Bundesländern Österreichs ist Kärnten gewissermaßen das einzige Frontland. Für die Kärntner Bevölkerung war der Krieg über Jahre allgegenwärtig gewesen, auch in den Ohren. Wenn die Windverhältnisse entsprechend waren, hörte man den Schlachtenlärm nicht nur von der karnischen Front und vom Kanaltal herauf, sondern auch vom Isonzo bis nach Klagenfurt. Da bei Ausbruch des Krieges mit Italien 1915 alle verfügbaren Truppen an anderen Frontabschnitten im Einsatz waren, wurde zunächst eine „Verlegenheitstruppe", bestehend aus jüngeren und älteren Freiwilligen, mobil gemacht. Ihr Ziel: Die Italiener so lange aufzuhalten, bis andere Truppenteile anrücken. Das ist an den Kärntner Frontabschnitten auch ganz gut gelungen. An einzelnen Frontabschnitten blieb die Situation aber noch lange Zeit danach militärisch prekär. Der Feind saß am Kamm, die Österreicher mussten sich auf halber Höhe eingraben.

Quelle: Der Kaiser schickt Soldaten aus. ORF-Interview, Wadl, 2014

Erst als die einst verbündeten Italiener im Mai 1915 aus dem Dreibund austreten und dem Kaiserreich den Krieg erklären, muss es rasch gehen. Die Eltern verabschieden stolz ihre beiden Söhne Anton und Georg. Die Grußworte sind innig und ohne Tränen, denn man glaubt an einen kurzen Einsatz. In vielen Häusern fehlt nun ein Sohn oder Ehemann, manche sind schon gefallen. Darüber spricht man nicht gerne. Der Pfarrer spricht seinen Segen für die Gefallenen von der Kanzel, aber die Jugend bleibt davon unbeirrt.

Anton hat sich in der Kaserne in Lienz zu melden, die Brüder umarmen sich und gehen in entgegengesetzte Richtungen davon. Georg folgt dem Weg östlich nach Kötschach, von wo sich die Truppen auf den Plöckenpass aufmachen. Die Lok der neuen Eisenbahnlinie bis ins Gailtal herauf steht fauchend am provisorischen Bahnhof von Kötschach. Georg sieht die Bahnlinie zum ersten Mal. Im Dorf hörte er zwar, dass sie im Eilzugstempo von russischen Kriegsgefangenen gebaut wird, um die Frontlinie zu versorgen, aber von den unzähligen Seilbahnen oder Transportwegen hinauf an die Frontlinie erfährt er erst bei seiner Stellung.

Er wird in der Baracke erwartet und eingekleidet. In seiner Uniform stellt er einen stattlichen jungen Mann dar. Georg hat mit 26 Jahren das erste Mal in seinem Leben neue Stiefel an, die nicht drücken. Bei der Einteilung in die Kompanie herrscht ein babylonisches Stimmengewirr. Junge Männer aus allen Teilen der Monarchie sind mit der Eisenbahn angereist. Sie versammeln sich, rücken ihre Mützen zurecht und hängen sich den Gurt für die Wasserflasche um den Hals. Sie sind in guter Stimmung, alle wollen aufbrechen. Sie fiebern dem Kommenden entgegen, ohne zu wissen, was das genau ist. Wie Georg sind sie stolz auf ihre Uniform, die ihren Trägern große Abenteuer verspricht. Ausrückend aus den Baracken, singen sie Lieder, die Georg von den Treffen der Freiwilligen im Ort bereits kennt. Auch er stimmt mit ein. Die Lieder verstummen, als man sich dem Ziel nähert, weil die Kameraden einerseits außer Atem sind und andererseits die

Feinde bereits überall lauern können. Der Anstieg auf die Plöckenpasshöhe ist in wenigen Stunden geschafft, Georg schwitzt nicht einmal, obwohl er seinen schweren Tornister trägt. Das Gewehr baumelt über der Schulter und fühlt sich kalt an, über die andere Schulter hat er einen Spaten geschultert. Noch ist es nicht Sommer und die Hochalmen sind nicht grün. Nur eine einsame Glockenblume, die im Wind schaukelt, prägt sich ihm ein. Die karstigen hellen Felsen der Karnischen und Julischen Alpen werden für beinahe zwei Jahre seine Heimat sein. Eine unwirkliche Welt, in der die Natur mehr Menschen das Leben nimmt als der Krieg.

Dort verteidigt er, stets weiterziehend durch Geröll und Steine, die heimische Frontlinie vor den Italienern, die er vor noch nicht langer Zeit seine Arbeitgeber nannte, die er kennt und ob ihrer Geselligkeit und Gastfreundschaft schätzt. Aber zwischen den pfeifenden Schüssen und den unzähligen Sprengungen im Hochgebirge ist das längst vergessen. In den Stellungen finden die Männer kaum Schlaf. Scharfschützen überwachen die kleinste Bewegung innerhalb der provisorisch in den Hang gezimmerten Unterstände. Sie harren dort bewegungslos über Stunden aus. Das kleinste Feuer oder Anzünden einer Zigarette kann den Tod bedeuten. Die Soldaten verlieren sich im Stein, leiden Hunger und versuchen sich eng aneinandergeschmiegt vor der Kälte zu schützen, die durch alle Jahreszeiten herrscht. Im Sommer ist sie nass und windig, im Winter kriecht sie durch die Handschuhe bis unter die Fingernägel. Wenn sich die Männer Wege in den Schnee legen, schwitzen sie stark und kühlen danach aus. Der ganze Körper beginnt zu beben und hört nicht mehr auf. Sogar an einem Feuer sitzend, zittern sie unkontrolliert.

Georg kennt die Berge und die Anstrengung, sich in dieser Höhe aufzuhalten. Er kennt die Kälte und den Hunger, aber nie zuvor dauerte diese Phase so lange an. Viele seiner Kameraden sind aus dem Flachland und brauchen eine längere Zeit, bis sie sich an die dünne Luft gewöhnen. Jede Anstrengung ist in der Höhe noch intensiver. Die Kanoniere müssen die Geschützteile auf Leiterwägen höher und höher hinaufhieven, dabei poltern von den Vorangehenden Steinbrocken auf die nachfolgenden Soldaten. Nach fünf Stunden im fast senkrechten Hang haben sie gerade 300 Meter geschafft und das Eisfeld erreicht. Viele Platzwunden vom Steinschlag verheilen mehr schlecht als recht. Georg hätte sich eine Nadel gewünscht, mit der man die Wunden nähen kann, denn der Weg zum Lazarett im Tal ist nicht denkbar. Im Spätherbst schaffen es die Truppen, eine Seilbahn in Betrieb zu nehmen, die sie mit Decken und Proviant versorgt. Selten ist auch ein Sack mit Briefen auf der Ladefläche, darum reißen sich die Kameraden wie wilde Tiere. Georg bleibt hier ruhiger, wissend, dass seine Heimat nicht weit entfernt ist. Er könnte in wenigen Stunden zu Hause sein, wenn er dürfte. Doch das ist nicht möglich. Einmal überlegt er sogar zu desertieren, aber das ist feige und hochriskant. Er schiebt den Gedanken fort wie einen losen Stein. Wenn er in der Nacht Wache hält, meint er im Wind die tröstliche Stimme der Mutter zu hören. Abrupt wird sie dann durch Maschinengewehrsalven verscheucht. Der Spätsommer endet mit Blitzschlägen, deren Gewalt jene der Granaten übertrifft. Langsam rollen dunkle Wolken heran, gelbes Licht umgibt sie. Die elektrische Entladung stellt den Soldaten alle Körperhaare auf, und der ohrenbetäubende Einschlag lässt die Erde beben. Der Blitz kommt zu schnell für manche in den Vorposten. Georg überlegt, ob ihr Tod grausamer ist als der durch eine Kugel. Die Herbststürme aus dem Süden bringen viel Regen und fluten die unterirdischen Stollen, in die sich die Männer zurückziehen. Das Wasser wäscht die Trampelpfade aus und macht die Steine so glitschig, dass man sich darauf kaum halten kann.

Im tiefen Winter werden die Männer mit einem zusätzlichen weißen Tarnanzug ausgerüstet, damit man sie im Schnee nicht mehr erkennen kann. Ihre Lippen werden spröde und platzen aufgrund der Hochgebirgssonne und der Kälte auf. Die Mannschaften erreichen die Stellungen nicht mehr, weil sowohl die Wege als auch die Stellungen selbst verschüttet sind. Neue Gräben und Stollen werden in den meterhohen Schnee gegraben. Beide Kriegsparteien sprengen bewusst Schneebretter, um den Gegner zu schwächen. Georg zählt die Nächte nicht mehr, in denen er zitternd um ein paar Stunden Ruhe betet.

Über Wochen liegen sie in den Gräben und schießen oft ins Leere, viele Kugeln prallen an den Steinen ab und kommen wieder zurück. Ein Kamerad wird durch ein Schrapnell verwundet und verblutet langsam neben Georg, der ihm nicht helfen kann, weil er seinen sicheren Platz nicht verlassen darf. Gurgelnd strömt das Blut aus seinem Mundwinkel in den Schnee und färbt ihn rot. Mit Tränen in den Augen betet er für ihn, während dessen Augen starr in den blauen Himmel blicken. Es ist der erste Tote, mit dem er über viele Stunden auf engstem Raum ist. Dem sollen viele folgen. Die Gefallenen werden provisorisch unter Steinen in flachen Gräbern verscharrt. Die Granaten sprengen die Gräber wieder auf und schleudern die verwesenden Leichenteile über und in die Kavernen. Die Fliegen kommen sogar bis in diese Höhe und laben sich daran. Georg übergibt sich neben dem ersten Unterarmstumpf, den er auf dem Trampelpfad entdeckt. Er verscheucht die Ratten, die es überall zuhauf gibt. Der Geruch der Latrinen ist impertinent, trotz der immer noch kühlen Nächte im Sommer. Im Herbst ziehen die Nebel aus dem Tal herauf und der Feind ist nicht mehr auszumachen. Blind kriechen die Männer zwischen den Steinen von Kaverne zu Kaverne. Scheppernd kracht ein Gefäß aus Emaille in die Tiefe. Das Echo ist gespenstisch lange zu hören. Georg hört auch, wie die Italiener ihre Straßen bauen, die sich immer höher in Richtung der Gipfel ziehen, doch sie rücken nicht näher. Die Frontlinie verändert sich kaum, man sitzt fest zu beiden Seiten.

Die Ablöse kommt seltener, täglich erwarten sie den finalen Angriff. Sie sehen die eigenen Toten und die auf der anderen Seite, oft sind die feindlichen Posten nur 50 Meter weit voneinander entfernt. Bald glauben sie selbst nicht mehr zu leben, immer blasser werden die Gesichter, immer leerer die Augen. Über Wochen hat der ununterbrochene Feuerhagel angedauert, und der nächste kalte Winter steht vor der zugigen Tür ihres notdürftig gedämmten Unterstands. In den inzwischen ausgetretenen Stiefeln muss noch ein Paar Stutzen Platz finden, damit Georg keine Erfrierungen bekommt. Viele Kameraden haben im vorigen Winter Zehen und Finger verloren, einer sogar die Ohrläppchen.

Es ist Frühsommer 1916, als die Sinnlosigkeit dieses Krieges viele Kameraden verzweifeln lässt und die Moral sinkt. Das Funkgerät in der Stellung rauscht leise, abgehackt kommen Silben, die sich nur schwer zu einem sinnvollen Text zusammensetzen: „Marschbefehl … Görz …". Wenig später trifft die vermeintliche Rettung Georgs ein, denn sein Zug wird ins Tal gerufen und soll sich in Richtung Süden aufmachen. Die Kameraden rollen die Decken zusammen, schultern die Tornister und steigen bergab. Es geht sehr langsam voran.

Durch das ständige Klettern im Steilgelände kommt er in der hügeligen und zerfurchten Gegend im Görzer Becken sehr gut zurecht, auch hier muss man auf jeden Tritt achten. Die Granateinschläge schleudern massenhaft Steine

Panorama der Isonzofront

durch die Gegend. Sein Zug ist immer auf der Suche nach Deckung, verschanzt sich in Kavernen und Unterständen, um zu rasten und vor allem vor dem höllischen Artilleriefeuer zu flüchten. Aber der Feind wartet schon auf sie in seinen unterirdischen Höhlen, die sich in völliger Dunkelheit zu Stollensystemen verzweigen. Kavernen sind nun Georgs Zuhause, in die er und seine Kameraden mühsam ihre Stellungen schlagen. Die Kavernen und Unterstände riechen modrig, der Fels schwitzt. Das größte Problem ist der quälende Durst, denn auf dem Karst versickert jedes Wasser sofort.

Ein weiteres Jahr ist Georg mit seiner Kompanie an der Isonzofront, als er in die Gegend vor die Stadt Görz versetzt wird. Dort ist das Land flach, Baumalleen trennen die Siedlungen, die Erde ist dunkel und unbestellt, links vom Tal erhebt sich das Karstplateau.

Die Versorgung der Truppen ist noch immer schlecht, oft kommt der Zwieback vergammelt an. Ewig hat Georg

Bombensicherer Unterstand

nichts mehr Frisches gegessen, einmal gelingt es ihm ein paar Wachteln zu schießen, bevor sich sein Zug wieder auf den Weg macht und sich inmitten von zwei weiteren Isonzoschlachten wiederfindet. Georgs Leutnant brüllt jeden Befehl laut über die Köpfe der Kameraden hinweg, er schreit gegen die Maschinengewehre an.

Die Männer verkriechen sich in den Unterständen und Kavernen des Karstes, während das Artilleriefeuer ununterbrochen trommelt. Georg kauert in einer Kaverne, der Rauch der Granaten schmerzt in seinen Lungen. Die Feuerhölle macht taub und stumpft ab. In den Bergen pausierte das Schießen und Sterben, der Wind zischte und fauchte. Er gönnte den Ohren wenigstens Augenblicke der Ruhe. In den Gräben um Görz tobt bei Tag das Sprengen der Granaten ohne Unterlass. In den Nachten erhellen Scheinwerfer und Feuer die verwüstete Landschaft, um in der Dunkelheit weiterzufeuern. Sein Gesicht ist dreckverkrustet, so wie die zerschlissene Uniform. Manchmal ist seine gesamte Ausrüs-

Grabenschlucht

tung mit Blutspritzern und Hirnmasse seiner toten Kameraden übersäht.

Er verliert das Zeitgefühl und klammert sich an Erinnerungen, an Normalität. Nichts ist hier mehr real. Er betet in das Tosen und Dröhnen der Kanonen hinein. Er bittet um Beistand und hofft auf ein Ende dieses Wahnsinns, den er nicht mehr überblicken kann. In den Bergen konnte er das noch. Georg stumpft von Tag zu Tag mehr ab.

Die Balken des winzigen unterirdischen Unterstandes im Schützengraben krachen bei einem Angriff über Georg zusammen, als er ein paar Bissen hartes Brot isst. Er wird mühsam befreit, um sich sofort wieder zu verstecken. Die Italiener feuern in die Stellungen. Als endlich der Befehl zum Verlassen des Grabens kommt, läuft Georg so schnell wie nie zuvor in seinem Leben zu den Zelten und Scheunen, in denen sich die Truppen ausruhen. Er bricht mit dem Tornister am Rücken zusammen und schickt ein kurzes Dankgebet in den Himmel. Er trinkt das verschmutzte Wasser aus einem Fass neben einem dort aufgetürmten Berg von Leichen. Minutenlang versucht er in dem Wirrwarr aus Uniformen, Mützen und zerfetzter Kleidung einen Rest von Menschlichkeit zu erkennen. Abgerissene freigelegte Beinstümpfe sind nicht zuordenbar, ein Torso mit Armen ist völlig blutdurchtränkt, halbe Gesichter fehlen, einige Schädelskelette liegen frei. Morgen schon werden die Körper schwarz gefärbt und aufgebläht in der Sonne einen widerlich süßlichen Geruch verbreiten.

Das Lazarett

Das Geschrei der Verletzten ebbt nicht ab, aber es verändert sich. Das Brüllen während der Amputationen fährt ihm unter die Haut. Es ähnelt dem Todesschrei eines Schlachtschweins. Am Hof ist das bloß ein grausamer Moment, hier sind es viele Minuten, die der Arzt mit der Säge braucht, während er durch die kräftigen Muskeln und Knochen fährt. Ohne Betäubung müssen viele zuschauen, wie ihre Zukunft in Stücken abgeschnitten wird. Als Krüppel ist das Heiraten und Arbeiten nicht mehr so einfach, falls es denn noch ein Leben danach geben kann. Auch daran möchten sie nicht mehr glauben. Bettelnd wehren sie sich gegen die Säge, doch der Arzt brüllt sie an, dass sie sich für den Tod durch Wundbrand entscheiden könnten, der noch viel grausamer sei, oder eben das Leben mit einem Stumpf. Er hat keine Zeit darüber zu verhandeln, er muss etwas unternehmen.

In den dunklen Baracken wimmern Soldaten leise vor sich hin, weinen verlegen, stöhnen und viele klappern laut mit den Zähnen. Männer aus dem ganzen Vielvölkerstaat liegen hier auf Tragen, am Boden und in den Betten. Georg nimmt all das in den ersten Tagen nach seiner Einlieferung ins Lazarett nicht wahr, weil er dauerhaft in einem Zustand zwischen Bewusstlosigkeit und kurzen wachen Momenten schwebt. Er war am Karst von einer Kugel am Kopf getroffen worden, der Streifschuss fetzte die Mütze nach hinten und katapultierte Georg in den nassen Schützengraben. Er kämpft lange ums Überleben.

Mit letzter Kraft kann er sich an den Rand der Grube ziehen, um nicht von den durch die Gräben laufenden Kameraden zertrampelt zu werden. Er spürt, wie eine Flüssigkeit über sein Ohr sickert, kann den Schmerz aber nicht lokali-

Mit einem Verwundetentransport brachte man Georg nach seinem Streifschuss zum k.u.k. Feldmarodenhaus in Sistiana.

sieren. Georg ahnt, dass etwas passiert ist, er schafft es aber nicht abzuschätzen, wie schlimm es ist. Mit dem warmen Blut, das über sein Ohr läuft, fühlt er sich auf einmal geborgen und wohl. Alles Laute rückt weiter weg.

Wie er eigentlich ins Feldmarodenhaus in Sistiana nahe der Adria kommt, weiß er nicht mehr. Als es ihm etwas besser geht, sieht er einen Verwundetentransport eintreffen und eine vage Erinnerung an das Schaukeln und Hüpfen der Tragbahre auf dem Planwagen, der von einem Pferd gezogen wird, kommt wieder. Über Georg kreisen feindliche Beobachtungsflugzeuge, als er für Tage die Besinnung verliert.

Das Lazarett ist übervoll, es ist in einem ehemaligen Gutshof untergebracht. Innerhalb der hohen Steinmauern, die das Gebäude umfrieden, gibt es reges Leben. Als er den Schwindel verliert, der ihn über Wochen fest im Griff hatte, kann Georg daran teilnehmen. Immer noch tritt Flüssigkeit aus seiner Kopfwunde aus, dann tanzen die vielen an Wäscheleinen zum Trocknen aufgehängten Mullbinden über ihm. Es sind traurige Girlanden, befleckt mit dem Blut von vielen jungen Männern, von denen nicht wenige inzwischen auf einem der zahlreichen Soldatenfriedhöfe begraben wurden. Hier darf endlich laut gebetet werden, für die Heilung der Verwundeten und das Seelenheil der Toten. Georg fühlt hier tiefe Zufriedenheit und Glück, obwohl er Schmerzen hat.

Die Überlebenden und die Toten vereint der Schmerz und die Ohnmacht gegenüber einer Kriegsmaschinerie, die Männer wie Schachfiguren auf ein Spielfeld gestellt hat, auf dem deren Bauernopfer nichts zählen. Immer schneller ist der Krieg am Tempo der Menschen vorbeigezogen, hat die Pferdekutschen aus 1914 eingetauscht gegen Lastwägen und gepanzerte Fahrzeuge, mit denen der Körper und der Verstand nicht mithalten können. Maschinengewehre feuern in die Luft auf die Flugzeuge. Das Meer hat Georg noch nie gesehen, aber auch dort tobt der Krieg auf riesigen Kampfschiffen.

Georg hat Glück, langsam erholt er sich, kann die Suppe wieder bei sich behalten und sich selbst ankleiden. Er entwickelt einen guten Appetit, denn hier kann er das erste Mal seit sehr langer Zeit in Ruhe essen, ohne dass um ihn geschossen wird. Seine Mahlzeiten sind warm, die Menagen werden mit frischem Gemüse und Fleisch gefüllt. Nachmittags wird sogar Kaffee ausgeschenkt, echter starker Kaffee aus dem nahen Triest. Er schreibt eine Karte in die Heimat. Trotz der vielen Flöhe in den Lagern wird Georg hier nicht von ihnen geplagt, seine Leintücher sind sauber. Der Duft von frischer Seife aus der Waschküche haftet noch an ihnen.

Viele Frauen arbeiten im Lazarett und walken die blutigen Laken in kaltem Wasser ein, bevor sie diese über Stunden auskochen. Das Geschnatter der Frauen wirkt wohltuend in einer Welt, die seit Jahren von Männern beherrscht wird. Georg hat schon lange keine Frauen mehr gesehen, er hat auch schon lange nicht mehr gelächelt. Im Innenhof des Gutshofs trocknet die Wäsche im Sommerwind, der Regen ist seltener geworden. Georg fühlt sich beschützt und Gott nahe, ihm ist es in seinem Leben bisher nie besser gegangen.

Nach seiner Verwundung wird auf Georgs Uniform ein weiteres Abzeichen als Anerkennung für seine Verdienste angebracht. Mit stolz erhobener Brust hofft er, auf dem Weg irgendwann den jungen Kaiser Karl zu treffen, der für eine Truppeninspizierung an den Isonzo geflogen wird. Leider kommt es nicht dazu, aber dennoch ist Georgs Glaube an die Habsburgermonarchie und ihr Fortbestehen nicht gebrochen. Die Situation wird immer auswegloser: 41 italienische Regimenter stehen 34 österreichischen gegenüber. Das Aufgebot an immer jünger werdenden Rekruten und der Einsatz an Kriegsmaterial sind unüberschaubar. Immer neue Geschützbatterien rollen neben den Einheiten vorbei. Das Marschieren und Leben in den Frontstellungen sind in Georg inzwischen automatisiert. Alles wird immer schneller. Schließlich erlebt er noch das Eintreffen von deutschen Truppeneinheiten und wie mit deren Unterstützung und mit dem ersten massiven Einsatz von Giftgas, das die deutschen Truppen an die Front bringen, die italienische Front in der 12. Isonzoschlacht durchbrochen wird und die italienische Armee bis an den Piave zurückweichen muss.

Österreich-Ungarn überquert mit den Truppen, Wägen und der leichten Artillerie die wackeligen Brücken am Tagliamento und steht im November 1917 vor Venedig. Zum ersten Mal in seinem Leben sieht er die Stadt am Wasser. Das Meer schäumt wütend braun um die Brücke. Die Endlosigkeit des Wassers bis zum Horizont macht ihn demütig. Er

Menageausgabe

Kaffeeausschank

Flöh' suchen

In der Werkstätte

fühlt sich klein und fremd, dennoch übt es eine große Faszination auf ihn aus. Das Brechen der Wellen an den Pfählen in der Lagune wirkt beruhigend, es dämpft alles Laute um ihn herum. Als die Sonne endlich hinter den Wolken auftaucht, ist er sprachlos und starrt entrückt in die Fluten. Der Marschbefehl holt ihn barsch aus seiner Traumwelt zurück in die Kolonne.

In einer alten und abgegriffenen Ausgabe der Wiener Zeitung aus dem April, die in der Feldküche aufliegt, erfährt Georg vom Eintritt der Vereinigten Staaten in den Krieg an der Seite der Ententemächte. Georgs letzter Kriegswinter im Jahr 1917 beginnt feucht und trostlos. Der ablandige Wind trägt manchmal die Möwen vom Meer über die Stellungen. Seine Träume von zu Hause fliegen mit ihnen davon. Die Verluste sind hoch und immer weniger Männer aus seinem ersten Kriegsjahr in den Bergen sind noch da. Viele sind schwer verwundet worden und inzwischen wieder in der Heimat. Es ist nur mehr eine Frage der Zeit, bis die hart umkämpften Gebiete wieder verloren sind. Als am 11. 11. 1918 die Sirenen in den Forts heulen und die Glocken in ganz Italien läuten, wird verkündet, dass der Krieg vorbei ist und sowohl das Habsburgerreich als auch das Deutsche Kaiserreich bedingungslos kapituliert haben. Georg erfährt davon beim Mittagessen. Er legt das Besteck fort, salutiert auf und geht in seine Baracke, um seinen Rucksack zu packen. Ein Kriegsgefangener ist er nie gewesen, und das will er tunlichst weiterhin vermeiden. Seinen Dienst hat er abgeleistet, nun möchte er nach drei Jahren endlich wieder seine Familie sehen.

Der Rückzug der ehemaligen österreichischen Truppen erfolgt nicht geordnet, sondern planlos in alle Himmelsrichtungen. Der innere Druck der einzelnen Völker nach nationaler Selbstständigkeit, befeuert durch den Verlauf des Krieges, war zu groß geworden. Der Vertrag von St.-Germain legitimierte die Neuordnung Mitteleuropas völkerrechtlich. Aus dem großen Österreich-Ungarn war das kleine Österreich geworden. Georg ist auf dem Heimweg, vorbei an den Stellungen, die er zwei Jahre zuvor auf seinem Weg in den Süden ausgekundschaftet hat. Kilometer um Kilometer nähert er sich seinem alten Leben. Eine Pause führt ihn in die Stadt Tolmezzo, wo die Österreicher zwar nicht willkommen geheißen, aber zumindest mit einer kräftigen Suppe mit Graupen am Marktplatz verköstigt werden. Die Einheimischen verstehen, dass durch ihre milde Gabe an die Soldaten nicht mehr geplündert wird. Hühner und Schweine, die man den gesamten Krieg über versteckt gehalten hat, dürfen weiterleben und werden nicht gestohlen. Mit dem Verlust der Heimat und ohne Führung haben viele Soldaten auch ihre Würde und jeden Anstand verloren. Georg zieht angewidert bei den Plünderern vorbei, im Gottvertrauen findet er auch ohne zu stehlen immer irgendetwas Essbares. Er ist glücklich, bald wieder seine Mutter zu umarmen. Das treibt ihn voran. Freilich würde sie seine vielen Ehrenabzeichen bewundern, viel mehr wollte er sie aber dem Vater präsentieren. Georg nähert sich dem Dorfplatz mit dem großen dampfenden Suppentopf. Er zieht gerade seine Menage hervor, als ihm eine wohlbekannte Stimme zuruft und ihn am Ärmel zupft.

„Heilige Mutter Gottes! Der Jirgl! Loss di druckn!“ Die Umarmung dauert minutenlang. Die Brüder quetschen sich, spüren den Herzschlag des anderen durch die dicke Winterjacke hindurch, wischen sich die Tränen aus den Augenwinkeln und strahlen. Unsanft werden sie aus der Warteschlange geschoben. Anton drängt sich elegant wieder hinein und plaudert wild drauf los. Er will alles wissen, am besten sofort.

„Und wo warst du? Warst du verletzt? Wieso?“, während er die Graupensuppe hastig mit dem Löffel ausschöpft, verschluckt er sich vor lauter Eile und Aufregung. Er hustet in seine Handschuhe ohne Fingerlinge.

Georg ist verblüfft, dass es seinem Bruder so gut geht, und ist sehr dankbar, sodass er zuerst gar nicht spricht. Fassungslos schiebt er seine Suppe in den Mund und starrt Anton an. Sein geliebter Bruder ist ausgemergelt und blass, aber seine breiten Schultern scheinen immer noch die Last der Welt tragen zu können. Die beiden setzen sich in eine Trattoria am Ende des Dorfplatzes und kratzen ihre letzten Münzen für eine Flasche Wein zusammen. Ob ihr Geld beim Erreichen des Flaschenbodens noch einen Wert hat, ist egal. Die Brüder sprechen in der kaum beheizten Wärmestube der Trattoria über die vergangenen Jahre. Nicht über die schrecklichen Erlebnisse, sondern über die schönen. Sie berichten über die Dohlen in den Bergen und über die Weinlese in den Hügeln. Sie schieben den Tod beiseite, der sie über drei Jahre täglich begleitet hat. Stolz präsentieren sie ihre Wunden und rauchen selbstgedrehte Zigaretten. Bei der zweiten Flasche angekommen, werden sie etwas nachdenklicher. Seit ihrem Weggang aus dem Tal sind sie fast dreißig Jahre alt geworden. Georg will nicht darüber reden, wie viele Gegner er wohl getroffen haben wird. Das spielt auch keine Rolle, aber er meint: „Drei Jahre Handgranaten und Mörserfeuer … das zieht man sich nicht wia an Strumpf wieder aus.“ Vielleicht möchte Georg die Uniform aber gar nicht mehr ausziehen? Die Anerkennung auf dem Schlachtfeld und die Kameradschaft wird er vermissen. Seit er in Richtung Norden marschiert, kann er sich ein Leben wie vor dem Krieg kaum noch vorstellen.

Anton durfte im Gegensatz zu Georg, der in den drei Jahren seit 1915 nie weit von der Front oder den Unterkünften im Hinterland entfernt war, kurz vor dem Kriegsende einen Heimaturlaub antreten und berichtet ihm von daheim. Zwar sind die Jahre auch für die Familie hart gewesen, aber man hat es gesund überlebt. Ihr Bruder Johann sei nun in Unterkärnten, erzählt er. „Da braut sich was zusammen, Georg. Das war es noch nicht mit dem Krieg. Es ist nicht aus."

Die Aufgabe wechselt nicht nur von Mensch zu Mensch – entsprechend der Einzigartigkeit jeder Person –, sondern auch von Stunde zu Stunde, gemäß der Einmaligkeit jeder Situation.“ (Viktor Frankl)

Der Abwehrkampf

Aus der Sicht des historischen Kontextes:

Am 16. Oktober 1918 veröffentlichte Kaiser Karl nach dem Scheitern der Verhandlungen mit den Vertretern der Nationalitäten das „Völkermanifest“ mit dem Angebot, die österreichische Reichshälfte in einen Bundesstaat umzugestalten, „in dem jeder Volksstamm auf seinem Siedlungsgebiete sein eigenes staatliches Gemeinwesen“ bilden konnte. Am 29. Oktober konstituierte sich der Staat der Slowenen, Kroaten und Serben (SHS). Deren Politiker waren sich einig, dass Kärnten zur Gänze oder in Teilen an die Südslawen fallen wird. Ende Dezember des Jahres wird die Verschiebung der Grenzen von den Slawen eingefordert, man erwartete sich eine rasche und positive Entscheidung bei den Verhandlungen in St.-Germain. Im Kärntner Unterland sind bereits früher, direkt nach Kriegsende, die Truppen des Staates der Slowenen, Kroaten und Serben überall präsent. Sie marschieren mit Streitkräften ein und terrorisieren die Bevölkerung. Wie viele andere ehemalige Kronländer fordern sie ihren Anteil ein, sie wollen das Klagenfurter Becken und das Unterland für Jugoslawien annektieren. Dass sie dabei auf ausdauernden Widerstand stoßen, erwarten sie nicht. Der Krieg zwischen den wenigen schlecht bewaffneten österreichtreuen Abwehrkämpfern und den SHS-Truppen dauert ein gutes halbes Jahr. Die De-

markationslinie teilt das Land Kärnten bis zum Jahr 1920 in zwei Hälften.

Quelle: ORF Kärnten: Beitrag Österreich Bild am Sonntag „70 Jahre Kärntner Abwehrkampf und Volksabstimmung", ausgestrahlt 7. 10. 1990, Zugriff am 28. 7. 2023)

Am Nikolausabend im Dezember 1918 wird in einem Gasthof der bewaffnete Widerstand beschlossen, der junge Wirt übernimmt die Führung. Ein Zivilist hat nun das Kommando über rund einhundert Mann. Der Gasthof ist brechend voll und erfüllt von Männerstimmen, die aufgeregt durcheinanderreden. Sie erzählen vom gemeinsamen Rückzug mit den Slawen, die dann in Laibach abbogen, um sich über Nacht von treuen Kameraden in Feinde zu verwandeln. Auch die Italiener würden es wohl wieder versuchen. Die drei Brüder sitzen eng beisammen, rauchen und schwitzen in der ungewohnt warmen Stube. Jeder von ihnen hat seinen eigenen Krieg erlebt. Nun schweißt sie eine neue gemeinsame Angst zusammen.

Viele sind wie Georg und Anton von der Isonzofront gekommen und erfahren erst auf der Heimreise, dass General Majster mit Truppen des Staates der Serben, Kroaten und Slowenen bereits über die Steiermark einmarschiert ist. Während die beiden noch in den Schützengräben liegen, dringen keine Nachrichten über Plünderungen in Südkärnten zu ihnen durch. Umso größer ist ihre Bestürzung, dass die Monarchie, die schon zu einem Zwergstaat geschrumpft ist, noch weiter beschnitten werden soll.

Als was sollen sie in Zukunft gelten? Als Slowenen mit der Hauptstadt Laibach? Das ist ein unvorstellbarer Gedanke, denn wenn sich die Brüder für eine andere Hauptstadt als Wien entscheiden müssten, dann wäre das wohl

Innsbruck gewesen, aber gewiss nicht Laibach. Die Urangst der Lesachtaler vor Völkern aus dem Süden und von ihnen annektiert zu werden, keimt in den Brüdern auf. Niemals würden sie sich unterwerfen, zu stolz und freiheitsliebend ist diese Familie.

Der dritte Bruder Johann, der mit seiner Verwundung bereits im Herbst 1918 wieder zu Hause ist, erlebt die drohende Gefahr auf seiner Zugfahrt in Richtung Klagenfurt hautnah, als er die Späher der SHS-Truppen neben den Gleisen erkennt. Der Krieg, der schon so weit weg von der Heimat war, hat kehrtgemacht. Die Frontlinie ist erneut verschoben. Er weiß, wenn er jetzt nicht weitermacht, könnte es passieren, dass Teile Kärntens an den SHS-Staat fallen. Was spielt es da für eine Rolle, dass er auf einem Ohr fast taub ist? Das Rauschen verfolgt ihn Tag und Nacht.

„Duck dich!" Georg zieht Johann am Ärmel zu sich auf den Boden. Sein älterer Bruder kennt die Gegend um Grafenstein inzwischen so gut wie die alte Heimat und orientiert sich mühelos in den Wäldern. Georg zuckt beim kleinsten Geräusch zusammen und geht automatisch in Deckung. Über Jahre hat er im Karst gelernt, dass es besser ist, im Schnee zu verharren und sich jede Bewegung des Feindes aus der Entfernung anzusehen, bevor man reagiert oder weitermarschiert. Noch immer trägt Georg Teile seiner Uniform, die sich bewährt haben und Schutz bieten vor der Kälte der Nacht. Johann legt sich lautlos zu Georg in die mit pulvrigem Schnee gefüllte Senke. Ein kleiner Trupp des Staats der Slowenen, Kroaten und Serben patrouilliert schweigend entlang des Feldweges, immer den Blick auf den Waldrand gerichtet. Unter ihren Schritten knirscht der Schnee. Georg und Johann bleiben unentdeckt, denn es dämmert schon und die Tage sind kurz.

Die Nächte verbringen die Kameraden bei Bauern in den Heustadeln, die Brüder versuchen nicht getrennt zu werden. Man hält sie kaum auseinander und verwechselt sie oft. Immer neue Gesichter kommen zu den Widerstandskämpfern, sogar Schüler und Studenten schließen sich ihnen an. Georg kennt diese ängstlichen Blicke, wenn sie zum ersten Mal Feindkontakt haben. Wie viele hat er freudestrahlend von den Lastwägen am Isonzo springen sehen, die kurz darauf weinend neben ihm im Schützengraben verzweifelten? Die Vorstellung vom Heldentum und die Realität des Tötens am Fließband liegen meilenweit auseinander. Hier ist es anders, hier gibt es keine Generäle, keine schwere Artillerie, keine Stacheldrähte und nicht einmal sichtbare Frontlinien. Georg fühlt sich nicht mehr wie eine Schachfigur, die auf dem Spielfeld verschoben wird. Diesen Kampf führen sie um ihrer Zukunft willen, um Haus und Hof zu verteidigen, in einer immer noch unsicheren Gegenwart. Dieser Kampf betrifft ihre Familien direkt. Hier möchte man verhindern, dass die Heimat verloren geht, obwohl Georgs eigentliche Heimat weit weg ist.

Es gelingt den Abwehrkämpfern, Grafenstein zurückzuerobern, sie befreien das Jauntal und in weiterer Folge auch das Rosental. Im Kampf um den Karawankentunnel brechen im Winter 1919 die Kämpfe ab, denn in Graz wird ein Waffenstillstand beschlossen. Während Georg und seine beiden Brüder in den vier Jahren davor dieses Wort nie vernahmen, fällt es nun bei den Zusammenkünften, die an immer anderen Orten heimlich abgehalten werden. Langsam ist Georg kriegsmüde, er sehnt den Frieden herbei, aber die Truppen des Staates der Serben, Kroaten und Slowenen greifen erneut an. Wieder schultert er sein Gewehr und den Tornister, er packt seine Menagen ein. Immer noch robbt er durch die Wälder, läuft zu den Unterständen, verkriecht sich in kotverdreckten Hühnerställen. Immer öfter ziehen die Männer an Baracken und provisorisch umgebauten Eisenbahnwaggons vorbei, dort hausen die Vertriebenen aus dem Unterland. Kinder wuseln um die Waggons, ein alter Kinderwagen ist vollbepackt mit Holz zum Heizen. Johann und Anton lächeln den Kleinen zu, ihr Spiel nimmt den Ernst des Krieges für ein paar Augenblicke fort.

Die Wochen vergehen langsam, die wenigen Freiwilligen schlagen zurück. Die Südslawen müssen ihre Stellungen aufgeben und verlassen das Kärntner Gebiet. Georg und seine Brüder erfahren, dass die steirischen Abwehrkämpfer bis nach Slowenien marschieren, unterstützt durch Tiroler und Klosterneuburger Verbände. Die Gendarmerie ist nun im Gespräch mit den Anführern. Als man schon einen Sieg feiern möchte, ruft die neue Staatsregierung alle Abwehrkämpfer zurück. Erneut soll es einen Waffenstillstand geben. Der junge Wirt berichtet von einer geplanten Volksabstimmung, die in Paris beschlossen wird. Man hatte dort wohl erkannt, dass es sich um eine Landschaft und eine einheitliche Kultur handelt, selbst wenn hier zwei unterschiedliche Sprachen gesprochen werden. Das Land soll bis zur Volksabstimmung im Oktober 1920 in zwei Zonen geteilt werden. Sofort nach dieser Verkündung verlässt Johann mit ein paar Kameraden im Spähtrupp das Lager.

Ein vorsichtiges Gefühl der Sicherheit macht sich breit, die Normalität kann zurückkehren. Georg und Anton sind am 29. April 1919 schon in aller Früh in der Gegend der Drau-Auen unterwegs, um zu jagen. Aus dem Hinterhalt geraten sie unter Beschuss und eilen retour zu ihren Truppen. Der versprochene Waffenstillstand hält also wieder nicht. Georg soll im Lager zur Bewachung des Munitionslagers bleiben, während Anton sich mit seinen Leuten in die Nähe von Pischeldorf zurückzieht und die riskante Überquerung der Gurk über die Sille-Brücke wagt. Dort gelingt es, einen Trupp der feindlichen Soldaten in die Enge zu treiben. Bei der Durchsuchung der Serben entdeckt Anton in deren Manteltaschen einen grauslichen Fund: Er greift in etwas glitschiges, kaltes Rundes und zieht angewidert seine Hand aus der Montur des Verhafteten. Seine Finger und Handflächen sind blutverschmiert. Mit großer Überwindung fährt er ein zweites Mal hinein und zieht ein Auge heraus, das er vor Schreck fallen lässt. Die Taschen sind voll mit menschlichen Augen und abgeschnittenen Ohren. Ein Kopfschuss fällt prompt. Sein Bruder Anton kann nicht mehr sagen, wer geschossen hat, zu angewidert starrt er auf den Fund, den er im Fluss versenkt. Die Leichen der SHS-Männer treiben flussabwärts in der Gurk. Ein weiterer Tag vergeht mit Blutvergießen.

Ende April wird es bereits um fünf Uhr hell. Georg und Anton sind zu einem Gegenstoß unterwegs und setzen ihre Schritte lang. Auf der staubigen Landstraße marschieren sie kilometerlang schweigend nebeneinanderher. Sie sind ganz allein, weder Fußgänger noch Radfahrer oder andere Fahrzeuge begegnen ihnen. Auf einer Lichtung am Waldrand hocken Raben rund um ein Bündel Fetzen, Genaueres vermögen die beiden aus der Entfernung nicht wahrzunehmen. Die Raben fliegen plötzlich kreischend in die Bäume hoch und lassen einen menschlichen Kadaver zurück. Anton hebt das Gewehr an, Georg tut es ihm nach. Vielleicht ist das eine Falle? Minutenlang geschieht nichts, nur das Rauschen der Blätter und das fortwährende Kreischen der Vögel ist wahrnehmbar. Georg tritt sehr langsam an den reglosen Körper heran und erkennt in all dem Blut ein grünes Taschentuch, das neben dem Toten liegt. Er kämpft mit dem Erbrechen, während sein Blick in Richtung des Gesichts wandert. In der blutverkrusteten Masse, die kaum noch Kopf ist, fehlen die Augen. Sie sind mit einem Messer herausgeschnitten worden, die Sehnerven hängen wie Kordeln in den Augenwinkeln. Wo die Ohren gewesen sein mussten, ragt das Fleisch heraus. Sogar ein Teil der Kopfhaut ist entfernt worden. Ein süßlicher Geruch steigt auf.

Erst ein zweiter Blick über das Bärtchen und den Brustkorb helfen Georg zu verstehen, wer hier vor ihm liegt. Es ist zu unwirklich. Als Anton hinter ihn tritt, brüllt der seinen Schmerz hinaus. Das macht Georg Angst, er verhält sich wie ein wildgewordener Stier. Die Vögel heben ängstlich kreischend ab. Georg übergibt sich neben dem geschändeten Körper seines toten Bruders. Dann deckt er Johann mit seiner grauen Felddecke zu. Er sackt auf die Knie und bleibt einige Minuten so hocken. Im nassen Moospolster nahe einem Gehöft in der Nähe von Schloss Niederstein endet sein Kampf. Er möchte nie wieder einen Krieg erleben müssen.

Anton hält weiter Wache und atmet seltsam flach, bis Georg mit der Gendarmerie zurückkommt. In der Amtsstube berichtet Georg zuvor stammelend und geschockt über seinen toten Bruder. In der Ruhe des Beamten und der Autorität, die er in seiner Uniform ausstrahlt, findet Georg jene Sicherheit, um die er für viele Jahre beraubt war. Die Brüder übernehmen nun die Aufgabe, den Leichnam so bald wie möglich bestatten zu lassen. Auf der Zugfahrt in Richtung Kötschach beginnen die beiden zu beten, davor sind sie zu geschockt und verletzt. Vieles haben die Brüder auf den Schlachtfeldern gesehen, aber vor dem traurigen Gesicht der Mutter fürchten sie sich mehr als vor den Granaten. Georgs Einsatz für sein Vaterland endet am Bahnhof von Kötschach, wo er vier Jahre zuvor begonnen hat.

Der Abwehrkampf ist einige Wochen später zu Ende. In der Landeshauptstadt reiten am 6. Juni 1919 die Truppen des Staates der Serben, Kroaten und Slowenen über den Neuen Platz ein, überwiegend sind die Soldaten aus Serbien. Die

Erinnerungsbild in Gardeuniform kurz nach dem Abschluss der Gendarmerieschule, aufgenommen für seine Lieblingsschwester Theresa in Judenburg.

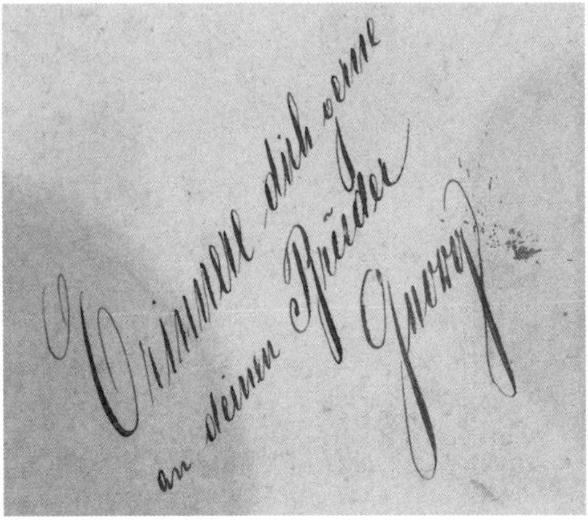

Rückseite:
Erinnere dich gerne an deinen Bruder Georg

Landesregierung wird nach Spittal/Drau verlegt, Klagenfurt muss kampflos übergeben werden. Am Tag, als man sich im Kärntner Landhaushof in Klagenfurt ergibt, schreibt sich Georg in die Gendarmerieschule ein.

Aus der Sicht des historischen Kontextes:

Die Jahre 1918, 1919 und 1920 sind von Dramatik erfüllt und Schlüsseljahre zum Verständnis unseres Landes. Keine andere Periode offenbart besser die Kärntner Identität. In diesen Jahren konzentrierte sich die Kärntner Politik auf die Erhaltung der ungeteilten Heimat, und zwar naturgemäß auf die Erhaltung der Heimat für beide Volksgruppen. Abwehrkampf und Volksabstimmung stellen eindeutig die herausragenden Erfolgskapitel der neueren Kärntner Geschichte dar. Trotz aller bis zuletzt geäußerten Befürchtungen verlief der 10. Oktober 1920 ruhig und mit einer Wahlbeteiligung von 95 Prozent. Das Ergebnis ist am 13. Oktober auf dem Neuen Platz in Klagenfurt verkündet worden: Für Österreich hatten 22.025 (59,04 %), für Jugoslawien 15.279 (40,96 %) Wahlberechtigte votiert. Für Österreich hatte der Ausgang des Kärntner Plebiszits vom 10. Oktober 1920 großes Gewicht. Das Resultat bedeutete eine Stärkung der Republik, weil wichtiges Staatsgebiet erhalten blieb. Das Kärntner Votum wurde als ein „Sieg des österreichischen Staatsgedankens" im Präsidium des Nationalrates in Wien gewürdigt.

Quelle: Claudia Fräss-Ehrfeld. Geschichte Kärntens 1918–1920. Verlag Johannes Heyn, Klagenfurt 2000

Der erste Sohn

Die Hebamme ist für das gesamte Görtschitztal zuständig. Sie zu holen, gelingt nur mit einem schnellen Ross und Wagen. Ottilies Bruder Hans findet sie schließlich auf einem entlegenen Hof, wo eine andere Geburt gerade vorbei ist. Er bringt die Geburtshelferin zur Meierei in Wieting, wo seine Schwester schon viele Stunden in den Wehen liegt. Trotz der vielen Geburten, die die Wöchnerin innerhalb ihrer Familie und im Bekanntenkreis miterlebt hat, fühlt sich die stets etwas zu blasse Frau nicht auf ihre erste Niederkunft vorbereitet. Erst am darauffolgenden Tag erblickt der erste Sohn das Licht der Welt, in einem vom grellen Tageslicht durch geschlossene Fensterläden gedämpften Raum. Die Hebamme versorgt den Säugling und legt ihn zur schlafenden Mutter ins Bett. Stunden später ist die Stube in der Messnerei sauber und eine kräftige Suppe köchelt auf dem Herd. Die Gardinen aus weißem Leinen flattern aufgeregt im sanften Mailüftchen, der Flieder blüht duftend im Innenhof. Die Mutter war sich sicher, dass sie ein Mädchen unter dem Herzen trägt, und umso überraschter, dass dem nicht so ist. Weil sie nur ein rosa Babykleidchen zur Hand hat, wird der erste Sohn in seinen ersten Stunden ein Mädchen sein. Der kleine Georg schmatzt zufrieden, nachdem er gestillt ist. Wem er ähnlich sieht, weiß man noch nicht zu sagen. Das wird sich noch verändern, meint die Hebamme. Sie geht erst, als der Vater vom Dienst zurückkehrt. Mit strahlenden Augen und großer Vorsicht nähert er sich in seiner Gendarmerieuniform. Ottilie erwacht und blinzelt ihn an. Sie hält den schlafenden Säugling in der Armbeuge sicher bei sich und löst langsam ihre Körperhaltung auf.

„Sie ist wunderschön!“ Er räuspert sich. Die Hebamme lacht leise und verabschiedet sich durch die Diele.

„Ich freue mich so sehr über die Kleine. Ich habe es gewusst.“ Ottilie streicht sich durchs dunkle Haar, das noch immer schweißnass in ihrem Nacken klebt.

„Sie sieht aus wie du.“

„Nur ist SIE ein ER“. Ottilies Stimme ist noch schwach von der Anstrengung, aber sie lächelt verschmitzt.

Der Vater hält den Säugling zuerst etwas ungeschickt, dann fällt ihm wieder ein, wie er seine jüngeren Geschwister gewiegt hat. Es ist noch gar nicht so lange her, obwohl es sich doch wie eine Ewigkeit anfühlt. Vieles fällt ihm wieder ein, es liegt verschüttet in den Schützengräben seiner besten Lebensjahre. Die vielen schrecklichen Erlebnisse sind nicht vergessen, aber in kurzer Zeit nach seiner Heimkehr hat sich vieles zum Guten gewendet. Mit seinem Eintritt in die Gendarmerieschule baut er sich ein neues Leben auf, und mit der Stationierung in Kitschdorf kommt auch die Liebe in sein Leben. Ganz plötzlich und unerwartet findet sie ihn. Er lernt die Tochter eines angesehenen und großen Bauern auf einer der ersten Tanzveranstaltungen nach dem Krieg kennen und beginnt um sie zu werben. Ottilie ist eine fesche und selbstbewusste Frau von eher kleiner Gestalt, ihre molligen Rundungen gefallen Georg sehr. In seiner Uniform mit den Verdienstorden macht er einen stattlichen Eindruck, als er um ihre Hand anhält. Ein Beamter ist immer eine sichere

Ottilie Lexer etwa im Alter von 30 Jahren

Wahl, doch Ottilies Eltern ist bewusst, dass die Tochter mit ihm weiterziehen wird, denn junge Gendarmen werden oft versetzt. Die Zuneigung der beiden ist stärker als der Zweifel, sodass die beiden im September 1921 in kleinem Kreis heiraten, dennoch ein großer Tag für das ganze Dorf. Ottilie ist in ihrem schlichten weißen Kleid ein Blickfang zwischen den anderen Frauen in dunkler Tracht. Mit großer Erwartung hat man auf die Verheiratung der bekannten Pucktoch-

Hochzeitsgesellschaft Georg und Ottilie Lexer am 18. September 1921

ter gewartet, sie ist mit 28 Jahren im besten Alter, um zu heiraten. Ottilies Stiefvater August, genannt Onkel Gustl, obwohl er eigentlich der Großvater ihrer Kinder ist. Er stammt aus einem alten Bauerngeschlecht am Zollfeld nahe dem Herzogstuhl. Er ist viel älter als die Mutter und ein weiser Mann. Er sitzt unter dem Vordach der Kirche und ist sehr zufrieden über seinen Schwiegersohn, während man ein Erinnerungsfoto schießt. Der Fotograf ist extra aus der Stadt angereist und hält den Moment fest: Ottilie im Kreis ihrer Brüder und Schwestern, Schwager und Schwägerinnen, auch die Tanten und Onkel sind abgelichtet. Georgs Eltern oder Geschwister reisen für die Trauung nicht extra an, sind aber sehr stolz auf ihn, wie sie ihm schreiben. Mit 32 Jahren ist Georg glücklich verheiratet mit einer sehr liebevollen Frau und zum ersten Mal Vater geworden. Ottilie ist oft allein mit dem kleinen Georg, während deren Vater viel rund um

Kitschdorf auf dem Fahrrad unterwegs ist. Wenn Georg vom Dienst heimkehrt, erwartet ihn der große Schäferhund bellend und mit dem Schwanz wedelnd am Gartentor. Er ist ständig rund um den kleinen Buben und beschützt ihn mit Argusaugen. Nicht nur er kümmert sich um Georgs Familie, auch die Verwandtschaft von Ottilie ist viel in der Meierei zu Gast. Es herrscht stets ein geschäftiges Rühren in Töpfen, untermalt vom Plaudern der Frauen.

Bis zum Schuleintritt des kleinen Georg wechselt sein Vater noch drei Mal den Posten. Die Gendarmerie in Liesing im Lesachtal ist nahe dem Wirtshaus im Heimathaus des Geigenbauers Johann Lexer mitten im Ortskern eingemietet. Direkt über der Gendarmerie bewohnt Georg ein kleines Zimmer. Es ist seltsam, wieder allein zu sein, aber er will die Familie erst nachholen, wenn er sich eingelebt hat. Sein Willkommen in der Schreibstube ist sehr freundschaftlich, überhaupt fühlt sich sein Dienst kaum wie eine Pflicht an. Georgs Kontrollgänge führen ihn durch die Dörfer und zu den Höfen, nicht überall wird er herzlich begrüßt, aber das kennt er aus der Kindheit. Er begegnet ihnen wieder: den wortkargen Grantlern, den Rustikalen, den Grausamen und den wenigen Geselligen. Er genießt die saubere Luft, die Kälte und den Raureif fast bis in den Sommer hinein. Oft besucht er seine Eltern und bleibt auf einen klaren Schnaps, doch ist er niemals betrunken. Mit den Betrunkenen hat er in den Wirtshäusern auch hier zu tun, aber es kommt selten zu Raufereien. Man schätzt seine Art, sich nicht einzumischen, und respektiert seine Autorität. Vielleicht ist es die Sprache, die hier einiges so viel einfacher für ihn macht. Und manchmal ist es auch das Schweigen, das er gut kennt. Immer noch existieren hier ungeschriebene Regeln. Der Bauer ist der Herr, der erste Sohn übernimmt, der Knecht bleibt ein Knecht und uneheliche Kinder sind eine Schande. Man muss sich in diesem Hochtal aufeinander verlassen können, aber zu vertraulich wird man dann doch wieder nicht.

1923 kommt Ottilie mit Georg nach Liesing und wird bald darauf wieder Mutter. Der zweite Sohn Wunibald, genannt Wuni, ist ein kerniges Baby mit vielen Sommersprossen. Mit den beiden Buben versucht sich Ottilie einzuleben, auch wenn ihr das in der Heimatgemeinde ihres Ehemannes nicht immer leichtfällt, denn man lässt sie spüren, dass sie hier fremd ist.

Viele ehemalige Schulfreunde trifft Georg rund um den Dorfplatz und in der Kirche wieder. Sie haben sich verändert, etliche sind wie er an der Front gewesen. Manchmal trifft er sie am Friedhof bei den Gräbern jener, die nicht nach Hause gekommen sind. Das Familiengrab ist immer mit Blumen oder Zweigen im Gedenken an Johann geschmückt. Je öfter er dort vorbei geht, desto mehr verblasst die Erinnerung an seinen sinnlosen und grausamen Tod. Nun ist Georg ein respektierter Kommandant mit Familie, gelegentlich zieht man den Hut. In den 1920er-Jahren hat die Weltwirtschaftskrise auch die entlegenen Dörfer erreicht und das Geld hat seinen Wert verloren. Georgs Sold ist zwar bescheiden, aber ausreichend. Er kann sich als Beamter auf sein Salär verlassen. Für viele andere reicht es nicht mehr, und so floriert der Schmuggelhandel in Richtung Italien. Schon immer hat es das gegeben, aber selten so ausgeprägt. Georg bemerkt immer öfter, wie sich die Männer im Gasthof leise unterhalten und zu sprechen aufhören, sobald er näher tritt. Mit dem Priester und dem Lehrer sitzt er nun am Stammtisch, er ist eine angesehene Persönlichkeit geworden. Obwohl er dankbar ist, sich nicht mehr daheim als Knecht oder als Zimmermann verdingen zu müssen, vermisst er die Zugehörigkeit.

In dieser Zeit bietet sich ihm eine andere Art dazuzugehören, als der Vertreter des Servitenbundes ihn nach

Liesing, alte Aufnahme mit Gendarmerieposten

dem Kirchgang anspricht, ob er dem Laienorden beitreten möchte. Georg wird nach der Aufnahme in die Exerzitien eingeweiht. Als Laien aufgenommen werden nur Männer mit einem Schulabschluss in einem Gymnasium oder einer entsprechenden Berufsbildung. In seinem Fall wird der Gendarmeriekommandant als geeignet empfunden. Die Diener Mariens sehen sich auf Lebzeiten in den Diensten der Schmerzensmutter. Georg erhält nach seiner Probezeit ein zweiteiliges Stück Stoff, das sogenannte Skapulier, welches er fortan unter seiner Kleidung verborgen um den Hals trägt, als ein Symbol seiner Zugehörigkeit. Es misst etwa fünf mal zehn Zentimeter und soll das Joch Christi darstellen, mit welchem er die Menschheit aus der Verdammnis gezogen hat. „Nehmt mein Joch und lernt von mir“, spricht der Prior, als er ihm dieses kleine schwarze Stoffstück anlegt. Einzig zum Schlafen legt Georg es ab, nachdem er sich allabendlich vor seine Bettstatt kniet und seine sieben „Ave Maria“ betet.

In den Treffen erfährt er von der langen Geschichte des Ordens seit dem 13. Jahrhundert und dem Ursprung in Florenz. Über 30 Klöster gibt es von den Serviten in Europa, sogar im weit entfernten Swaziland in Afrika existiert ein Kloster. Georg sieht Schriftstücke aus Swaziland mit vielen bunten Stempeln im Büro in Maria Luggau. Auf einem Atlas in der Bibliothek sucht er dieses Land. Es dauert lange, bis er es findet. Überhaupt sind die Mitglieder des Laienordens sehr belesen und gescheit. Manchmal fühlt er sich deswegen überfordert, meist aber hört er zu und lernt sehr viel. Für die Gemeinschaft sind nicht nur die Demut und der Dienst am Menschen wichtig, sondern auch die Förderung der Bildung. Deswegen sprechen sie Eltern von schlauen Burschen aus dem Lesachtal direkt darauf an, ob sie sich vorstellen können, dass sie ihre Söhne nach Klagenfurt oder Innsbruck ins Internat zur Ausbildung schicken. Es geht ihnen dabei nicht darum, zukünftige Priester anzuwerben, denn nur ein Teil der jungen Burschen aus dem Lesachtal wird diesen Beruf tatsächlich ausüben. Der Rest von ihnen wird den späteren Lebensweg in eine andere Richtung wählen. Schon in Georgs Kindheit gab es immer wieder Buben, die nicht mehr in die örtliche Schule kamen, weil sie ins Marianum nach Klagenfurt wechselten. Er gehörte nicht zu den Auserwählten, trauerte dem aber auch nicht nach. Sein Zugang ist eher spirituell und weniger der Bildung zugewandt. Georg ist sehr geschmeichelt über seine Aufnahme und gehört nun einer Gesellschaft an, die ihre ganz eigenen Rituale und Traditionen in den Diensten der Muttergottes kennt. Viele Male treffen sich die Brüder in Maria Luggau zum Bibelkreis und Austausch. Georg schätzt diese Unterhaltungen sehr, denn während seiner Arbeit fehlt ihm das. Er ist ein Außenseiter, sogar in der Schreibstube auf der Wache.

Immer öfter rät man ihm auf seinen Ausfahrten nur die Hauptstraßen zu verwenden und die Bergpässe nicht mehr zu kontrollieren. Als er auf einem Kontrollgang zwei ehemalige Schulfreunde schwer bepackt auf einem Waldweg antrifft, weiß er warum. Einer der beiden hat ihn schon als Schuljunge ständig geärgert, der andere ist ihm nur in grauer Erinnerung geblieben. Georg ist verunsichert, was er zu tun hat. Er hat die Einhaltung von Gesetzen zu kontrollieren und zu sanktionieren. Immerhin hat er einen Eid geschworen. Aber was genau soll er hier tun? Was befindet sich wirklich in den Rucksäcken? Sind das eigene Lebensmittel oder handelt es sich um Schmugglerware? Er nestelt an seinem obersten Knopf, zieht die Uniformjacke über den Oberschenkeln straff nach unten und geht direkt auf die beiden zu.

Der eine schmunzelt ihn an, der andere grüßt laut.

„Grias di, Jirgl!"

„Grias euch! Wo wart ihr denn?"

„Unterwegs. Was geht dich das an?" Das Schmunzeln verschwindet.

„Bitte schön … öffnets mir die Rucksäcke! Gleich."

„Schorsch, bist du tamisch. Was wird das?" Eine Drohung schwingt in dem Ton mit

„Ich muss des verlangen. Und ihr wisst das. Was ist da drinnen?"

„Ja … Was meinst?" Georg hat damit eine Grenze überschritten.

„Ich nimm euch mit auf die Wachstubn. Wollt ihr das?" Georgs Ton wird schärfer.

„Nein. Aber du willst es auch nicht, oder?"

Die Uniform kann seine ehemaligen Schulfreunde nicht beeindrucken. Es vergeht ein unendlich langer Moment des Schweigens, sich Anstarrens und der beschämenden Verlegenheit, bevor Georg wortlos kehrtmacht. Nachdenklich trollt er sich davon und findet Frieden in einem Gebet. Die beiden haben niemandem geschadet, und er weiß, dass es hier nicht um die Gier geht, sondern um ein warmes Essen für deren Familien. Er hat den eigenen Hunger noch nicht vergessen und will nicht päpstlicher als der Papst sein. Er will auch nicht, dass seine Eltern wegen dieser Sache im Dorf gemieden werden.

Am darauffolgenden Sonntag findet ein Blasmusikkonzert in Liesing statt. Georg besucht es in Zivilkleidung und steuert gut gelaunt einen Sitzplatz in den vorderen Reihen an. Als er sich grüßend hinsetzen will, stehen die Männer in seiner Nähe gleichzeitig auf und gehen nach hinten, um von dort mit verschränkten Armen geringschätzig auf ihn herabzublicken. Georgs Mutter beobachtet die Szene und schnäuzt sich verlegen in ein Taschentuch. Für einen Augenblick scheint sogar die Musik nicht mehr zu blasen. Er hat verstanden, dass er hier nicht mehr erwünscht ist. Die Zeiten haben sich geändert, sie sind noch ernster geworden. Am darauffolgenden Tag telefoniert Georg mit dem Landesgendarmeriekommando und bittet um Versetzung.

Für eine Zeit ist er dann in Radenthein stationiert. Damals arbeitet auch Ottilies Bruder in einem Sägewerk in der Gemeinde, die vom Bergbau lebt. Aus den großen Schloten des Magnesitwerks raucht es tagein und tagaus. Die Männer arbeiten hart in den Stollen, nach dem Zahltag sind sie in den Wirtshäusern. Georg muss als Gendarm für Ordnung sorgen, aber es gibt selten Probleme, weil er sehr beliebt ist.

In Radenthein wird er daran erinnert, dass er zwei recht lebendige Söhne hat: Der kleine Georg besucht eines Tages seinen Onkel auf der Säge. Niemand weiß davon, er macht sich einfach auf den Weg. Er findet ihn nicht am Gelände und schaut sich um. Der Bub wird magisch angezogen von einem roten Hebel, genau auf seiner Augenhöhe angebracht.

Als er ihn betätigt, setzt sich die gesamte Säge in Betrieb. Just in dem Moment überprüft der Onkel die Sägeblätter und erschrickt nicht wenig, als diese zu rotieren beginnen. Mit der Hilfe eines Schutzengels ist keinem der beiden etwas geschehen. Doch die Schelte dafür kommt nicht vom Vater, sondern von Ottilie, die eine strenge, aber gerechte Erziehung verfolgt. Kaum muss sie wirklich laut werden, es reicht, ernst zu schauen. Wenige Tage danach stürzt dann der kleine Wuni in den Riegerbach nahe der Wohnung. Er kann mit der Hilfe einiger Kinder und herbeieilender Nachbarn gerettet werden. Auch ihm stößt nichts zu, aber dem verzweifelt danebenstehenden Georg bleibt das Schreckensbild vom Bruder im Wasser lange erhalten. Er konnte nicht helfen. Ottilie entzündet dankbar für die Unversehrtheit ihrer Buben eine Kerze in der Pfarrkirche. Schließlich wird der Gendarm in dieser kleinen Wohnung noch Onkel. Seine ledige Lieblingsschwester Theresa entbindet ihre Tochter Edeltraud in seinem Schlafzimmer. Nur schwer lassen sich die neugierigen Buben davon abhalten dabei zuzusehen. Weil sie ein uneheliches Kind auf die Welt bringt, findet sie bei ihm und seiner Frau in Radenthein Unterschlupf, bevor sie mit dem kleinen Mädchen in Richtung Steiermark weiterzieht. Heimgehen kann sie nicht mehr. Als Georgs Einsatzzeit in Radenthein endet, erfolgt die Versetzung ins Drautal – nach Greifenburg.

Aus der Sicht des historischen Kontextes:

Im Oberen Drautal waren die Forstwirtschaft und die kleine Sägewerksindustrie seit dem Ende des 19. Jahrhunderts zu einem erfolgreichen Wirtschaftszweig geworden. Absatzmarkt für Schnittholz war vor allem Italien, zudem entstand eine lokale holzverarbeitende Industrie, die ihre Papierprodukte auch am Weltmarkt absetzte. Da Sägewerke ein freies Gewerbe waren, schossen sie wie Pilze aus dem Boden. Die starke

Konkurrenz russischer und jugoslawischer Holzexporte führte am heimischen Markt dann zu Überproduktion, Preisverfall, Verschuldung und dem Verlust von Konkurrenzfähigkeit. Eine Tendenz, die sich in der Wirtschaftskrise ab 1930 verstärkte. Unter den frühen NS-Aktivisten in Greifenburg befanden sich etliche Sägewerksbesitzer und Forstwirte, auch manche lokalen Industriellen und ihre leitenden Angestellten hegten Sympathien für den Nationalsozialismus. Im Jahr 1932 erzielten die Nationalsozialisten bei den Landtagswahlen und bei den Gemeinderatswahlen in Kärnten erste größere Erfolge. In Greifenburg erhielten sie 21 % der Stimmen, was gegenüber den Nationalratswahlen von 1930 einen merklichen Zuwachs bedeutete und erstmals drei Mandate im Gemeinderat brachte. Die Marktgemeinde zählte zu dieser Zeit etwa 2.000 Einwohner. Die flächenmäßig kleine, eng bebaute Ortschaft unter dem gleichnamigen Schloss war das Verwaltungs-, Handels- und Gewerbezentrum mit dem im Schloss amtierenden Bezirksgericht, zahlreichen Handwerksbetrieben, Gastwirtschaften und Fuhrunternehmen. Typisch für die gewerblich-landwirtschaftliche Struktur war der verzweigte Betrieb des Großgrundbesitzers Balthasar Niedermüller, der über Jahrzehnte hinweg maßgeblichen Einfluss auf die wirtschaftliche und politische Entwicklung ausübte, auch wenn er persönlich eher im Hintergrund agierte. Die sozialen Verhältnisse blieben überwiegend feudal bis kleinbürgerlich. Für den Nationalsozialismus war dies ein guter Nährboden. Als Bürgermeister wurde der seit 1920 amtierende Färbermeister Bernhard Schober, Spross einer alteingesessenen Greifenburger Gewerbefamilie, wiedergewählt. Schober gehörte dem Landbund an, einer deutschnationalen Partei, welche die Interessen der Bauern und des ländlichen Gewerbes vertrat und die in Kärnten seit 1923 den Landeshauptmann stellte. Schobers politisches Verhalten in den folgenden Monaten war paradigmatisch nicht nur für Greifenburg, sondern für weite Teile Kärntens. Er wechselte mit der Machtübernahme Hitlers 1933 zur Nationalsozialistischen Deutschen

Arbeiterpartei (NSDAP) und war einer von drei nationalsozialistischen Bürgermeistern im Tal. Zwischen Ende Jänner und Mitte Juni 1933 verzeichnete die NSDAP in Österreich einen Zuwachs von 60 % auf fast 70.000 Mitglieder. Viele der in den folgenden Monaten auch im illegalen Kampf aktiven Oberdrautaler Nationalsozialisten traten in dieser Phase der NSDAP und der Sturmabteilung (SA) bei. Etliche der Aktivisten waren zuvor in der Kärntner Heimwehr organisiert gewesen. Innerhalb dieser nach den Kärntner Grenzkämpfen Ende des Ersten Weltkrieges gebildeten paramilitärischen und antidemokratischen Formation taten sich immer tiefere Risse auf: Großdeutsche gegen Österreich, Patrioten, Antiklerikale gegen Katholiken, Hitler-Bewunderer gegen Mussolini-Anhänger. In Kärnten war der großdeutsche, antiklerikale, an Hitler orientierte Flügel deutlich stärker. Er ging Anfang der 1930er-Jahre in der NSDAP und ihrer Kampfformation SA auf. In Greifenburg organisierte dieser Flügel von 1930 bis 1933 überaus militant agierende Ortsgruppen, die in alle Gemeinden des Oberen Drautales ausstrahlten. Der andere Teil der lokalen Heimwehr orientierte sich hingegen am österreich-patriotischen Kurs der Tiroler Heimwehr und war politisch und personell mit dieser eng verbunden. Heimwehrmänner übernahmen im Rahmen des Schutzkorps an der Seite der Gendarmerie auch die Sicherung der Regierungsmacht in den Ortschaften. Die Beteiligung an Wahlen war für die Nationalsozialisten aber nur ein taktisches Instrument ihres Kampfes um die Erringung der Staatsmacht. Nach der Machtübernahme Hitlers verstärkten sie ihre Agitation auf den Straßen und setzten vermehrt terroristische Methoden ein, etwa die Störung von Versammlungen politischer Gegner, Sprengstoffanschläge und gewalttätige Demonstrationen.

Quelle: Pirker, Peter: Der Nationalsozialismus im Oberen Drautal, Aufstieg, Herrschaft, Opposition und Widerstand, 2013.

Granaten in der Nacht

Der Ball fliegt über die Haustürschwelle und rollt unaufhaltsam vom Hauseingang über das Kopfsteinpflaster abwärts in Richtung Hauptplatz. Die beiden Buben rennen ihm hinterher. Der kleine Georg pfeift und setzt ein breites Grinsen auf.

„Hol ihn wieder! Hörst du!“ Wuni läuft kreischend hinterher.

Doch der kleine braune Lederball mit groben Nähten kugelt weiter, hüpft, von Steinchen abgelenkt, manchmal nach oben, dreht sich erneut und bleibt schließlich, durch einen Fahrradreifen gestoppt, kurz vor der Einfahrt zum Schloss stehen. Der Gendarm stellt das Fahrrad ab und hebt ihn hoch. Als der kleine Georg außer Atem den verschossenen Ball verfolgt, stößt er beinahe mit seinem Vater zusammen. Der hebt die Augenbrauen, rückt seine Schirmmütze zurecht und schmunzelt.

„Dacht ich’s mir doch, dass ich den Ball kenne.“ Der kleine Georg blickt zum Vater hoch, einen Augenblick lang nicht sicher, ob er dafür Schimpfe ernten wird, als Wuni plärrend und atemlos in die beiden kracht. „Vati, der Ball … ist … der Georg hat … ist aber meiner … er hat … er hat …“, der Vierjährige wischt schniefend seinen Rotz in den Ärmel. Georg beruhigt seinen Zweitgeborenen und hebt die beiden wortlos auf seinen Sozius über dem Hinterrad. Mit festen vorsichtigem Tritt liefert er die beiden wieder zu Hause ab. Den ganzen Weg über schmunzelt er und übergibt die beiden mit einem liebevollen Klaps auf den Hintern an Ottilie. „Keine Nachspeise heute für Georg.“

Wuni und Georg sehen den Vater nun öfter. Das Bild von dem strengen Mann in der Uniform wird von jenem in Jagdkleidung abgelöst. Er kommt mit Rehen oder Gämsen geschultert nach Hause, die oft auf dem Speiseplan der Familie stehen. Es gibt so viel Wild, dass Ottilie Fleisch und Innereien beim hinteren Kellerausgang an die armen Leute im Dorf verschenkt. Ihr Ehemann weiß davon nichts. Überhaupt ist sie eine sehr beliebte und mildtätige Frau. Der Gendarm betreibt aber noch ein weiteres Hobby: Er ist begeisterter Imker und hat einige Bienenstöcke im Garten, die er liebevoll pflegt. Den Honig teilen Wuni und Georg großzügig mit Mitschülern. Die Mutter schimpft die Buben aus und droht ihnen eine Tracht Prügel an, woraufhin sich die beiden die Lederhosen mit Pappkarton auspolstern. Ottilie merkt das natürlich, und so gibt es die Hiebe dann auf den blanken Hintern. Am darauffolgenden Tag ist alles vergessen. Sie gibt ihnen einen liebevollen Kuss auf den Schulweg mit. Ottilie trägt das Herz am rechten Fleck, eine herzensgute Frau, die allen Kummer mit echter Zuneigung wettmacht.

Die Buben sehen sich sehr ähnlich, beide haben helles, sehr dichtes Haar und blaue Augen, aber Wuni hat viele Sommersprossen. Beide sind gesund und zuletzt kräftig gewachsen, im Sommer stets ohne Schuhe unterwegs, ihre Lederhosen werden von Hosenträgern gut festgehalten. Meist sind Georg und Wuni gleich angezogen, oft denkt man im Ort, sie wären Zwillinge. Sie sind richtige Lausebengel, die nichts auslassen, was verboten oder gefährlich ist. Stets sind sie schmutzig und haben zerrissene Strümpfe im Winter. Georg kann schon vor Schulbeginn den Kalender lesen, schiebt schon einzelne Zahlen und ein paar Buchstaben zu Wörtern zusammen.

Wuni interessiert das noch nicht, aber er läuft seinem Bruder überallhin nach, er ist immer mit von der Partie. Über den Hauptplatz mit seinem schönen Brunnen, eingerahmt von eng aneinandergebauten Bürgerhäusern, verkehren damals noch kaum Fahrzeuge. Kommt doch einmal eines vorbei, laufen die Kinder ihm freudestrahlend aufgeregt rufend hinterher. Der Wochenmarkt am Samstag gibt Anlass zum Staunen über so viele herrlich duftende Lebensmittel und Marktrufer, die ihre Waren anpreisen. Ottilies Söhne werden in der Gemeinde schnell integriert, müssen sich ihren Platz bei der Jugend aber erst sichern. Die jüngeren Buben sind in rivalisierenden Banden organisiert, die sich die „Kavaliere" und der „Schmollverein" nennen, benannt nach zwei Schuhpaste-Firmen, die mit ihren Plakaten beim Greißler prominent im Schaufenster prangen. Die leeren Schuhpastedosen reinigen die Buben feinsäuberlich und klopfen die Deckel zu runden Plaketten, die sie entweder bei sich tragen oder in ihren Verstecken wie einen Schatz hüten. Eines der Verstecke ist hinter dem Schlossteich. Dort bläst Georg auch die ersten Zigaretten-Rauchringe in die Luft, bevor er wie verrückt husten muss. Vom Rauchen will er danach lange Zeit nichts mehr wissen. Ihr Alltag ist frei und unbekümmert, sie spielen fast nur draußen, Sommer wie Winter laufen sie zwischen den engen Gassen hinaus in die Umgebung und Wälder. Sie bauen Burgen, spielen Theater und starren Löcher in die Wolken, während sie auf den abgemähten Wiesen liegen. Ihre Spielkameraden sind Söhne von Arbeitern, Knechten, Handwerkern, Händlern und Großgrundbesitzern. Sie sind alle gleich, das verändert sich auch nicht in den ersten vier Jahren nach ihrem Zuzug. Ihre Welt beschränkt sich im Wesentlichen auf das Dorf, das durch den Gnoppitzbach in ein Ober- und ein Unterviertel getrennt ist. Nach der Schule liefern sich die Kinder aus beiden Ortsteilen erbitterte Hahnenkämpfe. Ihren spielerischen Charakter sollen diese Raufereien jedoch bald verlieren, als die Kinder in die Sippenhaftung ihrer Eltern geraten. Bei den Erwachsenen bilden sich in den frühen 1930er-Jahren ebenfalls zwei Gruppen, die um mehr als den Bach kämpfen: die Vaterländer und die Nazis. Im Gegensatz zu den Kindern, die sich an Regeln halten und bei denen es danach wieder Frieden gibt, bleibt der Hass zwischen den Erwachsenen bestehen.

Für die Schulkinder Georg und Wuni ist Politik unwichtig und berührt sie nicht. Dennoch bekommen sie bald mit, dass die Rolle ihres Vaters im Dorf eine Besondere ist. Er steht irgendwo zwischen dem Pfarrer und dem Lehrer in einer Sonderstellung. Sie begreifen, das wenn er auf seinem Fahrrad in seiner Uniform zwischen den Gassen radelnd, mehr ist als ein stiller und oft nachdenklicher Jäger und Imker. Er kann strafen und mahnen, das wissen sie wohl, aber was geschieht denn schon Schlimmes hier? Als Georg elf Jahre alt wird, ändert sich das sehr schnell und soll für die darauffolgenden drei Jahre seinen Alltag prägen. Während eines gemeinsamen Ausflugs zum Weißensee, den der Vater in seinem Rayon ebenfalls zu überwachen hat, lernen sie ihn erstmals auch von einer anderen Seite kennen. Inmitten des zugefrorenen stillen Weißensees erzählt er den Buben bei einer Rast auf dem Schlitten von seiner Zeit im Lazarett von Sistiane, wo es ihm das erste Mal im Leben richtig gut ging. Er schwärmt von warmen, sauberen Betten und dass es genug zu essen gab. Die Buben begreifen, dass ihre Kindheit sich von der des Vaters in vielen Dingen unterscheidet. Er hat wenige unbekümmerte Tage erlebt, in denen er nicht arbeiten oder kämpfen musste. Von den nachdenklichen und besonnenen Worten des Vaters überrascht, wird er an diesem eiskalten Wintertag am spiegelglatten Eis zu ihrem Vorbild. Nicht weil er ein Kriegsheld ist, sondern weil er Gefühle zeigt, was er selten tut.

Der Vater muss seine Emotionen zügeln, denn er gerät nun immer häufiger in Streit mit Männern, die ihm zuvor stets sehr freundschaftlich begegnet waren. Nur einer bleibt ein echter Freund durch die sieben Jahre seiner Kommandantur in Greifenburg: Der junge Michael Hassler ist sein Vermieter, er warnt den Gendarmen, bei den nächsten anstehenden Wahlen den Schoberblock des amtierenden Bürgermeisters zu wählen, was Georg dann nicht tut. Zu sehr ist er österreichisch eingestellt. Wort für Wort liest er die Tageszeitung in der Schreibstube, in der immer bedrohlichere Nachrichten aus Deutschland zu lesen sind. Man verspricht eine heile Welt inmitten einer Wirtschaftskrise. Der Aufschwung soll kommen, der Wechsel steht bevor. Die neuen nationalsozialistischen Ideen von einem Großdeutschen Reich widersprechen seiner Verbundenheit zu dem, was noch Österreich geblieben ist. Vielleicht ist es seine Grundhaltung aus einem Tal, in dem man allem, was fremd ist, mit Misstrauen begegnet? Zu lange hat Georg für sein Vaterland gekämpft, für die Monarchie. Der Zerfall des habsburgischen Vielvölkerstaates ist für ihn traurig genug. Er stellte sich danach noch ein weiteres Jahr gegen die Teilung seines Landes freiwillig an die Front. Georg hat einen Eid auf den Schutz und die Bewahrung der Gesetze abgelegt. Nun soll er das alles vergessen? Immer mehr Greifenburger wechseln das Lager, was er nicht nachvollziehen kann. Gesetzestreu und unerschütterlich bleibt Georg ein Dollfuß-Österreicher bis ins Mark. Ottilie bemerkt, wie sich schleichend das Verhalten der Dorfbewohner ihnen gegenüber verändert. Noch kann sie es nicht einordnen, denn auch in ihrer eigenen Familie gibt es unterschiedliche Ansichten über die Zukunft dieser jungen Republik. Ihre Brüder sind beim Heimatschutz, wie ihr die Schwägerin schreibt. Ottilie steht hinter ihrem Ehemann, aber die Situation spitzt sich von Woche zu Woche weiter zu. Auf den Dorfgendarmen kommt eine Welle der Feindschaft zu, der sogar Todesdrohungen folgen.

Eines Tages taucht der Vater zweier Spielkameraden von Georg und Wuni in ihrer Wohnung auf. Der junge Pranter, ein Mann mit buschigem Schnauzer, besitzt eine Pappendeckelfabrik, die kurz vor dem Konkurs steht. Er versucht den Vater zu überreden, einen Aufmarsch der Nazis im Ort zu dulden und nicht einzugreifen. Das tönende und überzeugte „Nein" des Gendarmen hallt noch im Vorhaus weiter, als der Mann fluchend und polternd die Wohnung verlässt. Ab diesem Zeitpunkt ist es den Kindern untersagt, sich weiterhin zu treffen. Dem Schüler Georg wird immer mehr bewusst, dass hier im Dorf doch nicht alle gleich sind. Sein Schulfreund Arnulf Pranter hat sich durch die Tischreden seines Vaters so verändert, dass er Georg bis aufs Blut zu traktieren anfängt. Obwohl er kein Engel ist, braucht es viel, um ihn wirklich aggressiv zu machen. Das gelingt dem Pranter jungen und endet in einer Szene vor der Kirche, wo Georg dem Buben ein großes Büschel Haare ausreißt. Alles geht so schnell, dass die Erwachsenen es zuerst gar nicht mitbekommen, aber das Gebrüll vor der Kirchentür und die blutende Stelle am Hinterkopf machen alle wütend. Es soll Anlass für ein Nachspiel werden, mit einer Gerichtsverhandlung im Schloss. Eine willkommene Möglichkeit für den fanatischen Nationalsozialisten und Hilfsrichter Hradetzky, den korrekten Gendarmen endlich loszuwerden. Es gelingt ihm nicht, aber Ottilie hat täglich mehr Angst um ihre Jungen und um ihren Ehemann.

Im Frühsommer des Jahres 1933 versucht man Georg – inzwischen befand sich Österreich auf den Weg in den „autoritären Ständestaat" – auf seiner Patrouille in einen Hinterhalt zu locken; auch das misslingt. Von diesem Zeitpunkt an schläft er nur mehr mit einer Pistole unter dem Kopfpolster. Das Landesgendarmeriekommando erkennt, dass man in Greifenburg Verstärkung braucht, und quartiert einen Zug

Hilfsgendarmen im selben Haus ein. Von da an fühlt sich Ottilie etwas sicherer.

Das Schuljahr ist noch nicht zu Ende, als sich am Fronleichnamstag trotz des Versammlungsverbots eine große Demonstration der Nationalsozialisten zusammenrottet. Eine brüllende Menge von gut 200 Menschen aus dem ganzen Tal bewegt sich fahnenschwingend durch das Dorf. Georg und Wuni hält nichts mehr beim gleichzeitig stattfindenden Pfadfindertreffen. Sie rennen in Richtung der Seilergasse und klettern auf einen Holzriegel hinter einer angrenzenden Mauerkrone, die schon stark abgewittert ist. Einige Steine lockern sich bereits, als die Burschen sich flach auf den Holzstapel hinlegen und dort vor den Demonstranten verschanzen. Das Getrampel der Vorbeimarschierenden klingt bedrohlich. Lautstark werden Lieder gesungen, die Georg und Wuni zwar schon gehört haben, aber immer nur per Zufall und ganz leise auf den Tennen, wo geheime Treffen stattfinden. Nun tönt die wütende Menge ganz öffentlich als Einheit. Georg und Wuni kennen den Grund für die Wut in diesen Stimmen nicht. Die Hakenkreuzfahnen wehen auf Augenhöhe der Buben vorbei. Sie sind hautnah dabei und doch unsichtbar.

Die Gendarmen sind sofort in Alarmbereitschaft, um die Versammlung aufzulösen, wissend, dass sie stark in der Unterzahl sind. Man hofft, dass sich der aufgestaute Hass und Ärger nicht mit Gewalt entlädt. Seit seinem Fronteinsatz am Isonzo ist Georg keiner so großen Menschenansammlung mehr gegenübergestanden. Nur dieses Mal ist er mit seinen Hilfsgendarmen mit Bajonetten bewaffnet und die Demonstranten sind es nicht. Er will nicht, dass die Situation eskaliert. Mit seiner Mannschaft zieht er sich in die Seilergasse zurück, ein schmales Gässchen zwischen der Bahnhofstraße und der Drautaler Bundesstraße. Es führt zuerst an einer langen Mauer vorbei und ist rechts und links von hohen Bürgerhäusern flankiert. Mit aufgepflanzten Bajonetten und den Gewehren in die Hüfte gestemmt, bilden die Gendarmen für die nachdrängenden Nazis ein gefährliches Hindernis. Vor der Absperrung stockt der Aufmarsch kurz.

In diesem Moment lassen die Buben wie auf ein Kommando die losen Schieferplatten von der Mauer über die Köpfe der Demonstranten fliegen. Direkt auf den vordersten Fahnenträger schlittert ein Stein und verletzt ihn am Kopf. Unerkannt machen Georg und Wuni weiter, bis sie noch ein paar der Fähnriche treffen, die brüllend und aufgeregt die schweren Stangen sinken lassen. Sie blicken sich verwirrt um und verstehen nicht, warum ihre Mitläufer sie nicht unterstützen. Die Demonstranten in den hinteren Reihen sollten eigentlich die Gendarmen aus dem Verkehr ziehen, aber dummerweise attackieren sie nun die eigenen Leute mit Steinen. Es braucht nur ein paar kleine Steine, die die Buben leise kichernd fliegen lassen, um eine große Rauferei zwischen den Nazis auszulösen. In dem Wirrwarr aus braunen Uniformen verschwinden die Buben leise über den Hauptplatz, wo sie sich in einiger Entfernung zu dem Gerangel unter die Zuschauer mischen. Die schimpfende und polternde Rotte löst sich schließlich auf, ohne dass die Gendarmerie eingreifen muss. Der Vater erzählt Ottilie nach seiner Heimkehr vom Schutzengel, der ihn völlig unverletzt aus dem verkeilten Haufen Nazis nach Hause brachte, weil diese sich gegenseitig mit Steinen bewarfen. Wuni kann sehr schlecht etwas für sich behalten und beichtet dem Vater, was geschehen ist. Kreidebleich ist der zuerst unter Schock, schimpft fürchterlich und lässt sich von den Buben versichern, dass sie so etwas nie wieder tun werden. Er möchte sich nicht vorstellen, was passiert wäre, wenn man die beiden gefunden hätte.

In den Wochen danach zeigt sich, dass die Nationalsozialisten keine Probleme damit haben, auch Frauen und Kindern zu terrorisieren, um ihre Ziele zu erreichen. Ottilie entkommt im Herbst 1933 nur knapp einem Anschlag, als sie in der beleuchteten Küche sitzt und die Zeitung liest. Es gibt einen Knall und die Fensterscheibe zerbricht, dann pfeift eine Kugel haarscharf an ihrem Ohr vorbei. Sie bleibt in der Küchenkredenz stecken. Als sich die Mutter langsam vom Schreck erholt und nachsieht, sind die Schützen über alle Berge. Viele Nächte lang weint sie sich danach verhalten in den Schlaf. Georg versucht sie zu beruhigen, aber er hat im Gegensatz zu seiner Frau ja schon so viele Kugeln an seinem Ohr vorbeifliegen hören. Von diesem ersten Angriff bekommen die Kinder nichts mit, weil sie bereits friedlich schlafen. Die Eltern versuchen sich ihre berechtigte Angst nicht anmerken zu lassen.

Etwa um diese Zeit reist der Vater mit Georg nach Klagenfurt zur Aufnahmeprüfung am Gymnasium. Es ist eine Tagesreise mit dem Postbus und dem Zug vom Oberen Drautal bis in die Hauptstadt. Vater und Sohn bringen die Zeit recht schweigsam zu, jeder in seine Gedanken und Träume versunken. Zum ersten Mal ist Georg in einer großen Stadt und übernachtet in einem Gasthof. Er lässt sich die Aufregung am Morgen nicht anmerken und meistert die Prüfung ohne Probleme. Tapfer trottet er neben dem Vater durch die Gassen, blickt mit großen Augen in die Auslagen und legt den Kopf immer weiter in den Nacken, um die Spitze des Doms zu erblicken. Der Gendarm wünscht sich eine Priesterlaufbahn für seinen Sohn oder zumindest eine Ausbildung durch die Kirche, wie sie schon so viele aus seiner Heimat genossen haben und dann großartige Gelehrte wurden. Auch der Pfarrer von Greifenburg unterstützt diese Idee, obwohl er den Jungen seit dem Zwischenfall vor der

Kirche nicht mehr zum Ministrieren holt. Der tiefgläubige Vater schämt sich dafür lange, bestimmt länger als sein Sohn.

Der Schüler Georg hat selbst noch keine Zukunftspläne, er möchte es dem Vater recht machen, kann sich aber nicht genau vorstellen, was er einst werden wird. Vielleicht Pilot, vielleicht Arzt oder vielleicht doch Pfarrer? Sicher ist, dass er mit seinem Weggang ins Gymnasium die Prügelknaben im Dorf vor Neid grün werden lässt. Georgs Aufnahme hat sogar bei deren Vätern Unbill erzeugt. Ein Grund mehr für Vaters Feinde, diese Familie zu hassen und sie das spüren zu lassen. Dahergelaufen, unangepasst und obergescheit. Ottilie fühlt sich schon lange nicht mehr sicher. Sie wird gemieden, niemand kommt mehr Fleisch zu ihr holen. Keiner stellt sich am Sonntag mit ihr nach der Kirche auf einen Tratsch zusammen, auch die Sonntagsspaziergänge mit Bekannten gibt es nicht mehr. Die beiden Burschen hüten sich, allein durch den Ort zu gehen. Nicht einmal der Weg zum Milchholen beim Bauern ist mehr sicher, wie Wuni zu Hause außer Atem vom Davonlaufen berichtet.

„Vati, wo wird das hinführen?“, schluchzt Ottilie eines Nachts vor dem Einschlafen.

„Ich weiß es nicht, Mutti“, versucht er eine tröstliche Antwort zu finden. „Aber was soll ich tun?“

Seit vielen Monaten schläft er nicht mehr richtig. Es ist wie im Krieg in den Höhlen, nur wärmer, aber der Feind ist genauso nahe. Von Tag zu Tag wird der Feind stärker, immer mehr laufen über. Es gibt keine Gefangenen, nur viele Mitläufer.

„Es ist schrecklich, Vati. Es ist wie ein böser Traum.“

Und der Albtraum nimmt kein Ende, im Gegenteil. In den darauffolgenden Wochen sprengen die Nazis Eisenbahnschienen und verüben Attentate auf politische Gegner der Christlichsozialen Partei. Georg ist mit seiner Mannschaft überfordert, die Sicherheit ist nicht mehr zu gewährleisten. Obwohl er als Kommandant des Gendarmeriepostens versucht, der NSDAP-Ortsgruppe nach Kräften entgegenzutreten, ist auch seine eigene Mannschaft bereits von den Nazis unterwandert. Seine Zeit hier ist abgelaufen, sein Wille jedoch ungebrochen. Kurz vor Weihnachten 1933 erhält Georg die Verständigung vom Landesgendarmeriekommando, dass er nach Klagenfurt in die Gendarmerieschule abgezogen wird. Ottilie beginnt schnell und ohne Reue die ersten Kleidungsstücke einzupacken.

Man will aber noch die Feiertage in Greifenburg verbringen, um sich von den wenigen verbliebenen Freunden zu verabschieden. Georg ist das erste Mal seit seinem Einzug im Internat auf Heimaturlaub und erlebt den Anschlag ganz bewusst mit. Es passiert in der Silvesternacht 1933, die Eltern sind zu einer kleinen Party bei Michl Hassler eingeladen. Um Punkt Mitternacht explodiert eine Handgranate aus dem Ersten Weltkrieg in ihrem Stiegenhaus. Alle Scheiben in der unmittelbaren Umgebung bersten. Wuni und Georg werden von der heftigen Detonation aus den Betten gehoben. Zitternd stehen die beiden auf dem Bett, aneinandergeklammert hoffen sie, dass die Zimmerdecke nicht über ihnen einbricht und es nicht noch eine Granate gibt. Das Gewölbe knirscht, gibt aber nicht nach. Kurz nach dem Krach grölt eine Bande junger Nazis vor dem Fenster. Diese Nacht schweißt die Brüder zusammen und ihre Angst verwandelt sich in Widerstand. Die Eltern kehren nur Minuten später heim, aber sie sprechen kaum über diesen Abend, als würde ihnen das mehr Sicherheit geben. Die Buben gehen mit den Terroranschlägen auf ihre Art um. Vielleicht sind sie dabei sogar etwas zu forsch und unbedarft wie in den Kinderbanden? Oder sind sie schlicht verzweifelt, so wehrlos zu sein? Heimlich bauen die Burschen im Vorhaus mit Sandsäcken einen Beobachtungsposten, in dem sie sich bei einer erneuten Explosion sicher fühlen. Während die Eltern ihre Kinder schlafend in den Betten wähnen, halten sie bis spät in die Nacht hinein Wache. Zwei Tage darauf nehmen sie plötzlich tatsächlich ein Geräusch wahr, und als sich die Haustüre öffnet, schlagen sie mit ihren Schlittschuhen bewaffnet einen Mordsradau, um die Bombenleger zu erschrecken.

„Hände hoch!", schreien die Burschen wie am Spieß. Der Einbrecher hebt die Arme, schlottert vor Schreck und wagt es schließlich, das Licht im Stiegenhaus einzuschalten. Der sehr erschrockene Hausherr Michl Hassler ist spät von seinem Lederwarengeschäft nach Hause gekommen. Er beruhigt sich schnell wieder. Der Vater schrickt aus dem Schlaf hoch, steht mit der Pistole in der Hand im Türrahmen und droht seinen Söhnen diesmal mit einer echten Tracht Prügel für diesen Unsinn, was der nette Michl dann verhindert. Auch danach bleibt er eine Vertrauensperson für die Burschen und die Nachtwachen sind Geschichte.

Das Attentat spricht man nur Tage später einem Bäckergesellen zu. Angestiftet von seinem Meister, wählt er aus schlechtem Gewissen den Freitod. Er hängt sich noch vor dem Heiligen-Drei-Könige-Tag in der Backstube im Haus gegenüber auf. Eine Sensation für die beiden Buben! Sie sind nur schwer vom Unglücksort fernzuhalten, doch die Angst vor dem grauslichen Anblick siegt über die Neugierde. Der Vater stellt bei der Hausdurchsuchung in der Bäckerei Maschinengewehre sicher, aber nicht nur dort rüstet man auf. Im ganzen Oberen Drautal gibt es Hakenkreuzschmierereien an Felswänden und Hausmauern, morgens finden die Buben Flugzettel auf ihrem Weg zum Milchbauern, die über die Nacht verteilt wurden. Auf den Höhen brennen nachts die Höhenfeuer, immer öfter werden ringsum Hakenkreuzfahnen gehisst.

Georgs Versetzung wird von namhaften Greifenburger Bürgern und Gewerbetreibenden betrieben. Menschen, die noch vor sieben Jahren gute Bekannte waren und freundlich gegrüßt haben, stehen nun stumm vor dem Postbus, der die Familie nach Klagenfurt bringt. Der Weihrauchduft der Sternsinger liegt über den verschneiten Gassen. Von weitem hört man die bekannten Gesänge. Ihre ehemaligen Schulfreunde bringen ihre Lieder und Gaben zu dem Kind im Stall von Bethlehem und zu den Menschen in die Häuser. Die Kinder des ungeliebten gesetzestreuen Gendarmen sind nicht mehr gefragt worden, ob sie dabei sein möchten, um von Haus zu Haus zu gehen. Vielleicht waren sie in Wahrheit dort nie willkommen? Als Wuni sich im Postautobus noch einmal umdreht, meint er seinen alten zerschlissenen Ball in einer Dachrinne zu erkennen. Ottilie blickt sich nicht mehr um, sie knetet ihre Handschuhe, in die sie ein Taschentuch geschoben hat. Zum Weinen ist ihr schon lange nicht mehr zumute. Der abschätzige Blick seines Nachfolgers ist das letzte, was der Vater von diesem Dorf mitnimmt. Der Weg ist nun für ihn frei, denn der neue Kommandant ist den Nationalsozialisten mehr als gewogen und lässt sie gewähren. Der Internatsschüler Georg hat lange mit dem Heimweh nach Greifenburg gehadert, aber dieses Lebenskapitel ist nun endgültig abgeschlossen. Dies sind seine letzten Ferien im Drautal, sein Leben spielt sich bereits seit einigen Monaten in Klagenfurt ab.

Aus der Sicht des historischen Kontextes:

Der Ständestaat

Die Vollendung des Dollfuss-Putschs stellt die neue Verfassung dar, die am 1. Mai 1934, nicht zufällig an einem der wichtigsten Feiertage der niedergeschlagenen Arbeiterbewegung, erlassen wird. Aus Österreich ist eine demokratische Republik geworden. „Das Recht geht vom Volk aus und wird im Namen Gottes des Allmächtigen, von dem alles Recht ausgeht, ausgeübt“, damit erklärt das österreichische Volk für seinen christlichen deutschen Bundesstaat auf ständischer Grundlage diese Verfassung. Die Staatsbezeichnung Republik Österreich wird durch Bundesstaat Österreich ersetzt. Als wappenähnliches Emblem wählt die Diktatur das sogenannte Kruckenkreuz. An die Stelle der Republik Österreich ist der soziale, christliche, deutsche Staat Österreich auf ständischer Grundlage und starker antiautoritärer Führung, der sogenannte Ständestaat, getreten. Der Begriff Austrofaschismus ist eine andere Bezeichnung für das von 1933/34 bis 1938 in Österreich etablierte Herrschaftssystem, das sich stark an die faschistische Diktatur Benito Mussolinis in Italien anlehnt. Der im Herbst 1934 neu geschaffene Kärntner Landtag hat mit einer demokratisch legitimierten Landesvertretung nichts mehr gemeinsam. Die Rechte des Landtags gehen auf den Landeshauptmann und seinen Stellvertreter über. Dollfuß orientiert sich in seiner Republik an der päpstlichen Enzyklika „Quadragesima anno“ aus dem Jahr 1931, worin Papst Pius XI. die Demokratie ablehnt und stattdessen den Aufbau der Gesellschaft nach Berufsständen fordert. UnternehmerInnen, ArbeiterInnen und Bauernschaft sollen keine eigenen Interessensvertretungen schaffen. Durch die harmonische Zusammenfassung aller gesellschaftlichen Gruppen in Berufsständen wurden soziale Konflikte verhindert werden. Ein derartiger Ständestaat ist nach Ansicht des Papstes eine gut gewollte Gesellschaftsordnung. Die katholische Kirche unterstützt daher den autoritären Ständestaat und erhält im Gegenzug viele Privilegien, die im Konkordat von 1933 abgesichert sind und bis heute Gültigkeit besitzen. Die österreichische Realität entspricht nicht der päpstlichen Theorie, nur im öffentlichen Dienst und in der Landwirtschaft erfolgt die Bildung von Berufsständen. Die Arbeiterschaft bleibt benachteiligt, da die Gewerkschaften nach wie vor verboten sind. Die Regierung kümmert sich in erster Linie um die Anliegen der UnternehmerInnen […] spart vor allem bei den Sozialausgaben und vergrößert damit das Elend vieler ArbeiterInnen. Es gibt kaum Investitionen in die Wirtschaft, sodass sich die Arbeitslosenrate in Österreich bis 1938 auf sehr hohem Niveau bewegt. Die Landwirtschaft leidet unter niedrigen Produktpreisen und hoher Verschuldung, viele Höfe in Kärnten werden zwangsversteigert. Bis 1938 ist die Zustimmung zum Ständestaat sukzessive im Schwinden begriffen. Die Regierung Dollfuß verbietet sämtliche Parteien, politische Gegnerinnen werden ins Gefängnis oder ins Anhaltelager Wöllersdorf gebracht. Zugelassen ist nur noch eine Art Einheitspartei. Die von Dollfuß im Mai 1933 gegründete Vaterländische Front ist nach dem Führerprinzip aufgebaut. Wer ihr nicht beitritt, hat praktisch Berufsverbot. Der Gruß der Vaterländischen Front lautet „Frontheil!". Mit ihrer Hilfe lenkt, kontrolliert und bespitzelt die Regierung das Volk. Die erwünschte Massenbasis kann die Einheitspartei trotz ihrer 300.000 Mitglieder nicht herstellen. Viele treten nur wegen des Zwangs bei. 1936 werden alle bestehenden Wehrverbände, wie die Heimwehr, aufgelöst und in die Frontmiliz, den militärischen Arm der Vaterländischen Front, eingegliedert. Die Einheitspartei verfügt über eine staatliche Jugendorganisation, ähnlich der Hitlerjugend: die Vaterländische Jugend oder das Vaterländische Jungvolk.

Man tritt für ein eigenständiges Österreich ein und fördert den österreichischen Patriotismus. Gleichzeitig wird der deutsche Charakter Österreichs hervorgehoben. Bundeskanzler Kurt Schuschnig, der Nachfolger von Dollfuss, bezeichnet sich selbst ausdrücklich als Deutschen. Das katholische Österreich hat seiner Ansicht nach eine besondere Mission für das ganze deutsche Volk und das Christentum zu erfüllen: die Verbreitung des katholischen Glaubens und der deutschen Kultur in Mittel-, Ost- und Südeuropa. Im Vergleich zu Nazi-Deutschland wird Österreich als der bessere deutsche Staat bezeichnet. 1938 zeigt sich, dass die widersprüchliche, teils verwirrende Österreich-Ideologie [...] sich in der Bevölkerung nicht durchsetzen konnte.*

Quelle: Nadja Danglmaier/ Werner Koroschitz, Nationalsozialismus in Kärnten: Opfer – Täter – Gegner, 3. Auflage, Innsbruck-Wien-Bozen 2021, S. 42–45

* *Zusatzinformation vom Autor: Bundeskanzler Engelbert Dollfuss wurde am 25. Juli 1934 im Verlauf des letztendlich erfolglosen Juliputschs von Nationalsozialisten im Bundeskanzleramt ermordet.*

Aus der Sicht des historischen Kontextes:

Über die theoretische Einordnung des Regimes von 1934 bis 1938 wird in der Historiographie heiß gestritten. Da spielen gewiß politische Einstellungen mit; da wirkt die Kurzzeitperspektive der Zeitgeschichtsforschung, die kaum über 1918 zurückreicht, hemmend; da fehlt eine scharfe typologische Unterscheidung zwischen einem autoritären und einem faschistischen Regime. […] Kompliziert wird die Unterscheidung auch deshalb, weil der faschistische Typus mit dem autoritären Typus einige Merkmale teilte. Auf der Ebene der Negationen den fanatischen Anti-Marxismus und Anti-Liberalismus. Aber bereits auf dieser Ebene tritt ein Unterschied auf. Während der faschistische Typus eine dezidierte anti-konservative Stoßrichtung aufwies, stützte sich der autoritäre Typus gerade auf konservative Kräfte: das Heer, die Bürokratie, die [katholische] Kirche. Sie waren wichtige Herrschaftsträger der österreichischen Diktatur. Die Aufwertung der Aristokratie, der Rückgriff auf die Symbole der Monarchie, die Ehrenbürgerschaft Otto von Habsburg in vielen kleinen Gemeinden, die Aufhebung des Habsburgergesetzes, selbst der Einsatz von polizeistaatlichen Methoden belegen diesen konservativen Duktus. Schließlich gehört auch die Ständeidee seit der Romantik zum traditionellen Bestandteil der katholischen Sozialphilosophie.

Quelle: Ernst Hanisch, Der lange Schatten des Staates. Österreichische Gesellschaftsgeschichte im 20. Jahrhundert, Wien 1994.

Zwischen Kirchen und Flugzeugen

Das Gefühl nicht dazuzugehören, kennt Georg gut, aber noch nie fühlte er sich dabei so allein. Das Heimweh quält ihn vor allem abends. Im September 1933 zieht er mit einem Koffer voll markierter Wäsche in das gewaltige Gebäude des Marianums ein, das ihn mit seinen vielen hohen Zimmern, endlosen Fluren und Zimmerfluchten ängstigt. Er teilt sich den Schlafraum mit sieben weiteren Burschen in seinem Alter. In seinem Spind, der stets peinlich genau aufgeräumt sein muss, hängt schon der warme Wintermantel bereit. Erst zu Weihnachten soll er wieder zu seinen Eltern fahren, die Strecke kennt er inzwischen gut. Die Tage sind noch warm, das Laub beginnt sich noch nicht zu verfärben, als er den Schulalltag kennenlernt. Seine Zeit im Internat soll den Schüler Georg für sein weiteres Leben prägen und seinen Widerstand und tiefe Freiheitsliebe formen.

Im Lehrlingsheim für angehende Priester am Rudolfsbahngürtel bringt man viele Buben aus der großen Diözese für die Zeit ihrer Ausbildung unter. Das Marianum leitet der gestrenge Direktor Brunner – ein Geistlicher, der auch gut ein General hätte werden können. Man versorgt die Buben ausreichend mit Essen, mit der Überwachung ihrer Hausaufgaben und mit Gebeten. Die Freiheit der Kinderjahre tauscht Georg hier gegen Kontrolle rund um die Uhr ein. Jede Stunde des Tages ist eingeteilt mit Lernen, Gebeten und Sport. Die Nächte sind unendlich lang und voll mit fremden Geräuschen. Das Lernen fällt ihm nicht schwer, oft träumt er sich fort in die Gassen von Greifenburg, die zwar schon lange nicht mehr sicher sind, aber doch viel bekannter als die der großen Stadt. Georg verändert sich, wächst kräftig und verliert das kindlich Runde. Seine Hosen werden bodenscheu, die Hemden zwicken an den Oberarmen. Das Essen in der großen Kantine mit den vielen anderen Buben schmeckt nicht wie zu Hause, es fehlt die bekannte Wärme in jedem Teller und jeder Tasse. Die gut gemeinte Erinnerung der Mutter, dass sich noch ein Bub aus dem Nachbardorf im Marianum aufhält, hilft ihm kaum. Oft sitzen die zwei Oberdrautaler Burschen zusammen am breiten Fensterbrett und blicken auf die Gleise des nahen Bahnhofs: das Tor zur Heimat, die für sie nicht erreichbar ist. Die meterhohen Fenster erlauben den Blick in den Himmel, doch auch von dort erwarten sie keine Hilfe. Die vielen Gebete bringen sie nicht nach Hause. Sie kämpfen mit den Tränen, wenn ein Packerl von zu Hause eintrifft. Der Duft von zu Hause entströmt den liebevoll in Papier gewickelten Paketen, für jeden ist es ein anderer. Langsam, sehr langsam wird Georgs Schulalltag weniger schwer und es entwickeln sich zaghaft Freundschaften. Der Schlaf kommt gnädig über ihn.

In einem Brief teilt ihm die Mutter im November 1933 mit, dass der Vater nach seiner Versetzung als Lehrer in die Gendarmerieschule nun bald nach St. Peter in Klagenfurt wechseln werde. Sie haben ein Haus am Bahnweg gefunden. Begeistert schickt der Bub ein kleines Dankgebet in den Himmel und hofft, bald aus dem Internat geholt zu werden. Doch er täuscht sich, wie er schon bei seinem letzten Aufenthalt in Greifenburg erfährt. Der Vater möchte, dass er im Internat bleibt.

An den Wochenenden lernt der Schüler Georg das neue Haus mit kleinem Garten kennen, in dem die Mutter Gemüse und Kräuter zieht. Es riecht stets köstlich nach Karamell im gesamten Haus, weil sich nebenan eine Zuckerlfabrik befindet. Oft gibt es auch für die Buben ein Stollwerk oder Karamell von der Nachbarin. Georg fühlt sich dann für wenige Stunden rundum wohl im Kreise der Familie. Wuni ist

Das Heimathaus in Klagenfurt am Bahnweg 21, ehemals Draßendorfer Straße 9, steht heute nicht mehr. Dort gab es eine Untermieterin, Frau Riepl, daneben befand sich eine Zuckerlfabrik. Heute erinnert ein Stolperstein auf dem Gehsteig an die Familie Lexer.

traurig, wenn sein Bruder am Sonntagabend wieder in dem beängstigend großen Haus verschwindet. Der Vater bleibt ernst daneben stehen und bleibt unerbittlich. Sehr oft lässt er keinen Raum für Diskussionen zu, da er kurz angebunden und auf dem Weg zu seinem Dienst ist. Der Schüler Georg schleicht an vielen Nachmittagen vorbei an der Gangaufsicht und klettert auf den Dachboden des Gebäudes, um von dort aus durch die Dachluken auf das elterliche Haus zu blicken. Es ist zum Greifen nah.

Seine Tränen trocknet erst der Sommer, als er das erste Jahr des Gymnasiums beendet und nach langer Zeit wieder die Freiheit spürt. In kurzen Hosen und noch immer oft ohne Schuhe lernt er Klagenfurt abseits der Schule, der Kirche und der Studiensäle kennen. Die Stadt kennt viele Orte, die einen Jungen vollauf faszinieren. So auch der Flughafen, in dessen unmittelbarer Nähe sich das neue Domizil seiner Eltern befindet. Nur durch die Zuggleise von seiner Gasse getrennt, betritt er durch das offene Tor den Hangar, in dem Segelflugzeuge zusammengebaut werden. In der flirrenden Julihitze verbringt Georg oft den ganzen Tag auf der weiten freien Fläche davor. Bewundernd beobachtet er die Piloten bei der Vorbereitung und Arbeit. Oft fliegt er in Gedanken weit fort, ohne Ziel, einfach über die Hügel in Richtung Osten oder nach Süden bis zur Gebirgskette. Im Westen liegt der Wörthersee, den er zu allen Jahreszeiten schön findet. Dennoch ist er nicht so interessant wie der Bau der Segler im Hangar. In diesem Sommer will Georg Pilot werden.

Hinter dem großen Blechbau hat er sich einen Jausenplatz geschaffen. Auf einer ausrangierten Kiste hockend und mit einer alten Flugkabinentür als Sonnenschutz, nimmt er die Schritte schon von der Ferne wahr, die Erde bebt. Sein abgelegtes Jausenmesser beginnt auf der Kiste zu vibrieren. Eine ganze Horde junger Männer marschiert an diesem drückend heißen Tag Ende Juli in ihren weißen Hemden und mit Hakenkreuzbinden um die Oberarme in Richtung Maria Saaler Berg. Es geht wieder los, kommt es in Georg hoch. Einige der Männer kennt er sogar vom Greißler oder hat sie schon in der Nähe des Bahnhofs oder des Flughafens gesehen. In der Gruppe verschmelzen sie zu einem großen Ganzen, einem bewaffneten Mob, der sich in Richtung St. Georgen am Sandhof stampfend weiterschiebt. Der Schüler Georg springt aufs Fahrrad hinter dem Hangar und radelt wie wild in die Innenstadt, um den Vater zu warnen. Der Gendarm ist aber mit den Rekruten der Gendarmerieschule schon längst verständigt worden. Er steht im Maria Saaler Wald zwischen den Einheiten des Heimatschutzes und der ehemaligen Sozialdemokraten, die sich nun als Nazis entpuppen, unter Beschuss. Der Schüler Georg radelt wieder stadtauswärts, schwitzt und keucht. Er bekommt es mit der Angst zu tun. Was geht da vor? Wird es wie in Greifenburg in einem Gerangel innerhalb des Protestmarsches enden? Die vielen Gewehre und Maschinengewehre sprechen dagegen. Bis zum Kirchlein St. Georgen am Sandhof, das über dem Flugfeld in Richtung Norden liegt, wagt sich der Junge mit dem Fahrrad heran. Zum ersten Mal seit Monaten hat er wirklich Angst um seinen Vater. Rundherum fallen Schüsse, einige Schreie unterbrechen den Kugelhagel. In dem Gemenge werden zwei junge Nazis in Notwehr von Gendarmerieschülern getötet, erzählt der Vater der Familie am selben Abend. Die Waffen hätten die jungen Männer aus einem abgemauerten Kellerteil des Heidenhofs gestohlen. Der Vater hatte großes Glück, dass er lebendig vom Maria Saaler Kreuz heimgekehrt ist. Er weiß das und küsst das Skapulier, als er es am Abend abnimmt und auf sein Nachtkästchen legt.

Dem nationalsozialistischen Putschversuch im Juli 1934 war eine Zeit des Umbruchs vorausgegangen: Nach der Ausschaltung des Parlaments und dem Verbot der Nationalsozialistischen Deutschen Arbeiterpartei, der Kommunistischen Partei und des Republikanischen Schutzbundes füllen sich im Frühsommer 1933 die Gefängnisse in ganz Österreich. Man eröffnet Anhaltelager, das größte in Wöllersdorf in Niederösterreich. In der ehemaligen Munitionsfabrik kommen ab 1934 über 5.000 politische Gefangene unter. Die Haftbedingungen dort sind angemessen, erzählt der Vater auf seinen Heimatbesuchen. Ab dem Herbst wird der Vater dorthin als Objektskommandant versetzt. In den Zellen sind auch viele Kärntner Nationalsozialisten inhaftiert. „Ganz egal, wer oder warum", meint er am Mittagstisch, „jeder hat das Recht auf angemessene Behandlung." Das nimmt er ernst und ver-

Wachmannschaft im Anhaltelager Wöllersdorf (NÖ) mit Georg Lexer in der Mitte

sucht, den Spagat zwischen Respektsperson und Mensch zu machen. So feiert er mit den Kärntnern im Lager den 10. Oktober und wirft sogar die Gulaschkanone an, als die Rationen immer kleiner werden. Er selbst nimmt für sich nicht mehr als die Gefangenenkost in Anspruch. Ein bescheidener Mann von einfacher Herkunft. Manchmal spürt er noch die Jahre des Krieges in den Knochen, wenn er durch die langen Gänge patrouilliert. Er will keinen Ärger, er ist kein junger Mann mehr. Georg möchte die Leute hier gut behandelt wissen, weil er das für seine Christenpflicht hält. Auch wenn man ihn zuvor nicht immer gut behandelt hat, möchte er nicht nach dem Motto „Auge um Auge, Zahn um Zahn" leben, ganz im Gegenteil. Einmal hört er sogar zufällig, wie die Häftlinge an einem Tisch weiter weg über ihn sprechen: „Ein knorriger Mann, aber ein korrekter Mensch." Ja, das ist er. Und ein liebender Ehemann und Vater.

Aus der Sicht des historischen Kontextes:

Der Juliputsch 1934

Nach dem Scheitern des Putschversuches der SS (Schutzstaffel) in Wien wurde von München aus an die SA-Funkstelle nach Klagenfurt die Meldung (von der die Polizei später eine Mitschrift sicherstellte) durchgegeben: „Brigade Kärnten beginnt mit Elementarereignis 12 bis 13 Uhr". In Unterkärnten und im Lavanttal gelang es der SA (Sturmabteilung) am Vormittag des 26. Juli, vor dem Zugriff der Exekutive ihre Einheiten zu mobilisieren. Die Kämpfe setzten um 14 Uhr im Raum Klagenfurt ein, im Laufe des Nachmittags wurden St. Veit an der Glan, Feldkirchen und Wolfsberg von den Aufständischen besetzt. In Klagenfurt setzte sich das Bundesheer durch und beeinflusste damit auch den Ausgang der Kampfhandlungen im Kärntner Unterland. […] 1938 konnten der gewaltsame Einmarsch und die allgemeine Begeisterung für den „Anschluss", die auch von einigen sozialdemokratischen Führern und [einigen, Anm. Autorin] Bischöfen der katholischen Kirche geteilt wurde, als Rechtfertigung für die eigene Euphorie herhalten, 1934 hingegen war die Beteiligung an einem bewaffneten Aufstand gegen den Staat noch viel mehr persönliches politisches Bekenntnis. Unangenehme Fragen nach der eigenen Weltanschauung und der persönlichen (Mit-)Verantwortung am Aufstieg der Nationalsozialistischen Deutschen Arbeiterpartei (NSDAP) in Österreich wären wohl die Folge gewesen.

Quellen: Christian Klösch und Winfried R. Garscha, DÖW Dokumentationsarchiv des österreichischen Widerstandes

Ottilie ist während Georgs Einsatz in Wöllersdorf wieder viel mit den Burschen allein, so wie sie es schon aus der Zeit vor Greifenburg kennt, allerdings sind Wuni und Georg nun keine Säuglinge mehr, sondern auf dem Weg in die Selbstständigkeit. Die Pubertät hat vor allem den Älteren fest im Griff, und ohne die führende Hand des Vaters lebt er das auch wahrlich aus.

Der Schüler Georg zieht im Herbst unfreiwillig wieder ins Marianum ein. Er kann den Sinn dahinter nicht ausmachen, wohnen seine Eltern doch wirklich nahe seiner Schule und er kann als Externist in derselben Klasse bleiben. Streng und unbeirrbar bleibt der Vater in dieser Erziehungsfrage. Dort würde ihm die beste christliche Ausbildung zu Gute kommen. Der Schüler Georg ist über den Sommer zu einem intelligenten Jungen herangereift, der vor allem die Autorität des Direktors im Marianum in Frage stellt. Woher diese Schneid kommt, weiß die Mutter nicht, aber sie wird unfreiwillig in den Machtkampf involviert. Georg soll am Sonntag mit seinem Klassenkameraden ministrieren, wie das bei den jüngeren Marianisten verpflichtend ist. Dafür müssen sie, wie auch in der Schule, stets lange Hosen tragen. Georgs Hose ist aber in Reparatur bei der Mutter zu Hause, und so betritt er die Frühmesse in kurzen Hosen mit Kniestrümpfen. Vom Direktor wutschnaubend auf diesen Fauxpas angesprochen, erwidert der Bursche aufmüpfig, dass ihm die Mutter das erlaubt hätte. Mit hochrotem Kopf sitzt Direktor Brunner in seinem Büro. Er donnert: „Das ist ein Consilium abuendi, junger Mann! Ist dir klar, dass du beim nächsten noch so kleinen Vergehen aus dem Internat fliegst?“ Der Schüler Georg nickt und schmunzelt danach im langen, hallenden Gang, während er die Kniestrümpfe weiter über die Knie hinaufzieht. Bereits am nächsten Morgen gerät er während des Werkunterrichts in eine Rauferei, weil ein Mitschuler seine schön gebastelte Papierschachtel beschädigt hat. Die vom Vortag aufgestaute Wut über die Ansprache und Drohung des Direktors entlädt sich in diesem muffigen Kellerraum mit geballter Kraft und Spuren auf den Fingerknöcheln. Der

Klassensprecher notiert die Rauferei und marschiert damit zum Zeichenlehrer. Georg beobachtet das und nimmt die Beine in die Hand. Er rennt ins Büro des Direktors und will einem Rauswurf zuvorkommen, indem er seine Tat selbst meldet. Brunner, noch immer zornig vom Vortag, brüllt nur: „Halts Maul!“ Irgendwie hat der Gelehrte selbst wohl keine besonders gute Kinderstube genossen, denkt Georg trotzig.

Brunner marschiert, ohne sich nach Georg umzudrehen, aus der Kanzlei direkt zu Ottilie nach Hause, um ihr den Ausschluss ihres ungezogenen Sohnes persönlich zu melden. Wild klopfend kocht Brunner an die Haustür. Ottilie lässt ihn ein, respektvoll bietet sie ihm ein Glas Likör an und schaut sehr betroffen auf ihre Hände, die sie unter dem Küchentisch knetet, während Brunner lamentiert und gar nicht mehr aufhören möchte. Als er schließlich wieder geht, bekreuzigt sie sich und meint ganz leise: „Endlich ist der Bub zu Hause.“

Tatsächlich ist Georg fast nur zum Schlafen zu Hause, aber dabei ist der Mutter wohler. Ihr Ehemann kommt nicht oft nach Hause, bekommt den Rauswurf des Erstgeborenen zwar mit, bleibt aber erstaunlich ruhig. Es ist wohl nicht zu ändern. Ihn beschäftigen andere Dinge im Anhaltelager.

Mit inzwischen zwölf Jahren schließt sich der Schüler Georg der Marianischen Studentenkongregation in der Innenstadt an, der er bis 1941 treu ergeben bleibt. Die Zugehörigkeit zu dieser altehrwürdigen katholischen Verbindung öffnet ihm eine neue Weltsicht und viele Kontakte. Der Vater begrüßt das, denn so erfährt Georg neben einer guten Schulbildung auch in seiner Freizeit eine humanistische Bildung und lernt ein gottesfürchtiges Leben in der Gemeinschaft kennen. Ottilie wünscht sich nur, dass ihr Sohn gut aufgehoben ist und keinen Unsinn anstellt. In einer politisch unsicheren Zeit gibt ihr die Religion Sicherheit. Gerade dieses

Um 1934 wurde dieses Foto der Familie am Bahnweg aufgenommen, etwas früher fand der Juliputsch am Maria Saaler Berg in Klagenfurt statt.

erste Jahr in der Kongregation prägt den blonden Burschen, der stets keck spitzbübisch dreinblickt. Auch sein Mentor Pater Rubatscher erkennt in diesen blauen, aufgeweckten Augen einen klugen Geist, den es zu fördern gilt.. Als der Schüler Georg mit seinen Kameraden aus der Kongregation am Maria-Empfängnis-Tag mit einem Banner beim Festgottesdienst im Marianum einzieht, beißt sich sein ehemaliger Direktor auf die Unterlippe und schnaubt sichtlich verärgert, dass er den Burschen zwar aus dem Internat, nicht aber aus der Gemeinschaft verstoßen konnte. Obwohl Georgs Vorbilder in der katholischen Kirche großen Einfluss auf ihn ausüben, bildet er sich schon früh eine Meinung.

Nicht jeder, dem Gott ein Amt gibt,
bekommt von ihm auch den Verstand geliefert,
dieses mit Bedacht auszuüben.
(Dr. Georg Lexer, 1922–2011)

Das Jahr in beruflicher Abwesenheit des Vaters verbringt auch der Sohn in der Schule mit viel geistiger Absenz. Irgendwie wollen sich Wörter, lateinische Vokabeln, Algebra und Heimatkunde ihm nicht einprägen. Georg ist im Kopf ständig beim Segelfliegen und im Zimmer an seinen Flugzeugmodellen bastelnd. Wuni erlebt in diesem Jahr eine schwere Erkrankung und muss viel Zeit im Krankenhaus und daheim verbringen. Georg zeichnet in jeder unbeobachteten Minute im Unterricht an Segelfliegermodellen oder bastelt Papierflieger. Er steigt hoch im Geiste und fällt zeitgleich durch die zweite Klasse. Die Mutter ist durch die Krankheit des Bruders abgelenkt und verzichtet deshalb darauf, ihn zu schimpfen. Im Sommerlager der Kongregation ist das schon wieder vergessen. Dort ist der Schüler gerne, übernachtet im Freien,

Georg (links) und Wuni (rechts) bei den Marianern um 1936

macht jede Mutprobe mit und findet den Anschluss, den er über die letzten Jahre in Greifenburg vermisst hat.

Als der Vater im Herbst 1935 aus Wöllersdorf abgezogen wird und wieder zu Hause einzieht, ist der Schüler Georg zu einem kräftigen jungen Mann herangewachsen. Als Repetent ist er nun einer der größten in der Klasse, körperlich gut in Form und seinen kurzen Hosen wahrlich entwachsen. Seit Vaters Heimkehr steht ein wunderschönes Holzkistchen auf der Kommode im Vorzimmer, es ist liebevoll mit Intarsien verziert. Der Gendarm hat es als Geschenk von den Häftlingen in Wöllersdorf erhalten. Ein Dankeschön für die gute Behandlung. Ehrfürchtig wischt Ottilie den Staub vom Deckel, im Inneren befindet sich ein Foto ihres Mannes, aufgenommen in einem Fotostudio in Niederösterreich. Er blickt in voller Gardeuniform gerade in die Kamera. Wenn sie länger hinsieht, meint sie ein kleines Lächeln unter dem buschigen Schnauzbart in dem sonst so ernsten Antlitz zu entdecken.

Innerhalb von nur zwei Jahren hat sich bis zum Herbst 1937 die Zahl der Anhänger des Nationalsozialismus in der Landeshauptstadt dramatisch erhöht. Trotz des Verbots der NSDAP bekennen sich immer mehr Leute öffentlich dazu. Wenige halten dagegen, schon gar nicht in der Öffentlichkeit. Im Saal des Hotels Sandwirth hört der Schüler Georg einen Vortrag von Pater Muckermann, der ihn sehr beeindruckt. Bevor er in den Saal gehen kann, muss er mit seinen Kameraden von der Kongregation vor dem Hotel warten und beobachtet, wie die Staatspolizei den Saal stürmt und auf Sprengkörper untersucht. Es ist nicht mehr selbstverständlich, seine kritische Stimme zu erheben. Es ist gefährlich, wie das ganze aufstrebende Regime. Der charismatische Pater Muckermann wird von den Patres als Prophet des drohenden Wahnsinns hoch verehrt. Er war selbst Teilnehmer des

Schatulle mit Intarsien als Geschenk der Häftlinge, gefangene Putschisten, in Wöllersdorf an meinen Großvater.

großen Krieges, ein Mann, der zu Recht und aus Überzeugung den Frieden predigt. Er zeichnet in dem vollbesetzten und überhitzten, mit Herbstzeitlosen geschmückten Saal ein düsteres Zukunftsbild von satanischer Verblendung. Verbittert meint er, dass viele Christen und auch deren Hirten die Gefahren des Nationalsozialismus nicht erkennen können oder wollen.

Georg ist gebannt, über den Vortrag hinaus beschäftigen ihn Muckermanns Worte. Bei anderen aus seiner Kongregation kommen sie zu spät oder nicht mehr vollständig an. Im Februar 1938 verlassen fünf seiner Kollegen die christliche Vereinigung und schließen sich offiziell der Hitlerjugend an. Der Vater schüttelt nach Georgs Bericht den Kopf, aber wundert sich nicht mehr allzu sehr darüber. Wie schon in Greifenburg wird alles immer bedrohlicher und verrückter. Die massive Präsenz der Nazis ist in alle Gesellschafts-

Die Studentenkongregation der Marianer wurde 1938 verboten und traf sich weiterhin heimlich. Hier wurde Georgs Widerstand „geboren". Im Bild von links nach rechts: Wunibald, Tschurtschentaler, Georg und zwei weitere Kollegen der katholischen Jugendverbindung.

schichten eingedrungen und unterwandert das Alltagsleben. Nicht nur in der Schule, sondern in allen Institutionen, auf die er bisher so viel gehalten hat, die er mit seinem Eid auf das Vaterland stets korrekt vertreten hat. Immer häufiger kommt es zu Raufhändeln, Protesten und Übergriffen. Das Leben scheint unverändert, es geht immer so weiter mit Fasching und Festen, irgendwie wie früher, und doch ist alles anders. Verlogener und lauter, aufgebauscht, und jeder Anlass gibt den Nazis einen Grund, ihrer Aggression freien Lauf zu lassen.

Der Schüler Georg will das nicht akzeptieren und wird noch im selben Monat während einer Skisprungveranstaltung nahe der Sattnitz in eine zünftige Prügelei verwickelt.

Dabei geraten in erster Linie die diensthabenden Gendarmen mit einigen jungen Nazis aneinander. Georg findet sich mittendrin verkeilt wieder. Zum ersten Mal wird der 16jährige einvernommen, zusammen mit einigen Mitschülern. In der Schule will ihn der Professor zu einer Falschaussage über das ungebührliche Verhalten der Gendarmen überreden und schiebt ihm ein Protokoll mit unrichtigen Angaben unter. Der verblüffte und vom Lehrer enttäuschte Georg unterschreibt es nicht. Selbst als man ihm Folgen androht, bleibt er standhaft. Inzwischen ist nichts mehr sicher, niemand mehr glaubwürdig, alles verschwimmt. Georgs Verständnis für die Gerechtigkeit und Wahrheit scheinen dem neuen System zum Opfer gefallen. Er ist ratlos, doch er darf nicht schwach werden.

Sehr schwach wird hingegen der Vater in dieser Zeit, er erkrankt an einer Lungenentzündung und muss Mitte Februar 1938 ins Spital zu den Elisabethinen. Nach vierzehn Tagen wird er entlassen, bleibt aber noch im Bett. Das Schlafzimmer ist abgedunkelt, sodass man die grüngeblümten Farbstempel auf der gekalkten Mauer kaum mehr erkennt. Hinter dem Frisiertisch der Mutter hängt ein schwerer Vorhang vor dem Fenster in Richtung Garten. Auf einer alten Kommode, die der Schüler Georg schon sein ganzes Leben lang kennt, sind Fotos von Ottilies Brüdern und Eltern aufgestellt. Ein Kerzenlicht erhellt deren ernste Gesichter unruhig flackernd. In einer Vase steckt der getrocknete Brautstrauß, inzwischen nicht mehr sehr ansehnlich. Ein Duft von Tannen- und Lärchenbäumen schwebt im Raum, die ätherischen Öle sollen dem Kranken helfen. In diesem nicht besonders warmen Elternschlafzimmer liegt der Kranke auf vielen Decken gelagert wie aufgebahrt, damit der Husten ihn nicht noch weiter schwächt.

Der Abtransport

Als der Schüler Georg am 11. März 1938 von einer Treuekundgebung für den Erhalt von Österreich nach Hause heimkehrt, findet er seine Mutter tränenüberströmt in der Küche sitzend. Sie hockt auf ihrem Hocker ohne Lehne am grob gehobelten Tisch und starrt auf die Kommode mit dem Volksempfänger. Am Herd dampft ein singender Wasserkessel. Die Fenster sind vom Dunst beschlagen, die Türen der Kredenz stehen zum Teil geöffnet, als wäre Ottilie mitten in der Arbeit davongelaufen. Der Wasserhahn tropft in die Emaille-Abwasch. Abwartend und ängstlich befürchtet er im ersten Moment den plötzlichen Tod des Vaters. Als er aber aus dem Radio die Worte Schuschniggs vernimmt: „Gott schütze Österreich!“, ist klar, dass sie nicht um den Vater weint, sondern um das Ende der Republik. In der Wohnung herrscht – abgesehen vom singenden Wasserkessel – für einen Moment lang Totenstille. Georg setzt sich hin, plötzlich fühlt er sich sehr schwach. Wuni öffnet die Zimmertüre zum immer noch kränklichen und sehr blassen Vater, der versucht, sich aufrecht hinzusetzen. Ottilie steht mit Georg vom Tisch auf und singt ein letztes Mal die Bundeshymne mit, die nun im Radio erklingt.

„Sei gesegnet ohne Ende.“ Ohne Absprache und in einer Einheit bekräftigen sie in einem Schwur, dass „Österreich unser Vaterland bleiben wird, egal, was geschehen mag.“ Dieser seltsame und intime Moment mit den beiden Söhnen, die gerade zu Männern heranwachsen, dem kranken Vater auf dem Bett liegend und der ängstlichen Mutter, legt den Grundstein für den Widerstand der darauffolgenden Jahre. Mit zittriger Stimme spricht der Vater im Pyjama zu ihnen: „Es werden harte Zeiten auf uns zukommen. Ich gebe mich keinen Hoffnungen oder Illusionen hin. Man wird mich sicherlich verhaften und als Sündenbock hinstellen."

„Aber Vati ...", die Mutter will das relativieren, doch der Gendarm fährt fort: „Haltet im Glauben und an Österreich fest." Ottilie kämpft mit den Tränen. Dann wird seine Stimme noch leiser. „Dieses Regime wird ein Ende haben, auch wenn ich das nicht mehr erlebe. Vielleicht in zwanzig oder dreißig Jahren." Dann winkt er seine Söhne näher an das Ehebett heran und sagt: „An euch wird es liegen, dieses Ende herbeizuführen oder zu beschleunigen. Lasst euch nicht von dem Schein, von der Glorie, beeinflussen." Georg nickt zustimmend, Wuni blickt verlegen an die Decke. Der Vater nimmt hintereinander die Gesichter seiner Söhne vorsichtig in die Hände und wirkt eindringlich auf sie ein. „Haltet die Treue, selbst wenn das Opfer und Leiden verlangt." Er drückt den jüngeren Sohn an sich und hustet stark. Dann schickt er ihn hinaus.

Mit Georg spricht er weiter und versucht ihn zu trösten, weil er dessen verhaltenen Zorn aufsteigen spürt. Doch Gewalt wird immer nur noch mehr Gewalt erzeugen. So sehr die Strenge zu dem Buben ihm auch wichtig war, so gut kann er den Heißsporn verstehen. Er nimmt dem erst 16jährigen das Gelobnis ab, sich bestmöglich um seine Mutter und den jüngeren Bruder zu kümmern. Eine große Verantwortung und ein noch viel größeres Versprechen. „Georg, du schaust mir auf die Mutter und deinen Bruder. Ich verlasse mich auf dich."

Schließlich wird der Vater sehr müde und schickt Georg hinaus. Am Küchentisch sitzend hören die beiden, wie sich Ottilie leise und eindringlich mit dem Vater unterhält. Worte des Trostes und der Aufmunterung. Die große Liebe der beiden ist im Raum zu spüren. Keine hitzige, lodernde Begierde, sondern das innige Verstehen und der ungebrochene Wille, es gemeinsam zu schaffen. Mit Respekt und Achtung voreinander. An diesem Abend liegen der kranke Gendarm mit dem buschigen Schnauzbart und die kleine mollige Frau mit dem freundlichen Gesicht eng umschlungen beisammen.

Zwei Tage später ist der Vater noch immer krank und bleibt im Bett. Georg und Wuni gehen früh in ihrem gemeinsamen Zimmer zu Bett. Gegen vier Uhr früh klopft es energisch an der Haustüre, dem folgt das Hämmern von Gewehrkolben und lauten Stimmen im Flur. Die Burschen stürzen aus den Betten in Richtung Küche. Georg schreit: „Wir müssen helfen!“, Wuni folgt ihm zögerlich. Ein Stimmengewirr kommt aus der Küche. Ottilie streitet sich offensichtlich mit jemandem, dessen Stimme sie nicht erkennen. Georg reißt die Türe auf und will der Mutter helfen, die bleich in der Mitte des Zimmers steht, umgeben von Uniformierten. Sie umfasst ihre Söhne und bricht in Tränen aus: „Sie kommen den Vater holen. Das können Sie doch nicht machen!“ Der Revierinspektor ist von ihrem Kummer wenig beeindruckt und droht mit fester Stimme: „Wenn er nicht sofort erscheint, holen wir ihn aus dem Bett.“ Im Elternschlafzimmer hört man Husten und wie die Türe langsam aufgeht. Der Gendarm hat sich noch eine Hose angezogen und stopft das Hemd hinten am Hosenbund hinein. „Dich hat man also verpflichtet, mich zu holen? Ich komme ja mit, brauchst keinen Wirbel zu schlagen!“ Der Kollege antwortet höhnisch, dass er nicht verpflichtet wurde, sondern sich selbst gemeldet hätte, damit man ihn seiner gerechten Strafe zuführe. „Und außerdem verbitte ich mir das Du!“ Der Vater sieht ihn zornig an, die Söhne bemerken dessen Wut, mit der er zitternd kämpft. Noch wenige Tage zuvor war das ein gleichrangiger Kollege, der sich als österreichtreuer Patriot gebärdete. Nun hat er sich in einen brutalen und begeisterten Nationalsozialisten mit Hakenkreuzarmbinde verwandelt. Er hört nicht auf mit seinem Stänkern: „Mit solchen Verbrechern wollen wir nichts zu tun haben! Ziehen Sie sich an, aber etwas plötzlich, sonst werden Sie bald einen Vorgeschmack auf Ihre Zukunft spüren.“ Der Gendarm nimmt die Mütze von der Garderobe. Seine Söhne können den Gesichtsausdruck des Vaters nicht einordnen. So haben sie ihn nie zuvor gesehen. In diesem Moment zerbricht etwas in Georgs Vater. Sein Glaube an Kollegialität, Freundschaft und den Rechtsstaat fällt wie ein Kartenhaus in sich zusammen.

Unerwartete Unterstützung erhält der Kranke von einem Hilfsgendarmen, der neben dem Inspektor steht und sich etwas ungelenk und peinlich berührt auf seinen Gewehrkolben lehnt: „So können Sie aber nicht mit dem Mann reden! Sehen Sie nicht, wie krank er ist?“ Umgehend wird er bellend gescholten: „Halten S' den Mund, wenn Sie nicht auch Scherereien haben wollen!“ Der Inspektor deutet über die Köpfe der Familie hinweg zur Tür: „Abmarsch und schießen Sie bei einem Fluchtversuch! Das ist ein Befehl!“ Schweißgebadet führt man den Vater in seinem Fieberzustand ab. Die Söhne machen zähneknirschend den Weg frei, drängen sich näher zur Mutter, die sowohl die kochende Wut in Georgs Augen bemerkt als auch Wunis Verzweiflung. Tränen kullern über die Wangen beider Söhne. Beißen hätten sie die Männer wollen, ihnen die Augen auskratzen oder sie bespucken, aber all das hätte nichts geändert. Sie fühlen sich hilflos. Mit dem Schließen der Türe und dem Poltern der Männer über die Treppe wächst in Georg der Wunsch nach Rache und Vergeltung. Wie kann man einen rechtschaffenen Mann so erniedrigen? Ihr gottesfürchtiger, aufrechter und stolzer Vater wird zu einem Hanswurst degradiert. Der höhnische Blick des Lehrers Scheriau bohrt sich in Georgs Gedächtnis, als dieser humpelnd in seinem weißen Staubmantel mit der Hakenkreuzarmbinde hinter seinem Vater die Wohnung verlässt. „Elendiger Krüppel“, steigt in ihm der Hass auf. Georg beißt sich auf die von Tränen salzigen Lippen und zieht den Schlafzimmervorhang zur Seite. Im gegenüberliegenden Haus werden rasch die Vorhänge wieder zugezogen. Man beobachtet die Familie. Vor dem Elternhaus stehen schwarzgekleidete SS-Soldaten mit dem Totenkopfabzeichen am Revers, die den Vater in Richtung Flugplatz abführen. Ottilie bricht über dem Küchentisch in Tränen aus und lässt sich nicht mehr beruhigen. Georgs Ohren laufen heiß rot an, er kocht vor Wut und Enttäuschung.

Die Ungewissheit ist groß und die Ratlosigkeit, wie es weitergehen soll. Die darauffolgenden Tage ziehen sich endlos in die Länge, die Nächte sind kalt und voll Dunkelheit. Es gibt keine Nachricht vom Vater aus dem Gefängnis. Am 13. März sollte die von Bundeskanzler Schuschnigg angekündigte Volksabstimmung über die Unabhängigkeit Österreichs stattfinden. Daraus wird nichts, und aus dem Land, das der Vater so viele Jahre verteidigt hat, wird die Ostmark, angeschlossen an das Deutsche Reich.

Der Vater bekommt das im Gestapo-Gefängnis zwar im Delirium mit, wird aber wegen seinem anhaltenden hohen Fieber ein paar Tage später wieder entlassen. Er erzählt nicht, wie man ihn behandelt hat. Kurze Zeit fühlt sich die Familie in Sicherheit und hofft, dass die Inhaftierung bloß eine Verwarnung war. Vierzehn Tage später wird der Vater erneut unter einem falschen Vorwand nach Annabichl auf die Station geladen und dort einer Einvernahme unterzogen. Danach treibt man ihn zur Abschreckung durch die Vorstadt von Annabichl. Der Vater ist immer noch kränklich, als man ihn mit dieser Demonstration weiter zu demoralisieren versucht. Schließlich wird er ins Polizeigefängnis neben dem Landhaus geführt und dort vom Rittmeister der Gestapo persönlich verhaftet. Man plant, ihn vor dem Volksgericht anzuklagen, allein es fehlen die Beweise.

In den überfüllten Zellen beginnt der ehemalige Gefängnisaufseher sofort damit, seine Zelle zu organisieren, um sich und seinen Mitgefangenen das Leben in der Enge einigermaßen erträglich zu machen. Man hilft sich gegenseitig, und endlich heilt Georgs Lungenkrankheit aus. Er wird nun offiziell des Dienstes enthoben und mit anderen Gefangenen wieder freigelassen. Er muss versprechen, seinen Wohnort nicht zu verlassen. In den folgenden Wochen sucht er sich Arbeit in Haus und Garten, führt Reparaturen durch und kümmert sich um seine Bienenzucht. Die ungewisse Zukunft und die erschreckenden Szenen der Wochen davor versucht die Familie beiseitezuschieben, aber es gelingt nicht.

Im April 1938 soll sich der Vater erneut frühmorgens auf dem Bezirksgendarmeriekommando melden. Er fährt selbst mit dem Fahrrad in die Stadt, nachdem er sich von Ottilie verabschiedet hat. Diesmal hofft er wieder in den Dienst aufgenommen zu werden und radelt fröhlich pfeifend davon. „Alles wird gut, Mutti!" Doch das wird es nicht. Den gesamten Frühling hindurch versucht man den ehemaligen Kollegen durch falsche Zeugenaussagen zu schwächen und zu diskreditieren. An einem Besuchstag, für dessen Genehmigung die Familie mehrfach ansuchen muss, belauschen der Schüler Georg und sein Onkel Anton im Flur des Volksgerichts, wie Vaters ehemaliger Kollege einen Zeugen zu einer Falschaussage bringen will. Seine Chancen auf Freilassung schwinden zusehends. Schließlich holt man sogar die Anzeigen von seinen alten Feinden aus Greifenburg ein. Man sucht nach Häftlingen, die er in der „Dollfuß-Zeit" in Wöllersdorf zu Unrecht schlecht behandelt hat, und findet keine. Sie schildern ihn als strengen, auf Ordnung bedachten Beamten, der stets für Erleichterungen der Haftbedingungen gesorgt hat. Man möchte zwei Gendarmerieschüler zu einer Anzeige über „Heimtückemord" während des Juliputsches 1934 bringen, aber auch sie bestätigen, dass ihr damaliger Lehrer sich mit ihnen hinter einem Baum versteckt hielt, als sie von den Putschisten von hinten angegriffen wurden und dass sie in Notwehr gehandelt hätten. Zwar gibt der angeklagte Beamte zu, dass er den Tod eines Aufständischen mit verursachte, aber nur im Rahmen der Kampfhandlungen in Notwehr und nicht in böser Absicht. Vor dem Volksgericht erfolgt nach dem Prozess der Freispruch. Ihm kann keine Mittäterschaft oder Schuld am Tod der Putschisten nachgewiesen werden. Er hat streng nach Dienstvorschrift gehandelt. Dennoch wird er nicht entlassen, aber die Zuständigkeiten werden verschoben, denn schon am Eingangstor des Volksgerichts wird er von zwei Beamten der Geheimen Staatspolizei empfangen, die ihn in Schutzhaft nehmen. Trotz des Freispruchs in seiner Verhandlung bleibt der Vater bis September 1938 im Polizeigefängnis in der St. Ruprechter Straße.

Im Innenhof des Gefängnisses wartet der Schüler Georg darauf, seinen Vater hinter den vergitterten Fenstern zu erspähen. Schon lange darf die Familie ihn nicht mehr besuchen. Der einst so stolze Mann hat sich verändert. Es scheint, als ob er nicht mehr in seiner Haut steckt, seitdem man ihm seine Uniform ausgezogen hat. Er wirkt kraftlos, als er in den Hof hinunterwinkt und seinem Erstgeborenen einen Satz zuruft: „Bleib brav und schau auf die Mutti und den Wuni!" Dieser Auftrag brennt sich ins Herz des Jugendlichen auf Lebenszeit ein. Es ist das letzte Mal, dass er die Stimme seines Vaters hört. Wenige Tage später folgt sein Abtransport ins Konzentrationslager Buchenwald bei Weimar.

Aus der Sicht des historischen Kontextes:

Im März 1938 erfolgte der sogenannte Anschluss Österreichs an das Deutsche Reich, der sehr widersprüchlich verlief. Auf der einen Seite gab es seitens der Bevölkerung großen Jubel, auf der anderen Seite standen die ersten Verhaftungen und „Säuberungen", wie es das NS-Regime nannte. Ein ähnliches Bild bot sich bei Polizei und Gendarmerie. Es gab Polizisten und Gendarmen, die den Anschluss freudig begrüßten. Auf der anderen Seite kamen viele Polizisten und Gendarmen unter die Räder. Wie in anderen Bereichen des Staates gab es große personelle Umbrüche. Die Spitzenpositionen wurden durchwegs mit Parteigenossen und Sympathisanten der Nazis besetzt. Auf der anderen Seite gab es viele, die aus politischen oder rassischen Gründen entweder entlassen, zwangspensioniert oder versetzt wurden; manche landeten sogar im Konzentrationslager.
Quelle: Helmut Gebhardt, Österreichs Polizei und Gendarmerie im historischen Rückblick, https://www.polizeitung.at/medien/gendarmeriepanorama/gendarmeriegeschichte-oesterreichs.html (Zugriff: 10. 7. 2023)

Die schwarze Sau

Die Tage rund um die erste Verhaftung des Vaters erlebt der Schüler Georg wie in Trance. Die Sorge um ihn, das Weinen der Mutter und die Angst des kleinen Bruders lassen ihn kaum schlafen. In der Schule muss er hellwach bleiben, um mit der veränderten Situation umzugehen und nicht aufzufallen. In den Stunden rund um den Anschluss Österreichs dreht sich ein Karussell in den Klassenräumen, auf das manche gewandt aufspringen können und von dem andere abgeworfen werden.

Schon seit Beginn des Schuljahres sind immer mehr Mitschüler in der Hitlerjugend. Am Tag des Anschlusses teilt sich plötzlich auch die Gruppe der Lehrer sichtbar in die „Blassen“ und „Heiseren“, wobei die Zweiteren die Nazis sind, die brüllend das 1000jährige Reich und den Führer begrüßen. Es gibt neue Rituale und Lieder, es gibt ein Bild des Führers neben dem Gekreuzigten an der Wand. Daneben tickt eine große Uhr, die für Georg nie schnell genug tickt. Die Schultage dauern lange, viel zu lange. Am Sonntag wird der Gottesdienst gefeiert, die Ministranten tragen aber nun ihre Hitlerjugend-Uniformen. Vor der Schule pflanzt man einen Fahnenmast und stimmt im Hissen der Hakenkreuzflagge das Horst-Wessel-Lied an, das zuvor immer wieder geübt wird, die rechte Hand stramm nach oben gehoben. Der Turnlehrer nimmt das Exerzieren sehr ernst. Brüllend will er wissen, wer denn das Horst-Wessel-Lied noch nicht kennt. Georgs Klassenkameraden zeigen auf ihn. „Singen Sie!“, pfaucht er. Mit einem Textblatt ausgerüstet, stellt er sich in die letzte Reihe und bewegt gelegentlich die Lippen mit, die Hand hebt er nicht. Es ist nicht nur seine fehlende Überzeugung, die ihn schweigen lässt, sondern auch sein Stimmbruch. Auch in der Kirche singt er leise, um nicht aufzufallen. Georgs stiller Protest und die Verweigerung werden von den Mitschülern zwar beobachtet, verpetzt wird er dafür nicht. Der Schüler Georg versucht den Alltag zwischen dem vaterländischen Elternhaus und der systemtreuen Schule so gut wie möglich zu meistern. Die Nachmittage verbringt er in der seit März 1938 verbotenen illegalen Kongregation, die immer aktiver den Widerstand plant. Alles, was man dort neben religiösen Inhalten spricht und denkt, ist inzwischen verboten. Das Regime duldet kein Andersdenken mehr.

Es ist ein herrlich warmer Frühlingstag im Mai 1938. Die Glocken des Doms und aller Kirchen läuten zur Fronleichnamsprozession. Kurz nach dem Anschluss wird so ein Umzug nicht mehr gerne gesehen, aber noch wagt es das Regime nicht, diese Tradition rigoros zu verbieten. Georg ist mit seinen Freunden von der katholischen Jugend unter den Teilnehmern. Obwohl auch diese Vereinigung, wie alle anderen Vereine, die keinen regimekonformen politischen Charakter haben, verboten wurde, trifft man sich dennoch bei diesem hohen Kirchenfest. Sie ziehen hinter dem Priester und den Ministranten, die den Baldachin über dem Geistlichen hochhalten, singend durch die Priesterhausgasse. Hinter den Einheimischen marschiert eine kleine Abordnung des westfälischen Infanterieregiments, das zu dieser Zeit gerade in Klagenfurt stationiert ist.

In der engen Gasse befindet sich ein von der Hitlerjugend requiriertes ehemaliges Pfadfinderheim. Die Mitglieder der Hitlerjugend pflanzen sich im Torbogen des Heims auf und beschimpfen die friedlichen Prozessionsteilnehmer, als diese vorbeiziehen. Sie singen provokant: „Was hat denn einer deutschen Mutter Sohn mit Papst und Pfaffen zu schaffen? Hängt die Juden, stellt die Pfaffen an die Wand!“ Dieser unpassende und freche „Rülpser“ scheut die Westfalen auf. Zur Überraschung der Hitlerjugend scheren diese spontan aus dem Prozessionszug aus. Sie verfolgen die Hitlerjungen über einen Innenhof bis hinter einen Holzschuppen, dann sind sie endgültig vertrieben. Georg schließt sich ihnen an und genießt diesen Moment. Die Soldaten aus Deutschland reihen sich wieder rasch in den Umzug, obwohl es ihnen als Wehrmachtsangehörige eigentlich gar nicht mehr gestattet ist, an religiösen Feierlichkeiten teilzunehmen. Zuhause erzählt Georg der Mutter von dem Vorfall, die dazu nur schmunzelnd festhält: „Prächtige Menschen, diese Westfalen.“

Noch bevor der Vater endgültig in Haft bleibt, findet der Schüler Georg im katholischen Widerstand neue Kraft. Es gibt keinen Religionsunterricht mehr in den Schulen, das Kreuz wird abgehängt. Ein wenig drängt sich ihm der Mythos der Urchristen auf, die sich heimlich in den Katakomben trafen, um ihren einzigen Gott anzubeten. An dessen Stelle ist für viele nun ein kleiner Mann mit Schnauzbart und mit Pomade im Haar getreten. Dr. Kadras hält mit seiner Meinung über den Führer bei den Treffen der Kongregation nicht hinterm Berg. Trocken meint er zu seinem Kollegen Rubatscher: „Ein Emporkömmling mit einem Kriegsschaden. Eine blendende Inszenierung. Große Oper und am Ende sterben alle. Das war schon einmal so. Ist noch nicht lange her, nur die Leut' haben's vergessen. Gott möge uns die Kraft geben, diesem Satan zu widerstehen."

Der Ordinariatskanzler Dr. Kadras ist eine Lichtgestalt für Georg, die ihn prägt und ihm weiterhilft. Von der katholischen Kirche als Institution ist er insgesamt enttäuscht. Er sieht, wie man sich immer weiter an das System anpasst, sich verkauft. Der Hirtenbrief, gedruckt auf einem kleinen gelben Plakat, erschüttert sein Vertrauen in Veränderungen durch diejenigen, denen er viele Jahre lang glaubte. Der erneuten Verhaftung seines Vaters kann die offizielle katholische Kirche nichts entgegenbringen. Er belauscht ein Gespräch zwischen den Geistlichen Rubatscher und Kadras, in dem Dr. Kadras wutentbrannt über den Bischof Adam Hefter wettert, der Adolf Hitler bei dessen Besuch in Klagenfurt die Hand geschüttelt hat. Der Bischof sympathisierte mit dem Führer. Kadras zischt: „Selbst wenn du dem begegnest, kannst du als Bischof deine Hand noch immer so wegziehen, dass es nicht auffällt. Da hat man viele Möglichkeiten, zum Beispiel Nicken und die Hände falten. So ein Wahnsinn! Was macht das für ein Bild?" In der Kongregation akzeptiert man die Veränderung in der Gesellschaft nicht, aber noch gibt es keine geplanten Reaktionen darauf, noch wundert man sich, noch hofft man auf ein Wunder, auf das Aufwachen. Doch das Wunder bleibt aus.

Aus der Sicht des historischen Kontextes:

Die katholische Kirche Kärntens im Zweiten Weltkrieg – zwischen Widerstand und Resignation

Bischof Adam Hefters Ankunft in Kärnten im Jahr 1915 erfolgte mitten in turbulenten Zeiten. Im Mai 1915 wurde Kärnten durch den Kriegseintritt Italiens engstes Kriegsgebiet. Schon bei Kriegsausbruch war die Landesverwaltung gegen den slowenischen Klerus vorgegangen und ließ slowenische Geistliche in Kärnten und der Untersteiermark verhaften. Fürstbischof Hefter setzte sich für deren Freilassung ein. Adam Hefter hatte den Ruf eines sehr patriotischen Geistlichen. Während des Ersten Weltkrieges besuchte er Soldaten an der Grenze und Verwundete in den Spitälern. In besonderem Maße setzte er sich für die Kinder, die durch den Krieg einen oder beide Elternteile verloren hatten, ein. Vor allem in Krisenzeiten suchten die Menschen ihren Halt in der Religion und in der Kirche. Als am 12. November 1918 die Republik Österreich ausgerufen wurde, ersuchte Kardinal Piffl den Klerus zur Loyalität gegenüber dem neuen Staat. Viele Bischöfe, darunter Adam Hefter, folgten seinem Vorbild. Ein Hauptakzent der Aktivitäten Hefters lag auf der Erneuerung der Kirche, der Vermehrung des Priester- und Ordensnachwuchses. […]

Hefter vertrat eine dem Deutschtum gegenüber wohlwollende Position, was seine spätere mangelnde Aversion gegen den Nationalsozialismus erklärt. Er bedauerte zwar die religionspolitischen Maßnahmen der Nationalsozialisten, sprach sich aber gleichwohl für die staatspolitische Gestaltung aus. Um 1930 warnte er vor den Gefahren, die der Sozia-

lismus und Bolschewismus mit sich bringen würden. Er schrieb der Diözese ein Gebet vor, das nach jedem Ave Maria zu beten war: „Maria, Königin der Engel, hilf unser Land retten vor dem Ansturm der Gottlosigkeit des Bolschewismus." Hefter konzentrierte sich auf die Gefahr von links und übersah indes die Gefahr von rechts.

Nach dem Juliputsch 1934 blieb Bischof Hefter den Trauerkundgebungen für den österreichischen Bundeskanzler Engelbert Dollfuß fern. Er wollte ein Zeichen gegen den Christlichen Ständestaat setzen. Zudem half er illegalen Nationalsozialisten, indem er um ihre Begnadigung bei Bundespräsident Wilhelm Miklas ansuchte. Adam Hefter begrüßte in einem Schreiben 1938 den Anschluss Österreichs an das nationalsozialistische Deutschland. Er hob als dessen Positiva die Auseinandersetzung mit der sozialen Frage und die Beseitigung der Arbeitslosigkeit hervor. Insgesamt stand er dem Nationalsozialismus wenig kritisch gegenüber. Er ging nicht auf Distanz.

Bischof Adam Hefter war um ein gutes Einvernehmen zwischen katholischer Kirche und Nationalsozialismus bemüht, ohne dessen weltanschauliche Standpunkte zu teilen. Beim Besuch Adolf Hitlers am 4. April 1938 in Klagenfurt entstand ein Propagandafoto, das seine Wirkung nicht verfehlte. Hefter musste schließlich erkennen, dass er den Nationalsozialismus falsch eingeschätzt hatte. Bald zeigten sich die Folgen für die katholische Kirche, als kurz nach dem Anschluss eine Austrittsbewegung einsetzte. 1938 traten 4.433 Erwachsene und 141 Kinder aus der katholischen Kirche aus. Hefters Begleiter war Andreas Rohracher, dieser wurde 1939 zum Kapitularvikar der Diözese Gurk ernannt. Sein engster Mitarbeiter war Dr. Josef Kadras, der durch seine Interventionen bei der Gestapo und im Landesgericht Klagenfurt viele Schicksale umkehren konnte.

Noch im Jahr 1938 gab es in Kärnten eine Verhaftungswelle einzelner Geistlicher. [...] In der Folge kam es außerdem zu ständigen Versetzungen der Geistlichen innerhalb der Diözese. Die Bandbreite der

Strafen ging von Schutzhaft, Verwarnungen, Rede- und Aufenthaltsverboten bis hin zu Strafanzeigen, Kerkerstrafen und Einlieferungen in Konzentrationslager. Zudem kam es zu Übergriffen von Seiten des Staates und der Partei: Dem Direktor des Knabenseminars, Prälat Dr. Josef Brunner, wurden die Schlüssel abgenommen und die Bankkonten wurden gesperrt, Sängerinnen und Sängern des Domchores untersagte man die weitere Beteiligung am Chor, im Haus des Domkapitels wurden Zimmer für die Hitlerjugend okkupiert.[...]

Zu dem Maßnahmenbündel zur Unterdrückung der katholischen Institutionen gehörten aber weiters die „Entkonfessionalisierung der Schulen, die Aufhebung katholischer Privatschulen, die Okkupation von Pfarrheimen, Beschränkungen und Schließungen im katholischen Pressewesen, die Beschlagnahme des Vermögens und der Vereinsheime katholischer Vereine, die Überführung der Caritas in staatliche Wohlfahrtspflege und die Verhinderung pastoraler Betreuung von Kranken und Sterbenden in den Spitälern". [...]

Die Kirchenfeindlichkeit der österreichischen Bevölkerung eskalierte in den folgenden Monaten, ermuntert durch die NS-Propaganda. Mehr als 200.000 Menschen versammelten sich am 13. Oktober 1938 und agitierten gegen die katholische Kirche. Das bildete den Beginn einer rigorosen Unterdruckungspolitik seitens des NS Staates. Im März 1942 protestierten die Bischöfe des Deutschen Reiches gegen die willkürliche Bestrafung von Geistlichen, gegen die Auflösung der Klöster und Orden, gegen die Internierung Geistlicher in Konzentrationslagern ohne gerichtliches Urteil sowie gegen die Beschlagnahme von Kirchengütern, Priesterseminaren und kirchlichen Gebäuden. Ein Aufruf zu einem aktiven Widerstand erfolgte aber nicht. Dennoch gab es kirchlichen Widerstand. Jene Kleriker, die Widerstand leisteten, taten dies aus persönlichen oder patriotischen Motiven. Ferner missachteten manche Priester nationalsozialistische Weisungen. Andreas Rohracher, Kapitularvikar der Gurker Diözese und Weihbischof derselben, un-

tersagte zum Beispiel der Direktion der „Anstalt für Schwachsinnige" in Tainach, einen Zögling in eine andere Anstalt zu verlegen. Weiters verboten die Bischöfe den katholischen Pflegeanstalten das Töten von „lebensunwertem Leben".

Quelle: Verena Valentin, Regionale Herkunftsprofile des Gurker Diözesanklerus 1858–1981 – Fremde werden heimisch, Diplomarbeit (2015), S. 58ff., S. 63, S. 66, S. 26f.

Die Stadt verändert sich, der Engelbert-Dollfuß-Platz wird in Adolf-Hitler-Platz umbenannt. Immer mehr Hakenkreuzfahnen wehen von den großen Gebäuden, von Hotels, vom Bahnhof und dem Hauptpostamt. Die Menschen uniformieren sich. Immer mehr Schulkollegen und Bekannte aus der Kongregation tauchen in SS-Uniformen in der Schule auf. Solche mit slowenischen Namen lassen sich umtaufen, wollen deutsch-national werden. Den einzigen Juden in der Schule beschimpft man heftig. Der Schüler Georg muss sich seinen Stand in der Klasse sichern, als allgemein bekannt wird, dass sein Vater im Gefängnis sitzt. Ein besonders fanatischer Schulkollege nennt ihn einmal „schwarze Sau". Das verwandelt lange Unterdrücktes plötzlich und unerwartet heftig in Gewalt. Der Klassenkamerad reizt ihn zu bald nach dem Abtransport des Vaters, als das noch besonders schmerzhaft ist: „Ach, meinst du nicht, dein Vater hätt' es besser im Lager bei den schwarzen Schweinen?" Verächtlich grinst er und macht dabei „Oink, Oink" wie ein kleines Ferkel.

Georg schäumt vor Wut und Hilflosigkeit über den früher ganz umgänglichen Klassenkameraden. Seine liebste Waffe sind seine Fäuste und nicht sein Mundwerk. Ihm fehlt es an Schlagfertigkeit, erst später lernt er das richtig. Sein Vater ist ihm diesbezüglich kein Vorbild gewesen. Bevor er eine bissige oder humorvolle Antwort parat hat, denkt er stets nach, dann kommt mit etwas Verzögerung eine kluge und witzige Antwort, auf die das Gegenüber nur warten können muss. Vaters Aufgabe als Gendarm war es auch nicht schlagfertig zu sein, sondern korrekt und überlegt. Georg versetzt dem gehässigen Kerl einen Kinnhaken, woraufhin der Bursche zu Boden geht. Erst nach einem Platsch Wasser ins Gesicht wacht er wieder auf. Damit sind die Fronten geklärt und Georg hat Ruhe.

Den Schüler Georg quälen inzwischen andere Sorgen. Seine Mutter ist schon seit der Zeit in Greifenburg um vieles ernsthafter geworden. Sie lacht wenig, manchmal schmunzelt sie über ein besonders putziges Kleinkind, wenn es beim Kirchgang einen Zirkus in der Kapelle aufführt, aber insgesamt ist sie meist sehr ernst. Es scheint so, als hätte sie Angst, dass sie sich mit ein wenig Frohsinn versündigt oder dass ihr das die Nachbarn übel nehmen könnten. Vor den Denunzianten fürchtet sie sich zu Recht.

Mit der Verhaftung des Vaters verliert die Familie nicht nur ihren Ernährer, sondern auch alle anderen Ansprüche auf staatliche Unterstützung. Die finanzielle Situation der Familie verschlechtert sich. Es ist kein Geld mehr in der Börse in der Küchenkredenz. Die Söhne müssen sich um eine Nebenbeschäftigung kümmern. Wuni arbeitet bei seinem Großvater „Onkel Gustl“ auf dem Bauernhof im Görtschitztal und bringt von dort oft Lebensmittel mit nach Hause. Ottilie zaubert daraus Mahlzeiten, die zwar eintönig sind, aber die hungrigen Burschen im Wachstum satt machen. Erdäpfelknödel und Polenta gibt es fast alle Tage, im Sommer bringt Gemüse aus dem Garten etwas Abwechslung auf den Tisch. Ottilie wird von der Nachbarschaft geschnitten und ist besonders darauf bedacht, dass niemand bemerkt, wie schlecht es ihnen geht. Penibel achtet sie auf die Schulkleidung der Söhne, wahrscheinlich sind sie die am besten in Zivil gekleideten Burschen im Gymnasium. Viele ehemalige Bekannte wissen vom Aufenthalt des Vaters im KZ, schweigen darüber aber betreten. Noch ist die Euphorie für die Zukunft im Deutschen Großreich groß und ungebrochen. Noch kennt man wenige, die eingesperrt sind. Noch kommen sie wieder, man weiß nichts über Konzentrationslager, die auch von vielen nicht so genannt werden, sondern Arbeitslager.

Nach dem Abtransport des Vaters ins KZ hilft der Ordinariatskanzler Dr. Kadras der Familie, indem er der Mutter immer wieder Geldzuwendungen bringt. Die erste Weihnacht ohne den Vater verbringt die Familie stumm um ein kleines Christbäumchen versammelt und ohne Geschenke. Nach Singen ist niemandem zumute. In der Dunkelheit klopft der ehemalige Latein- und Religionsprofessor der Söhne an das Küchenfenster und wird von der erstaunten Mutter eingelassen. Er drückt Ottilie einen 50-Mark-Schein in die Hand und wünscht eine gesegnete Weihnacht. An diesem Abend fragt er, ob sich die Schüler etwas Geld beim Ministrieren dazuverdienen wollen. Das hilft ihnen, nicht nur ihr eigenes Leben zu finanzieren, sondern auch dem Vater etwas Geld schicken zu können. Der schreibt schon bald nach dem Abtransport: „Liebe Mutti, kannst du mir etwas Geld schicken?“ Sie resigniert zunächst. „Wie soll ich das machen?“ Dann helfen Ottilies Brüder mit kleinen Beträgen aus oder eben Dr. Kadras, den die Mutter „Pepi“ nennt. So wird er für die Söhne zu „Onkel Pepi“. Ottilie spart sich jede Mark vom Mund ab und lässt das Geld per Postanweisung schicken: „Georg, gehst du damit bitte gleich morgen früh hin zum Amt.“

Die Burschen ministrieren ab den Weihnachtsferien des Jahres 1938 jeden Freitag, Samstag und Sonntag in der

Christkönigskirche am Lendkanal. An den Schultagen sind sie bereits um sechs Uhr in der Kirche, am Sonntag sind es fünf Messen: um sechs, acht, zehn, elf und fünfzehn Uhr. Die Wochenenden werden bald zu einem einzigen langen Gebet, das von vielen Kniebeugen begleitet wird. Der Weihrauchgeruch klebt dauerhaft in ihren Haaren. Sonn- und feiertags machen sich die Jugendlichen bereits um vier Uhr früh auf den Weg von Annabichl zum Lendkanal, um für den ersten Gottesdienst alles vorzubereiten. An den Schultagen bleibt nach der Frühmesse keine Zeit, um dazwischen vor dem Schulstart wieder nach Hause zu gehen. So versorgt sie Dr. Kadras im Sanatorium Maria Hilf mit einem Frühstück. Später dürfen sie bei der Mutter des Bischofs am Theaterplatz frühstücken, so sind für Ottilie einige Mahlzeiten weniger einzukaufen. Darüber ist sie sehr froh. Die zwei vergessen niemals ein herzliches „Vergelt's Gott!" für jeden Milchkaffee mit einer trockenen Semmel. Mit den fünf Mark, die sie nach jeder Messe vom Pfarrer bekommen, können sie den Lebensunterhalt sparsam bestreiten. Weil sich die Söhne des Gendarmen durch ihre Arbeit in der Kirche immer weiter von der überall präsenten Hitlerjugend distanzieren, geraten sie beizeiten in brenzlige Situationen, denn die allgemeine Stimmung der Kirche gegenüber wird immer schlechter.

Georg begleitet Dr. Kadras eines Nachmittags als Ministrant zur Einsegnung eines Verstorbenen, als sich ihnen eine Gruppe der Hitlerjugend in der Nähe der Priesterhauskirche in den Weg stellt. Georg marschiert im Chorrock, der Priester trägt seinen Vespermantel. Das reicht bereits zur Provokation eines Burschen, den er aus der Annabichler Vorstadt kennt. Der zieht den Rotz durch Schlund und Nase lautstark nach oben und räuspert sich, bevor er einen fetten gelben Patzen Spucke auf den Mantel des Kirchenmannes schleudert. Verächtlich und theatralisch geht er dabei fast in die Knie, um im großen Bogen auszuspeien. Georg muss sich fest an seinem Kreuzstab festhalten, um ihn nicht als Schlagstock zu verwenden. Er schluckt seinen Unmut hinunter und bewundert die Ruhe, mit welcher der Ordinariatskanzler diese Beleidigung erduldet. Onkel Pepi wischt die Spucke erst nach der Einsegnung fort und blickt Georg dabei gelassen an. Seine Wut verschwindet langsam. Der Schüler Georg verehrt den Priester und findet in ihm einen Gönner, dessen entschlossener Kampf für die Gerechtigkeit durch nichts aufzuhalten ist. Der Religionsprofessor ist nicht nur mutig und selbstlos, sondern auch sehr schlau. In den höchsten Stellen der Geheimen Staatspolizei fürchtet man ihn, weil er sich immer wieder hartnäckig und geduldig für Verfolgte einsetzt. Man fürchtet besonders seine Redegewandtheit, auf die stumpfe Parteisoldaten selten etwas erwidern können. Daher lassen sie sich bei seiner Vorsprache im Wartezimmer des Gestapo-Quartiers oft verleugnen. In Kirchenkreisen wird Dr. Kadras dafür wie ein Heiliger verehrt. Im Gegensatz zum Herrgott, der weit weg scheint in dieser dunklen Zeit, ist dieser Priester greifbar. Ein Vorbild und Seelenhirte, der sich überall und jederzeit für seine Schäfchen einsetzt. Für die beiden jungen Männer übernimmt er in der vaterlosen Zeit eine wichtige Rolle. Obwohl die Mutter sehr bemüht ist, den Alltag zu meistern, und obwohl auch zwei Onkel helfen, bleibt der Platz des Vaters am Esstisch leer. Sein Fehlen ist übergroß in der kleinen Wohnung.

Der Vater schreibt wenige Male aus dem Konzentrationslager in Buchenwald bei Weimar. Seiner gestochen scharfen, eng geführten Schrift entnimmt man, dass er den wenigen Platz nutzen will, der in dem kleinen Telegrammbogen zur Verfügung steht, um Ottilie zu beruhigen und sie abzulenken. Andererseits weiß er um die Zensur, die jeder einzelne

Generalvikar und Kanzler Dr. Josef Kadras um 1969

Brief aus dem Lager durchläuft, bevor er tatsächlich weitergeleitet wird. Manchmal wird er das auch nicht. Also dreht sich der Inhalt um Alltägliches, wie der Nachfrage nach seinen Bienenstöcken oder den Gartenanbau. Er erkundigt sich über die Schulerfolge seiner Söhne. Über seinen Gesundheitszustand, die karge Versorgung mit Essen und die harte Arbeit schreibt er nicht. All das bleibt unerwahnt.

Die Kinder des Inhaftierten sind durch ihre Pflichten in der Kirche von der Teilnahme an den Übungen der Hitlerjugend weitestgehend befreit, doch ein paar Mal werden sie doch von dem örtlichen HJ-Leiter vor der Haustüre abgeholt. Ihre Anwesenheit ist vorgeschrieben, es handelt sich nicht um eine Einladung. Etwa zu einem Boxtraining der Hitlerjugend in der Volksschule Annabichl, in der Nähe des Flughafens. Dort wird Georg ein Gegner zugeteilt, der viel größer und kräftiger ist als er. Schon beim Umkleiden und mit dem Griff nach den verschwitzten Boxhandschuhen überlegt er fieberhaft, wie er diesen Kampf überstehen kann.

Sein Gegner reizt ihn bis aufs Blut: „Was ist los, du schwarze Sau? Traust dich nicht? Feige, oder wie?"

Georg knurrt, hebt die Hände für Wuni zum Bandagieren hoch nach oben.

„Ich glaube, er ist echt zu feige", meint ein anderer.

„Jesus und Maria werden dir ein Kerzlein anzünden", traktiert ihn ein weiterer Bursche in der HJ-Uniform. „Wirst gleich die Engel singen hören!"

Alle lachen, außer Georg und Wuni, der seinem Bruder beim Anziehen der Boxhandschuhe assistiert. Wuni stemmt sich mit aller Kraft gegen die stinkenden Fäustlinge über Georgs geballten Fingern.

„Zeigs ihnen, Bruder! Hörst du?", flüstert er. „Ich kann diese Visagen nicht mehr sehen."

Leise faucht Georg: „Ich auch nicht. Plattnasen … Platthirne!"

Der HJ-Jugendführer schnauzt die beiden an: „Was murmelst du da, schwarze Sau! Willst uns allen was laut sagen?" Er lacht verächtlich und droht: „Darfst gleich für immer schweigen."

Schon beim Eintreten in den Turnsaal hat Georg verstanden, dass es sich um keine harmlose Turnübung, sondern um eine Lektion handelt, die man ihm erteilen möchte. Es geht hier nicht um das sportliche Miteinander.

„Wuni", flüstert er seinem Bruder zu. „Wenn es ganz hart hergeht und schlecht für mich ausschaut, dann bringst du

Onkel Pepi Nachricht. Nicht der Mutter! Die hat schon genug Sorgen." Wuni verspricht das hoch und heilig.

„So, was ist mit dem Kuttenbrunzer? Seid ihr soweit?" Georg springt auf. Schnell, zu schnell für den Gegner.

Die Sporthose flattert um die Oberschenkel, sein Gegenüber ist durchtrainiert, blond und blauäugig. Der Führer muss ihn lieben, denkt Georg amüsiert. Zwischen den abstehenden Ohren seines Rivalen bleibt hinter den blauen Pupillen eine gewisse Leere offensichtlich. Wuni flüstert: „Mensch, der ist so sturzdumm, da kannst du nicht mehr viel kaputt machen."

Sekunden nach dem Ertönen des Gongs versetzt Georg ihm einen so unerwartet schnellen und harten Kinnhaken, dass der Kampf auch schon zu Ende ist. Laut protestieren die Zuschauer, dass das gegen die Regeln sei. Doch ab dem Moment lässt man die Brüder weitgehend in Ruhe.

Um weiteren unfreiwilligen Hitlerjugendaktivitäten zu entgehen, melden sich die Brüder beim Deutschen Roten Kreuz, wo sie zuerst mit großem Interesse einen Erste-Hilfe-Kurs machen. Später fahren sie im Rettungswagen mit. Bei einem Einsatz müssen sie eine Frau mit schwersten Verbrennungen aus ihrem Haus in den Rettungswagen bringen. Der Geruch nach verbranntem Fleisch und Öl frisst sich unauslöschlich in ihre Gehirne. Den Geschwistern wird speiübel. Sie versuchen sich gegenseitig nicht anzusehen, denn der Würgereiz des einen würde auch beim anderen dazu führen, dass sie sich übergeben müssten. Sie beißen die Zähne fest zusammen. Der Fahrer entfernt vorsichtig die letzten verbrannten Kleidungsreste und pudert die wimmernde Frau mit Mehl ein, dann legt er sie mit Hilfe der beiden Brüder in ein Leinentuch. Während sie die Verletzte hochheben, hört man wie die Brandkruste an manchen Stellen bricht. Es ist nur mehr wenig Menschliches in diesem Leintuch, als man

Kurz vor seiner Verhaftung 1938 entstand diese letze Aufnahme des ehemaligen Gendarmen in Zivil.

sie eilig ins Krankenhaus bringt. Die nur noch in Fetzen herabhängende Haut und das tierische Brüllen der Frau vergessen die beiden nie mehr. Sie stirbt wenige Tage später. Für eine ganze Weile stehen die beiden unter Schock. Dieses Erlebnis prägt ihre spätere Berufslaufbahn. Diese Hilflosigkeit wollen sie nicht mehr erleben, sie möchten helfen können. Nicht nur diese Erfahrung, sondern auch viele andere tragen dazu bei, dass aus den beiden Jungen schon vor ihrer Zeit in den Jahren der Abwesenheit des Vaters Männer werden.

Den Glauben nie verloren

„Die Spielregeln des Lebens verlangen von uns nicht, dass wir um jeden Preis siegen, wohl aber, dass wir den Kampf niemals aufgeben.“
(Viktor Frankl)

„Gell, Herr Inspektor, stell dich nicht so an! Steig ein. Weißt eh, wie das geht. Hast ja lange selbst den Befehl gegeben. Hat dir eh gefallen. Leider hast du nicht begriffen, wohin die Reise jetzt geht. Da warst du noch kaisertreu, nur ohne den Kaiser.“

„Ist schon recht. Ich höre dich gut, Kollege.“

„Brauchst mit mir nicht mehr so reden. Verstanden! Marsch, Marsch, Georg!“

„Ich habe einen Nachnamen, noch immer. Bitte schön!“

„Ja. Noch.“ Dann schnaubt er: „Aber bald wirst du nur mehr eine Nummer sein.“

Georg steigt in den Transporter und blickt sich nicht mehr um. Er murmelt leise: „Wie kann man nur so mit einem Gefangenen umgehen? Das wäre mir nicht im Entferntesten je in den Sinn gekommen.“ Aber er akzeptiert sein Schicksal. Selbstverständlich kennt Georg diese Protokolle, die Häftlingsnummern und die Zellennummern, die Bekleidungsvorschriften und die Essensausgaben. Alles in einem Gefangenenlager richtet sich nach Zahlen, Nummern und Uhrzeiten. Sie geben dem System erst die Sicherheit, vor allem für die stets in der Unterzahl befindlichen Aufseher. Ohne Zahlen und Regeln, selbst wenn sie noch so aufgesetzt scheinen, funktioniert es nicht, dass eine Gruppe die Macht über eine andere, größere Gruppe, ausübt. Ob das nun willkürlich ist oder gerechtfertigt, hat Georg schon lange aufgehört zu hinterfragen. Er hat das vor langer Zeit ausgeblendet. Über die Weltkriegsjahre in den Schützengräben hat er für seine Überzeugung durchgehalten. Dann hat er diese Ansichten aus dem Dreck gezogen, abgewaschen, ausgebeutelt und in eine saubere fesche Uniformjacke verpackt. Seine Idee eines freien Österreich unter einem Monarchen oder in einer Demokratie begleiteten ihn durch die Gänge von Wöllersdorf, selbst wenn das zunächst einmal ein autokratisches System unter Dollfuß bedeutet. Er schreibt seine Einstellung auf die Tafel in der Gendarmerieschule und er steigt nun mit derselben Überzeugung auf die Ladefläche des Transporters, der ihn Ende 1938 mit einigen Zwischenstationen bis ins Lager Buchenwald bei Weimar bringt. Georg ist nun kein Aufseher mehr, sondern der Häftling Nummer 3197, Block 9. Doch nicht einmal die Nummer ist seine eigene, er hat sie bei der Einkleidung in der Registrierung geerbt.

Er denkt, dass er auf das Lager vorbereitet ist, weil er doch selbst Aufseher war. Aber dem ist nicht so. Nichts kann einen Menschen auf ein Konzentrationslager vorbereiten. Die dumpfe Angst und die Ungewissheit fahren in den Transporten mit. Während Georg seinen Glauben in den Jahren als Gendarm zwar praktiziert hat, aber nicht ständig in Gedanken an Gott und dessen Sohn auf Erden blieb, begleitet er ihn seit der Abholung aus dem Gefängnis in Klagenfurt ständig. Ohne sich je mit ihm vergleichen zu wollen, drängt sich Georg nun oft der Vergleich mit dem Kreuzweg Jesu auf. Dieser zieht sich über vierzehn Stationen, die Prüfungen sind hart, so wie die seinen. Georg fühlt sich Jesus in seinem Schmerz und Leid näher als jemals zuvor in seinem Leben. Wie oft ist er in seinem Leben den Passionsweg gegangen? Niemals halbherzig, immer nachdenklich und demütig, aber dennoch war es nicht seiner. Im Herbst 1938 ändert sich das.

Auf dem ersten Bild des Passionswegs in der Pfarrkirche von Liesing wird Jesus zum Tode verurteilt. Diese Verurteilung hat auch Georg hinter sich, obwohl sie nie gerechtfertigt war und ausgesprochen worden ist, denn eigentlich wurde er von Rechts wegen freigesprochen. Trotzdem verlässt ihn nicht die Hoffnung, dass es sich um ein Arbeitslager mit einer möglichen Heimkehr handelt. Er will keinen Märtyrertod, er ist kein Heiliger. Er ist tief im Inneren ein pflichtbewusster Soldat und Gendarm, auch wenn man ihm das alles weggenommen hat. Georg ist ein Ehemann und Vater, er ist nicht allein auf dieser Welt. Und trotzdem ist er es, inmitten von vielen hundert Männern und Frauen, die wie er unschuldig hierher gebracht wurden.

Es sind so viele in den Waggons, die in der Nacht abgeholt worden sind und die Verhöre mitgemacht haben. Georg verliert das Zeitgefühl in dem abgedunkelten Abteil. Die Stunden vergehen, und ihm wird bewusst, wie weit er von zu Hause fort ist. So weit fort war er nicht einmal bei seinem Kriegseinsatz am Isonzo.

Die Fenster sind zugeklebt, man reist ins unbekannte Nichts, unter den Füßen nur das ständige Gerumpel der Schienen. Manchmal gibt es einen Halt, dann werden Gefangene unter Brüllen ausgeladen oder wieder andere zugeladen. Es wird immer enger, man kann nicht mehr sitzen und steht Körper an Körper. Er kann tagelang nicht schlafen. Ein paar Mal kämpft er gegen die Ohnmacht an, indem er sich in der bedrückenden Enge die Weiten seines Heimattales vorstellt. Die saftigen Wiesen, die freien Almen und die gute, saubere Luft. Endlich wird Georg mit den noch Lebenden aus dem Waggon getrieben. Die Toten lässt man liegen und steigt über sie hinweg. Georg ist sehr froh, dass er nur einen Rucksack mitgenommen hat, den er kaum auf den Schultern spürt, während die Gefangenengruppe, von den SS-Wachmännern angetrieben, bis zum Eingang des Lagers läuft. Viele bleiben zurück und werden von den Aufsehern wieder in die Reihe geprügelt.

Das Lager im äußersten Osten des Deutschen Reiches ist weit genug weg von der Stadt, damit man die Zivilbevölkerung nicht verstört, sofern es sie überhaupt interessiert. Das kennt er aus seiner Zeit als Aufseher noch gut, es war in Österreich nicht anders. Das Lager sollte nur nicht so weit abgelegen sein, damit die Familien der Aufseher zu Besuch kommen können. Ihn wird niemand besuchen.

Wöllersdorf ist ein Puppenhaus gegen diese gewaltige Gefängnisanlage, denkt Georg einen Moment lang im Stehen. Sofort wird er mit einem kräftigen Hieb auf die Waden ans Weiterlaufen erinnert. Er hat keinen Hunger, aber großen Durst. Er weiß gar nicht, wann er zuletzt etwas getrunken hat. Langsam wird ihm schwindlig. Doch er ist wieder hellwach, als man ihn mit Fußtritten und Schlägen direkt hinter dem Tor begrüßt und mit kaltem Wasser übergießt. Diese wenigen Tropfen Nass machen ihn wieder klar und er erlebt hellwach, wie man ihm seine wenigen Habseligkeiten abnimmt und ihm das Skapulier vom Hals fetzt. Er wird in einen riesigen, fabrikähnlichen Raum getrieben, in dem er sich vollständig entkleiden muss. Er lässt hier sein altes Leben zurück. Ihm werden grob die Haare vom Kopf geschoren, auch das kennt er aus Wöllersdorf, aber ohne diese Brutalität. Nur es fühlt sich anders an, ob man dabei zusieht oder selbst unter dem Rasierer sitzt, der den Bürstenhaarschnitt in eine Glatze verwandelt. Georg fasst sich über die ungewohnt kalte Kopfhaut. Wieder schreit man ihn an, in die Brause zu kommen, auch hier nimmt er ein paar Schlucke eiskaltes Wasser zu sich, danach läuft er weiter in die Bekleidungskammer. Ein sehr dicker Soldat wirft ihm weiße Häftlingskleidung mit grauen Streifen zu. Es ist ein gewaltiges Streifenmeer in dieser Wäschekammer hinter dem Fettwanst. Alles wirkt so ordentlich, alles ist so organisiert, alles flößt Angst ein. Georg schlüpft in eine Hose, die recht knapp ist, und eine Jacke, die ihm bald nicht mehr wärmt, weil sie zu dünn ist. Die Holzpantoffeln haben scharfe Kanten, er wünscht sich sofort seine eigenen Schuhe zurück. Die zehnte Station am Kreuzweg: Jesus wird seiner Kleider beraubt.

Auch Georg wird seiner persönlichen Kleider beraubt. Besonders schwer trennt er sich vom Skapulier, hat es ihm doch im Leben bisher viel Glück gebracht und ihn wie ein Schild geschützt. Dieser Talisman ist nun fort, so wie alles, was ihn an seine Vergangenheit erinnern könnte. Fortan ist sein Schild erdacht, er hat es so viele Jahre getragen, dass er es noch lange auf der nackten Haut spürt. Er hat die Fronten mit der Häftlingskleidung gewechselt. Nur wer genau hinsieht, kann an Georgs aufrechtem Gang den ehemaligen Wachbeamten erkennen, der nicht auf den Boden sieht wie die andern und dahinschlurft. Er bleibt aufrecht und sieht oft in den Himmel.

Die SS sorgte mit Bedacht dafür, dass zwischen den Gefangenen keine Gespräche und Vertrautheit entstehen. Sehr bald schon begreift Georg den Unterschied zu seiner Arbeit im Gefängnis, denn durch die permanente Lebensgefahr werden hier alle gegen alle ausgespielt. Der Kampf ums nackte Überleben macht es nahezu unmöglich, einem anderen zu helfen. Nur wer auf eine gefestigte Gruppenidentität zurückgreifen kann, ist sicher. Er erlebt, wie sich die kommunistischen Häftlinge mithilfe von Untergrundorganisationen gegenseitig in Schlüsselpositionen der Häftlings-Selbstverwaltung hieven. Mit ihnen will er nichts zu tun haben.

Die Jahre des Krieges und die Arbeit als Gendarm haben ihn zu einem aufmerksamen Beobachter gemacht, der unterschwellig Hierarchien und das Aufkeimen von Gewalt wahrnimmt und ihr, sofern möglich, ausweicht. In Buchenwald ist die Ungleichheit unter den Häftlingen groß. An der Spitze der Nahrungskette stehen deutsche Kriminelle, Berufsverbrecher der schlimmsten Sorte. Auf sie folgen politische Häftlinge und andere „Arier", zu denen auch Georg zählt. Am Ende dieser neuen sozialen Ordnung stehen die Juden, aus den verschiedensten europäischen Ländern deportiert, die mit ihren vielen Sprachen keine Einheitlichkeit schaffen und am grausamsten von den Lagercapos malträtiert werden.

Diese Ungleichheit spürt Georg schon von der ersten Minute an, als er die Baracke betritt. Von außen wirkt das Gebäude groß, doch innen herrscht grauenhafte Enge. Es riecht schon vor dem Holzverschlag nach Schweiß, Krankheit, Angst und ungewaschener Kleidung. Der Gestank zwischen den Stockbetten, in denen bis zu drei Männer übereinander schlafen, frisst sich in die Wände, in den Boden und den Plafond. Eine sehr dünne Decke über der Matratze muss stets straff gezogen sein, sonst droht unerbittliche Härte bei der Bestrafung durch die Barackenwärter. Sie sind selbst Gefangene, aber mit einem Stock ausgestattet. An manchem Tag ist ihre Grausamkeit drakonischer als die der Aufseher. Die Aborte hinter den Baracken sind bloß Planken über einer offenen Latrine. Sie stinken in den Sommermonaten bestialisch. Georg sucht sie selten auf, sein Körper erhält zu wenig Nahrung, um etwas auszuscheiden. Jede Steckrübe in einer ungesalzenen Suppe wird vollständig verwertet. Viele Mithäftlinge leiden unter Durchfall, manchen wird aus reiner

Boshaftigkeit verboten, den Abort zu benutzen. Ihre mit Kot verschmierten Hosen müssen sie zur Strafe anlassen. Als Georg eines Tages im Frühsommer ein paar Juden mit einem Marmeladeglas in der Jauchengrube stehen sieht, die nur mit diesem Werkzeug die Grube ausschaufeln sollen, kann er den Würgereiz nicht mehr unterdrücken und übergibt sich in der Nähe des Stacheldrahtzauns. Dort wird er von den wütend bellenden Hunden vertrieben.

Im Winter 1940, einer der kältesten Winter in diesem neuen großen Krieg, der irgendwo weit hinter dem Stacheldraht eine neue Generation junger Männer opfert, stopft sich Georg mit ein paar hinter der Schreibstube gefundenen Papierfetzen die Jacke aus. Er zieht einem Toten in der Baracke in einem unbeobachteten Moment dessen Socken aus, weil er Angst vor Erfrierungen hat. Georg ist in diesem Jahr 52 Jahre alt geworden, er muss mit seinen Kräften haushalten. Viel Jüngere sind schon gestorben, jeden Tag sterben sie. Ausgemergelt wie alte Männer, es sind nur noch Skelette, die sich noch wackelig aufrecht halten. Am Isonzo hat er häufig Skelette gesehen, doch die lagen am Boden. Er versucht das Wenige an Nahrung so langsam wie möglich zu essen, wenn man ihn denn lässt. Meist wird Gemüse mit Wasser so lange verlängert, dass man es trinken kann. Unter Gebrüll und Beleidigungen wird es in die Blechnäpfe geschüttet und soll fast im Marschschritt hinuntergeleert werden. Dennoch vergisst er nie ein Dankgebet. „Herr Jesus … Gast … gesegnet hast …“, für mehr bleibt keine Zeit. Jeden Sonntag wird sein Mittagessen regelmäßig gestrichen, stattdessen steht er bei jeder Witterung am Tor, um Gott näher zu sein. Diese Strafe hat sich die Lagerleitung für besonders gläubige Katholiken ersonnen, weil sie es wagen, einen geheimen Gottesdienst abzuhalten und weil die gemeinsamen Gebete ein bisschen Hoffnung und Licht in die Baracken bringen.

Georg spürt nicht nur die Jahre des Krieges in den Schützengräben, sondern auch die harte Arbeit in seiner Kindheit in den Knochen. Überall ragen sie inzwischen unter seiner Haut hervor. Die Hose rutscht nach wenigen Monaten im Lager ständig nach unten. Er kann die Kälte an diesem zugigen Ort mit keinem Kältegefühl in seiner Erinnerung vergleichen. Sie kommt von allen Seiten und von innen. Sie frisst sich weiter, wie das wachsende Eis. Es kracht zwischen seinen Rippen. Er hätte sich mit ein bisschen Geldzuwendungen von zu Hause Erleichterung durch eine wärmere Jacke kaufen können, doch das steht Georg ab dem Jahr 1939 nicht mehr zu, nicht einmal für die kleinsten Bedürfnisse. Ein paar Briefe darf er im Jahr nach seiner Verhaftung noch an seine Familie richten, aber dieses Recht verwirkt er. Wodurch, erfährt er nicht. Sogar an seinem Geburtstag bleibt er ohne eine Nachricht von seiner Familie. Es vergehen Monate um Monate ohne ein Wort von Ottilie und den Kindern.

Georg spricht oft mit Jesus, wenn er im unterhalb des Berges gelegenen Steinbruch arbeitet. Er hat seine Rolle und Unbedeutsamkeit im Lager akzeptiert und schultert das Kreuz – inzwischen fast drei lange Jahre. Das ist die Station zwei auf Jesus' Passionsweg. Seine Tage im Steinbruch sind unverändert gleich, nur das Wetter ändert sich. In Holzloren werden die groben Steine auf einer schmalspurigen Schienenanlage nach oben gezogen. Alles mit der Kraft der Männer, die auserwählt sind, sich dort zu Tode zu schuften. Die Außenstelle von Buchenwald liegt so weit abseits vom Lager, dass sie sich für besonders perfide Folterungen und die Liquidationen unerwünschter Subjekte anbietet. Jedes noch so kleine Vergehen im Lager wird mit der Arbeit im Steinbruch „belohnt“. Die Männer kommen aus dem ganzen Deutschen Reich und sind aus vielerlei Gründen inhaftiert. Georgs rotes Dreieck unter der Lagernummer weist ihn als politischen

Schreiben aus dem Konzentrationslager Buchenwald: Georg Lexer darf keine Briefe schreiben und empfangen.

Häftling aus. Neben ihm schnaufen Berufsverbrecher, Arbeitsscheue, Bibelforscher, Emigranten und Juden den Berg hinauf. Sie ziehen die Loren an langen Seilen, durch die man zehn Knüppel gesteckt hat, nach oben. So sind jeweils zwanzig Mann wie Vieh vor den unendlich schweren Karren gespannt. Die Aufseher zwingen sie zu singen, obwohl die Gefangenen kaum Luft bekommen. Jeden Tag brechen die Schwächsten unter der Last zusammen, bleiben völlig entkräftet liegen. Auf der dritten Tafel in der Kirche von Liesing liegt der Mensch Jesus unter dem Kreuz und niemand hilft ihm. Über ihm ein dunkler Himmel. Auch hier kann keiner helfen, ohne selbst in Gefahr zu kommen. Viele Mithäftlinge schaffen es nicht mehr, den Fuß vor den anderen zu setzen. Die Männer kippen nach hinten oder zur Seite, sacken in sich zusammen wie Heißluftballone ohne ihr Feuer. Im Winter sind es die Kälte und der Hunger, die sie auszehren. Die Leichen werden binnen Stunden stocksteif und starr. Unwillkürlich erinnert sich Georg an den gefrorenen Altbauern auf dem Dachboden, während er seine eigenen Erfrierungen beim Lagerarzt behandeln lassen muss.

Im Sommer ist es die Gluthitze, die sich in den Steinen selbst über die Nacht speichert und die schon am frühen Morgen auf die Häftlinge abstrahlt. Ein nicht mehr abklingender trockener Husten schmerzt tief in Georgs Brust, seiner Schwachstelle. Durch den Staub wird der Husten noch schlimmer. Er hat seine Lungenentzündung nie wirklich ausgeheilt. Er unterdrückt den Husten und das Keuchen, bis sein ganzer Brustkorb brennt. Zu Beginn dreht er sich noch nach den aus der Reihe Gefallenen um, doch inzwischen weiß er, dass kurz danach ein Schuss fallen wird. Die Glücklichen sterben sofort, wer Pech hat und schlecht getroffen wird, leidet stundenlange Qualen, bis er ausblutet.

Niemand bahrt die Toten auf, keiner salbt und ölt sie. Egal woher sie kommen und was auch immer sie getan oder nicht getan haben. Es steht ihnen zu. Niemand trauert, niemand weint. Wer würde ihn betrauern? Wer würde sich erinnern? Der Gedanke an seine Söhne und seine Frau lassen ihn Tag um Tag den ersten Schritt tun, dann den nächsten, um den nächsten Tag zu erleben und den nächsten Sonntag.

Erneut liegt Jesus auf der Erde. Das schwere Kreuz auf den Schultern. Niemand will ihm helfen. Seine Peiniger schlagen auf ihn ein. Die siebte Tafel auf dem Kreuzweg Jesus zeigt einen Himmel, der von sehr dunklem Braun ins Gelbliche verläuft. So als ob es doch noch Licht gäbe und Hoffnung. Der Himmel über dem Appellplatz von Buchenwald sieht nicht so aus. Er ist entweder diesig in der glühenden Hitze oder verregnet. Es sind schon drei Sommer, in denen Georg den Blick jedesmal nach oben wendet, wenn er aus der Baracke tritt. Einmal vergisst er dabei einen hohen SS-Offizier zu grüßen und wird dafür sofort zur Prügelstrafe abgeführt. Man wartet nicht bis zum Abend, wo rituell und wahllos Häftlingsnummern aufgerufen werden, um die Männer und Frauen auf den Prügelbock zu legen, damit sie sich ihre 25 Peitschenhiebe „abholen". Nein, Georg wird sofort seiner Kleider entledigt. Er spürt die Kälte und die Blicke der anderen nicht mehr. Er wird direkt auf den Bock gelegt. Der Wachmann brüllt noch irgendetwas von Respekt, aber das blendet der ehemalige Gendarm aus. Er muss laut die Hiebe mitzählen, die sich wie Stromschläge durch seinen gesamten Körper bohren. Sie zerfetzen seine Muskulatur und nehmen die Haut mit. Kein Gramm Fett schützt ihn mehr vor dem Leder, jeder Schlag trifft direkt auf die Rippen, die sich wie ein Fächer unter der weißen Haut abheben. Der kräftigste SS-Mann aus dieser Dienstschicht knallt die Peitsche mit voller Wucht auf den Rücken des schwachen Mannes. Zwischen den Hieben hört Georg die Maschinengewehre in den Bergstellungen wieder, sie feuern ohne Unterlass. Alles Verdrängte ist wieder da in seiner ganzen Erbarmungslosigkeit.

Man lässt ihn ohne einen weiteren Kommentar über dem Bock gebeugt liegen. Vielleicht stirbt er von selbst? Doch dafür ist Georg noch nicht bereit. Er zieht sich mit der letzten Kraft hoch und versucht in seine kratzige, zerschlissene Häftlingsjacke zu schlüpfen. Ein einziger Mithäftling kommt ihm zu Hilfe. Station fünf auf dem Passionsweg: Simon von Cyrene hilft Jesus das Kreuz zu tragen. Georg flüstert ihm beinahe ohnmächtig ins Ohr, als dieser ihn zur Baracke schleppt: „Ich war einmal eine Respektsperson. Weißt du? Ich war einmal kräftig und sehnig. Was bin ich jetzt? Was bleibt von mir? Ich bin nur mehr eine Nummer. Ein Gerippe, seelenlos, leer, halbtot geprügelt." Als der Mithäftling ihn in die enge Schlafkoje hebt, hört er noch ein leises: „Jesus hilf mir, Maria hilf!"

Wieder sind die Tage länger geworden, wieder wird das Tageslicht vom Morgenappell in der Dämmerung bis zum Sonnenuntergang genutzt, um die Häftlinge zu schwächen und ihren Willen zu brechen. Georgs Wille bricht nicht. Er ist geschützt durch einen unsichtbaren Panzer. Er trägt den unsichtbaren Stofffleck der Servitenbrüder vor seiner Brust und darunter ein unsichtbares Kreuz, an einer Kette baumelnd. Nicht nur der Glaube hält ihn so lange aufrecht. Oft erinnert er sich an die Kindheit, und dann bleibt mit zusammenfließendem Speichel im Mund die Vorstellung von einem warmen Eintopf zurück. Seit er das Lager hinter dem Stacheldrahtzaun durch das Tor mit der Aufschrift „Jedem das Seine" betreten hat, kann er sich an keine einzige Mahlzeit erinnern, die ihn nur ansatzweise satt gemacht hätte, obwohl sein Magen inzwischen winzig klein zusammengeschrumpft ist. Diesen Spruch hat er in der Folge jeden Tag über Stunden am Appellplatz vor Augen. Er ist an Absurdität nicht zu übertreffen.

Wenn er die Kraft findet, macht er sich auf die Suche nach Abfällen, Gräsern oder Wurzeln. Dabei führt ihn seine Runde an den Häusern der Lagerleiter vorbei, die hinter dem Stacheldraht zwar nahe wohnen, aber unendlich weit entfernt von seiner Realität sind. Die schönen Villen mit ihren gepflegten Parks, die Treibhäuser, die Reithallen, sogar ein Casino gibt es. Wenn sein Bauch vor lauter Hunger so fest zusammengezogen wird, dass es bis in die Lenden und in den Rücken hinein schmerzt und zieht, wünscht er sich in den Stall hinein, um dort eine Ratte zu fangen. Wie viele dieser Biester hat er vergiftet und aus dem Stall zu Hause vertrieben? Heute würde er sie verspeisen, ohne Ekel.

Er hört von einem Mitgefangenen, was alles in der Landwirtschaft und den Zuchtanlagen an Essbarem vorhanden wäre. Unvorstellbarer Reichtum und Dekadenz direkt neben den Krematorien, die täglich mehr Leichen verheizen. Bei Tiefdruck fallen graue und weiße Flocken vom Himmel, legen sich über die Rosenstöcke der Lagerkommandanten und kitzeln die Pferdenüstern. Die scharfen Schäferhunde schnappen in unbeobachteten Momenten verspielt danach. Georg hat sich daran gewöhnt, er vegetiert weiter und wird stets einsamer.

Immer durchsichtiger wird sein Schutzschild, und auch die Gebete kommen nicht mehr vollständig in sein Gedächtnis, nur eines murmelt er fortwährend: „Sei gegrüßt, o Königin, Mutter der Barmherzigkeit, unser Leben, unsere Wonne, unsere Hoffnung. Zu dir rufen wir verbannte Kinder Evas; zu dir seufzen wir trauernd und weinend in diesem Tal der Tränen. Wohlan denn, unsere Fürsprecherin, wende deine barmherzigen Augen uns zu, und nach diesem Elend zeige uns Jesus, die gebenedeite Frucht deines Leibes. O gütige, o milde, o süße Jungfrau Maria!“

Sehr selten begegnet er Frauen im Lager, sie haben andere Pfade und Tätigkeiten. Er hat keine Vorstellung mehr von Frauen. Seine Erinnerung an Ottilie verblasst immer weiter zu einer undefinierbaren Projektionsfläche für die letzte Hoffnung auf die Heimkehr, auf Normalität. Oft sieht er den vorbeiziehenden Gerippen mit den geschorenen Haaren nicht mehr an, ob es sich um einen Mann oder eine Frau handelt. Die Entmenschlichung und fortwährende Entwürdigung härten ab. Die Geister von Frauen und Kindern in gestreifter Kleidung, die lose um die knochigen Körper weht, schweben an Georg vorbei wie eine Prozession. Als eines Tages eine Frau ihr totes Kind unter höchster Kraftanstrengung mit einem Schubkarren zum Krematorium schiebt, bemerkt Georg, wie der Frau Tränen über die Wangen kullern und eine helle Spur über den schmutzigen, eingefallenen Wangen hinterlassen. Er hat in all dem Leid, dem Geschrei und den Schüssen über Monate kaum mehr jemanden weinen gesehen. Es ist so, als ob man alles Menschliche aus Selbstschutz ablegt, um stärker zu bleiben, um Energie zu sparen. In der Kirche von Liesing weinen die Frauen auf der Tafel mit der Nummer acht. Er erinnert sich nicht mehr, wo er gelesen hat: „Ihr Frauen von Jerusalem, weint nicht um mich; weint über euch und eure Kinder! (Lukas, 28-31 EU)"

Ein einziger treuer Freund begleitet Georg durch die Sonntagvormittage. Der Salzburger Priester Leonhard Steinwender feiert mit ihm und ein paar anderen Männern die Heilige Messe. Das Brot, das sie gemeinsam brechen, sparen sie sich über die Wochen zusammen. Es ist härter als die Steine im Bruch. Aus Angst noch mehr Zähne zu verlieren, lutscht Georg vorsichtig daran. Nach der Messe nimmt ihn Steinwender beiseite und Georg erzählt ihm viel von seiner Kriegszeit, seiner Familie und seiner Heimat im Lesachtal. Steinwender erkennt Georgs feinen Charakter sofort und sieht in ihm ein Vorbild für alle Gläubigen. Wenn er selbst sein Schicksal als hart empfindet und die Grausamkeit sich bis in die Tiefe seines Herzens hineinfrisst, sieht er Georgs Prüfungen doch als noch weit schlimmer an. Er erkennt in dem braven Wachebeamten und Familienvater einen Felsen, der unschuldig die schlimmsten Qualen erträgt. Steinwender kennt niemanden, der drei Jahre in der Strafkolonie überlebt hat und auch jede andere Arbeit über drei Jahre lang im Laufschritt erledigen muss. Georg bekommt keine Nachricht von zu Hause oder die geringste Geldzuwendung. Sogar er, nie an Gottes Gnade zweifelnd, bewundert Georg dafür, dass er jeden Tag aufsteht und nicht den Verstand verliert.

Im Juli 1941 bricht Georg zum ersten Mal im Steinbruch zusammen, er hat keine Reserven mehr. Er rappelt sich nach einigen Minuten wieder hoch und bringt mit starken Schmerzen in der Lunge seinen Arbeitstag zu Ende. Direkt danach wird er nach seiner Schicht in den Bunker geheißen. Davor fürchten sich sogar die härtesten Raubmörder. Niemand ist von dort wieder in seine Baracke zurückgekehrt. Georg spürt, dass er seine Familie nie mehr sehen wird. Von Stunde zu Stunde wandelt sich seine Ahnung in Gewissheit. In einer winzigen Kellerzelle, die völlig verdunkelt ist, findet er sich mit den Neuankömmlingen wieder. Erschrocken sehen sie den ausgemergelten, hustenden Mann an, als er in die Zelle stolpert. Obwohl es im Sommer dort unten kühl sein sollte, ist es brütend heiß. Die Wärter drehen die Heizung voll auf und beobachten, was der Sauerstoffmangel mit den von der Reise geschwächten neuen Gefangenen macht. Georg ist abgestumpft gegen Hitze und Kälte, er spürt seinen Körper schon lange nicht mehr. Er fiebert hoch. Die Angst und Nervosität der anderen machen ihn unruhig. Sein Herz schlägt heftig. Das Pfeifen in der Lunge kann er in dem Getümmel nicht hören, aber fühlen. Irgendwann holt man die Gruppe aus dem engen Verließ und trennt Georg von den anderen.

Er wird in ein Verhörzimmer gebracht und nach Jahren, in denen man ihn damit in Ruhe gelassen hat, zu seinen Verbrechen gegen den Führer und den Nationalsozialismus befragt. Jede Frage kommt wie eine zischende Schlange daher, jede Antwort ist falsch. Jedes Schweigen wird mit einem Stockschlag von hinten geahndet. Georg weiß inzwischen gar nicht mehr, warum er in Buchenwald ist. Warum? Wie lange? Er vermag nicht mehr zu antworten, seine Hustenanfälle sind so stark, dass er bröckelige Blutpfropfen auf den Tisch spuckt. Irgendwann betritt ein Arzt den Verhörraum und nickt dem Wachmann hinter Georg zu, er spricht dabei kein Wort. Er wirkt so sauber und adrett in seinem weißen Mantel, dass ihn der schwerkranke Mann für einen Engel hält. Georg fantasiert. Endlich tritt sein Peiniger hinter seinem Rücken hervor und Georg erschrickt. Der junge Mann ist höchstens 20 Jahre alt, er hat noch keinen Bartflaum und ein hübsches rundliches Gesicht. „Georg, Bua", flüstert der Sterbende lächelnd.

„Auf!", der junge SS-Wachmann reißt ihn vom Stuhl auf und zerrt ihn angeekelt mit sich einen langen Flur entlang. Georg wiegt nur mehr 48 Kilogramm. Das Neonlicht im unterirdischen Tunnel flackert und verwandelt das ausgemergelte Gesicht des Sterbenden mit den tief in den Höhlen liegenden Augen in einen Totenschädel.

Georg starrt den jungen Soldaten fortwährend selig an. Dessen Antlitz verschwimmt, es wird zu dem von Georg, er verwandelt sich in Wuni, es wird wieder zum SS-Wachmann. Alles zerfließt, Georg strahlt seinen sadistischen Peiniger an. „Was soll das?", brüllt der ihn an. „Augen nach vorne, Häftling!" Ein zweiter Wachmann kommt in einem Umkleideraum hinzu. Dort befinden sich viele Haken an den Wänden.

Ein einzelner Schuss verhallt im unterirdischen Tunnel.

„Alles kann einem Menschen genommen werden, bis auf eine einzige Sache: die letzte menschliche Freiheit – in jeder Situation die eigene Haltung zu wählen und seinen eigenen Weg zu gehen.“
(Viktor Frankl)

Im Fliegerhorst

Aus der Sicht des historischen Kontextes:

Schmieraktionen und Widerstand:
Widerstand gegen den Nationalsozialismus regt sich auch in Kreisen katholischer Jugendlicher, die sich in der Klagenfurter Dompfarre und in der Benediktinerkirche zum Gedankenaustausch treffen. Sie stehen in engem Kontakt mit Pfarrer Anton Granig, den der Volksgerichtshof in Wien im August 1944 wegen Widerständigkeit zum Tode verurteilt. Die öffentlichkeitswirksamen, gegen das Regime gerichteten Schmieraktionen der jungen Katholiken während der HJ-Reichssportwettkampfe in Klagenfurt bleiben unentdeckt.

Quelle: Danglmaier/Koroschitz, Nationalsozialismus in Kärnten, 2021, S. 116 und 350

In seinem vorletzten Schuljahr meldet sich der Schüler Georg als Schaffner bei der Straßenbahnverwaltung und wird auf der Strecke, die zwischen dem Zentrum und dem Strandbad fährt, eingeteilt. Die Straßenbahnschaffnerprüfung im Jahr 1939 ist leicht und die Arbeit gefällt ihm. Er ist stolz, wenn er der Mutter das Geld in die Börse in der

Kredenz legen kann. Ottilie ist froh darüber, die Rollen haben sich verändert. Ihre Erziehung ist beendet, sie sieht vor sich nun einen Mann, kein Kind mehr. Auch Wuni ist gewachsen, kräftiger geworden und kaum mehr zu Hause. Nach der Schule bis spät in die Nacht hinein und an den Wochenenden steht Georg nun auf dem zugigen Trittbrett. Die Schaffneruniform gibt ihm ein Gefühl der Sicherheit, es hebt ihn von den Zivilisten ab. Er ist nicht so angreifbar wie in seinem Ministrantengewand. Es ist eine Zeit der Verkleidungen, der Uniformen an allen Ecken.

Etwa um die Osterzeit 1941 lernt Georg den Obergefreiten der Luftwaffe Eduard Pumpernig kennen, auch er ein Uniformträger und ein Verkleideter, wie sich bald herausstellt. Er arbeitet ganz in der Nähe von Georgs Wohnhaus in der Schreibstube am Flughafen. Bei der Mutter seiner Freunde, der beiden Brüder Niki und Othmar, sitzt der sympathische junge Mann auf der Eckbank in der Küche und trinkt Kaffee. Edi ist großgewachsen und schlank, seine Hände sind stets in Bewegung, wenn er spricht. Schnell stellt sich der ehemalige Theologiestudent als glühender Monarchist heraus, was zunächst in kritischen Aussagen über die Machenschaften der immer stärker werdenden Nationalsozialisten in der Innenstadt von Klagenfurt deutlich wird und sich später in konkreten Widerstandsaktionen widerspiegelt. Pumpernig ist nur zwei Monate älter als Georg, aber er wirkt viel reifer. Edi wird zu einer Gallionsfigur der später gegründeten AFÖ – der Antifaschistischen Freiheitsbewegung Österreich. Er begeistert die Brüder, denn er ist ein schlauer Taktierer. Ihre Mitarbeit im Widerstand kommt nicht plötzlich, sondern baut sich durch ihre Angehörigkeit in der immer noch intakten Marianischen Studentenkongregation und deren illegalen Zusammenkünften langsam auf.

Diese Treffen fallen der Hitlerjugend auf, obwohl die Heimstunden im Stillen unter der seelsorgerischen Betreuung von Pater Bartl Rubatscher stattfinden. Einmal versuchen drei Mitglieder des HJ-Streifendienstes als Spitzel so eine Zusammenkunft auszuspionieren, was misslingt, denn Georg und Wuni kennen die Burschen und warnen den eben erst nach Kärnten versetzten Pater „Bartl" vor, sodass dieser auf eine harte religiöse Erziehungsstunde vorbereitet ist. Der Pater begrüßt die drei überschwänglich freundlich: „Dass es noch so brave Burschen gibt, die Gott suchen? Bravo!" Die vorgetäuschte religiöse Gesinnung soll den Aufnahmeanwärtern bald vergehen. In der extrem kalten Kirche bittet er die drei Hitlerjungen ihre Mäntel abzulegen, während er selbst einen Mantel über seine Soutane anlegt. Dann beten sie in der Marienkirche drei Rosenkränze gemeinsam. Immer mehr bibbern und zittern ihre Stimmen. Georg, Wuni und Othmar verstecken sich warm gekleidet in der Empore und unterdrücken ihr schadenfrohes Lachen über die Beter. Die Hitlerjungen können nicht glauben, welche Opfer man von den Marianern abverlangt, und kommen nicht wieder.

Man versucht sukzessiv die Gruppe führerlos zu machen, indem man die Priester aus Kärnten verweist. Sowohl sie als auch deren Heimschuler werden überwacht. Georg findet sich trotzdem zwischen seinen Diensten als Schaffner immer wieder zu den geheimen Treffen ein. Er erinnert sich an das Versprechen, das er seinem Vater gegeben hat. Zum einen weiter für Österreich zu kämpfen, auch wenn die Ausgangslage noch so hoffnungslos ist, und zum anderen auf seinen Bruder und seine Mutter zu achten. In diesem Zwiespalt absolviert er seine Maturavorbereitung ohne große Probleme und schmiedet bescheidene Zukunftspläne. Als Hitler in Paris einmarschiert und die Siegesmeldung mit überschwänglicher Freude im Radio verkündet wird, verschwindet Georg in seinem Zimmer und weint aus Zorn. Die erhoffte Freiheit scheint weit entfernt, da diese nur aus einem für die Nazis verlorenen Krieg entstehen könnte. Den Franzosen war das nicht gelungen.

Georg erlebt, wie Hitlers Schergen immer brutaler werden, immer systematischer töten. Um sich etwas Geld dazuzuverdienen, gibt er einem Mitschüler Nachhilfeunterricht in Latein. Er ist der Sohn des SS-Hauptsturmführers Pausch, in der Kaserne Lendorf bei Klagenfurt zuständig für den Musikzug. Georg kommt für den Unterricht über Monate in das Haus der Familie Pausch auf der Koglsiedlung nahe der Kaserne. Auf dem Weg dorthin sieht er eines Tages, wie auf der Schießstätte eine Gruppe von SS-Männern mit einer Gewehrsalve mehrere Häftlinge erschießt, wahrscheinlich sind es polnische Arbeitskräfte. Georg ist geschockt über den Anblick. Alles geht sehr schnell. Die Männer fallen einfach um, nach vorne und zur Seite. Über Tage spricht er nicht darüber, hört aber die Schüsse jede Nacht in seinen Ohren nachhallen. Er vertraut sich dann doch Edi Pumpernig an, der ihm geduldig und verständnisvoll zuhört. Dann bittet er ihn, einen Plan von der Koglsiedlung und den dort wohnenden Offizieren zu zeichnen. Wenigstens das kann er machen, wenn er auch sonst hilflos zusehen musste.

Durch die Haft seines Vaters im KZ ist Georg der Zugang zu einem Studium verwehrt. Gerne möchte er das Medizinstudium beginnen, aber ohne Chance auf die Zulassung und ohne finanzielle Unterstützung bleibt dieser Wunsch unerfüllt. Immer mehr seiner ehemaligen Schulkollegen werden eingezogen, bald ist auch er an der Reihe. Das ist ihm bewusst, denn hier kennt das Regime keinen Unterschied zwischen den Söhnen der frenetischen Verfechter des Nationalsozialismus und den weniger Begeisterten. Alle werden eingezogen, außer sie haben einen Unabkömmlichkeitsbescheid, weil sie etwa am heimatlichen Hof gebraucht werden. Oder weil sie jemanden kennen, der ihnen dieses wertvolle Papier ausstellt. Doch selbst das ist keine Garantie, denn viele müssen anstatt dessen in den Reichsarbeitsdienst, was nicht viel mehr bedeutet als karge Kost und schlechtes Logis, weitab der Heimat. In diesem Zwiespalt entscheiden sich Georg und Wuni für die Flucht nach vorne, weil man sie ohnehin bald hintereinander einziehen würde. Sie melden sich im Jänner 1941 in der Stellungskommission in der Innenstadt freiwillig zum Dienst. Ihr Vater ist inzwischen seit fast drei Jahren im KZ Buchenwald, zuletzt haben sie ihm im Dezember 1940 noch etwas Geld geschickt, umgekehrt erhielten sie keine Post mehr aus dem Lager. Mit der freiwilligen Meldung hoffen die beiden ein Gnadengesuch einreichen zu können. Sie möchten ihren Dienst als Überlebenschance für ihren Vater anbieten. Wuni meldet sich bei der Militärakademie in Wiener Neustadt schon vor seinem Schulabschluss. Georg hat andere Pläne: Er hat sich im Umfeld der Kongregation umgehört und möchte zur Kriegsmarine. Dort hat er die Möglichkeit, zuerst in den Marinesanitätsdienst zu treten und später das Medizinstudium zu beginnen. Beides in einem christlichen Umfeld. Selbst Eduard Pumpernig bestätigt das, indem er erzählt: „Mein Cousin sagt, die Kriegsmarine ist christlich und abergläubisch, denn an einem Freitag den Dreizehnten verlassen sie niemals einen Hafen." Außerdem ist längst bekannt, dass Hitler die Kriegsmarine nicht leiden kann, schlimmer noch: Er hasst sie sogar und zeigt das auch deutlich bei seinen Ansprachen. Im Kino hört Georg in der Wochenschau eine Rede des Führers, in der er im harten Kriegswinter 1940 einen Appell an die Ausdauer seiner Truppen richtet. Dabei brüllt er ins Mikrophon: „Soldaten des Heeres, Soldaten der Luftwaffe und Männer der Kriegsmarine." Hitler denkt, wenn er sie Männer nennt, sind sie weniger wert. Die Marine ist also weniger erstrebenswert für „echte" Nationalsozialisten. Georg ist das nur recht, denn in dieser Umgebung hat er vor der Regimepolitik seine Ruhe. Er muss dort auch keine Waffe tragen, außer einem Dolch, was ihm sehr imponiert.

Beeindruckt ist er schon von seiner Reise nach Kiel im Frühjahr 1941, wo er die Aufnahmeprüfung zum Marine-Sanitätsoffizier bestehen muss. Er kann seine Karriere als zukünftiger Mediziner erst danach starten. Die Prüfung findet in einem alten und ehrwürdigen Gemäuer in der Nähe des Hafens statt. Zum ersten Mal riecht Georg das Meer, als er nach einer sehr langen Reise aus dem Zug steigt. Auf dem Weg zur Kaserne passiert er hochaufragende Fachwerkhäuser und Kirchen. Am Eingang zur Kaserne wird er kontrolliert und weiterverwiesen in einen sehr großen Saal. Dort sitzen drei Männer mit militärischem Haarschnitt in weißen Mänteln an einem langen Tisch. Schon beim Aufrufen des Familiennamens durch den ersten Mediziner blicken die anderen erstaunt von ihren Unterlagen hoch. „Sind Sie verwandt mit dem Herrn Doktor?" Ja, das ist er. Sein Großonkel war einer der berühmtesten Rekonstruktionschirurgen im Deutschen Reich. Er ist während Georgs Schulzeit verstorben. Sein Vater pflegte über Jahre losen Kontakt zu ihm, Georg hat den berühmten Onkel tatsächlich nur zwei Mal gesehen und war sehr beeindruckt von seinem eleganten Auftritt und den vielen Zeichnungen, die er überall anfertigte. Damals war die Medizin aber noch weit weg von ihm. Zwei der psychiatrisch geschulten Tester in Kiel kannten den berühmten Professor wohl um einiges besser, sie hatten bei ihm in München studiert. So besteht Georg mit etwas weitschichtig verwandter Hilfe die Aufnahme und reist wieder zurück nach Klagenfurt. Vorher steht er noch lange am Hafen und bewundert die großen Segelschiffe. Drei Kriegs-

Auf einem kleinen Boot im Kreis der Schiffsflottille versah Georg seinen Marinesanitätsdienst zwischen Deutschland und Frankreich im Ärmelkanal (1941-1944)

schiffe liegen vertäut zur Wartung im Hafenbecken. Überall wimmelt es von Matrosen in Uniform. Hier soll er nun auch bald sein. Vogelfrei, aus der Enge der Stadt zwischen den Bergen hinaus auf das offene Meer. Aber es soll noch etwas Zeit vergehen, bis Georg eingezogen wird. Mit der Gewissheit, mit einem Fuß die alte Heimat schon verlassen zu haben, wächst sein Mut, im Widerstand endlich erste Taten zu setzen und nicht mehr nur darüber zu reden.

Im Frühling 1941 steht Georg auf dem Trittbrett der Straßenbahn und genießt den herrlichen Duft der rosa blühenden Bäume in der Allee, durch welche die Tram ihren üblichen Kurs nimmt. Vorbei am Künstlerhaus bemerkt er die Ankündigungstafeln für eine Ausstellung zum Thema „Dekadente Demokratie", die anprangern möchte, was vor der Machtübernahme der Nationalsozialisten alles schieflief. Die gesamte Front des hübschen Jugendstilgebäudes wird rot beflaggt, das Runenkreuz prangt übergroß darauf. Georg spuckt aus und hat spontan eine Idee. Er trommelt am Abend Othmar und Wuni zusammen und schleicht mit ihnen spät in der Nacht zum Künstlerhaus. Mit vereinten Kräften kurbeln und zerren sie die Fahnen von den Masten herunter und schlagen sie zusammen zu einem dicken Knäuel. Mit den Flaggen auf ihren Fahrrädern verstaut, treten sie wie besessen zum Haus von Othmar, um diese dort im Keller zu verstecken. Weder Othmars Mutter noch Ottilie wissen von dieser nächtlichen Aktion. Als sie Edi Pumpernig von den Fahnen erzählen, ist dieser vom Mut der Jüngeren sehr begeistert. Immer intensiver wird das Verhältnis zu Edi. Der Pilot geht im Haus der Familie ein und aus, aber nicht nur dort. Er trifft sich regelmäßig mit Dr. Granig in dessen Wohnung im Elisabethinenkloster. Noch gibt es die Antifaschistische Freiheitsbewegung Österreich nicht offiziell, aber die Pläne dafür sind geschmiedet.

Georg bewundert Edi für dessen Courage und Gesinnung. Er steht neben ihm im Büro des Fliegerhorsts, als dieser Urlaubsscheine fälscht. Er tut das mit einer gewissen Routine und im großen Stil. Anfang Juli werden Pumpernigs Besuche in Georgs Elternhaus immer häufiger. Der Pilot bringt dabei einige Pakete mit, die er mit Georg zusammen versteckt. Ottilie quittiert dieses Treiben mit Desinteresse, sie ist im Garten beschäftigt. Wuni fragt auch nicht nach, wenn sie abends noch herumhantieren. Er legt sich gewöhnlich schon früh zu Bett, da er noch immer die Stelle des Mesners in der Priesterhauskirche am Lendkanal hat. Der Gymnasiast muss sehr zeitig aufstehen, um bis sechs Uhr früh alles vorzubereiten.

Die große Aktion

Es ist ein richtiger Fahnenwald, durch den die Straßenbahn in Richtung Strandbad langsam dahinrumpelt. Über Tage schon wird eine Prachtparadestraße oberhalb des Lendkanals errichtet, um die Teilnehmer der Reichs-Schwimmwettkämpfe gebührend zu empfangen. Der schmale Wasserkanal ist von einer hohen Böschung zu beiden Seiten begrenzt, an deren Ufer eine uralte Baumreihe eine kilometerlange Allee von der Innenstadt bis zum See bildet. Rechts und links flankieren hohe Bürgerhäuser die Allee, dazwischen gibt es immer wieder niedrige Gaststätten und Geschäfte. Wo es nur möglich ist, hat man an Hauswänden oder Bäumen rote Fahnen befestigt. Sie wehen über die Straßenbahngleise und den Wasserkanal. Georg zwickt den ganzen Tag Fahrscheine von den Badegästen in Uniform und Zivil. Sie möchten Teil dieses Großereignisses sein, das ein wenig vom Krieg und den furchtbaren Bildern aus der Tagesschau ablenkt. Wie die Olympischen Spiele in Berlin 1936, nur eben kleiner, stellen sie sich das vor. Immerhin ist das Strandbad am Wörthersee das größte Binnenfreibad Europas, also werden viele Soldaten aus dem Reich anreisen. Eine quirlige Stimmung herrscht an diesen ersten Julitagen, in denen Georg wie verrückt in seiner Straßenbahn-Uniform schwitzt und sich wünscht, dass diese Hundstage endlich zu Ende gehen mögen. Aber nicht nur die Hitze von außen beschäftigt ihn, sondern auch die Aufregung von innen. In der Nacht vom 11. auf den 12. Juli 1941 sperrt Georg den Straßenbahnwaggon ab, nachdem er alles sauber gemacht hat. Nach Dienstschluss geht er aber nicht nach Hause, sondern trifft sich mit Edi am imposant hochaufragenden Eingang des Strandbads. Es ist gegen ein Uhr nachts, stockdunkel und noch immer

Straßenbahn im Fahnenwald (Fotoarchiv Hans Jörg Prix)

sehr warm, das Kopfsteinpflaster strahlt die Hitze des Tages ab. Der große Clou beginnt – alles ist schon lange vorbereitet und verabredet.

„Du nimmst den Farbkübel hinten auf dein Fahrrad, die Pinsel sind drinnen", meint Edi sachlich und überreicht ihm den schweren Karton. „Und zuerst runter mit den Scheißfahnen." Georg hat die vermeintlich rote Farbe zuhause noch mit schwarzer Teerfarbe vertauscht, denn diese würde noch besser halten.

„Aber wohin mit den Fahnen?" Georg weiß inzwischen, wie groß diese Dinger sind, damit hat er schon Erfahrung gesammelt. Edi schmunzelt: „Du wickelst sie einfach zusammen, suchst einen schweren Stein und versenkst sie im Lendkanal."

„Ist gut!"

Zuerst reißt Georg rund zwanzig Fahnen ab und versenkt sie von der nahen Landungsbrücke aus im Kanal. Das Wasser sieht blutrot aus, sogar noch in der Dunkelheit. Immer wieder blickt er sich um, wenn er das leiseste Geräusch wahrnimmt. Auf der einen Seite der Straße kann man sich in dunklen Häuserecken gut verstecken, doch nahe am Kanal, wo entlang dessen Ufer ein massiver Zaun über viele Kilometer verläuft, ist man den Blicken schutzlos ausgesetzt. Aber so tief in der Nacht bleibt es ruhig. Dann beginnt Georg seine Kunstwerke zu malen: auf Gehwege, Anschlagtafeln und Hausmauern. Mit dem dicken Pinsel schreibt er die antinazistischen Parolen: „Nieder mit Hitler!" An die nächste Hausmauer: „Österreich erwache!" und immer wieder: „Preußen raus!" Am Rückweg in die Stadt kann er es sich nicht verkneifen, seine Visitenkarte bei der neuen Priesterhauskirche zu hinterlassen. An einer Stelle, die jeden Sonntagmorgen auf dem Weg des Frauenchores zur Kirche liegt, schmückt nun die Parole „Hoch Österreich" einen dort abgestellten Ölbehälter. Georg verliert Edi immer wieder aus den Augen, der parallel am gegenüberliegenden Ufer seine Botschaften an die Häuser schreibt. Pumpernig malt sogar Hammer und Sichel mit dicken roten Pinselstrichen an eine Wand, um den Verdacht auf die Kommunisten zu lenken. Davon weiß Georg nichts, es war auch nie verabredet.

Gegen vier Uhr früh treffen sie sich beim Lindwurm am Adolf-Hitler-Platz, um auch hier noch ein paar Botschaften zu hinterlassen. Die gesamte Aktion ist hochriskant und in drei Stunden vorüber, die Zeit vergeht voll Anspannung und wie im Flug. Georg wird nicht müde, im Gegenteil: die Genugtuung putscht ihn richtig auf. Als er seine letzten Buchstaben mit dem Rest der Teerfarbe anbringt, hört er unweit, wie ein paar SS-Männer mit Mädchen schäkern, und braust schnell mit seinem Fahrrad in Richtung Heimat. Seine Spuren beseitigt Georg gründlich, indem er vorher die Handschuhe und den Pinsel am nahen Glanfluss stadtauswärts verbrennt, auch den Farbtopf lässt er dort am Ufer zurück, weitab vom Tatort.

Wuni dreht sich grummelnd um, als sein Bruder im Morgengrauen das Schlafzimmer betritt. An Schlaf ist für Georg nicht zu denken. Eilig schlingt er das Frühstück hinunter, um schon gegen sechs Uhr wieder seinen Dienst in der Straßenbahn antreten zu können. Auch Wuni steht schon früh auf, um in die Kirche zu fahren.

Als sich die Wagen der Straßenbahn in Bewegung setzen, kann Georg sein Werk bewundern: Die Wirkung ist umwerfend! Das ganze Propaganda-Spektakel ist empfindlich gestört. Innerhalb einer Stunde tauchen wie auf ein Kommando an unterschiedlichsten Stellen aus den Seitengassen die HJ-Streifendienstler auf. Sie sind unverkennbar mit ihren typischen Hüten und kurzgeschorenen Köpfen. Sie bilden Reinigungstrupps, die, mit Lappen und Bürsten bewaffnet, die rote Ölfarbe abschrubben. Die schwarzen Schriften bleiben dagegen hartnäckig leserlich. Noch bevor der Schwimmwettbewerb so richtig startet, trifft Georg an der Straßenbahn-Endstation am Eingang zum Strandbad seinen ehemaligen Schulkollegen Uranschek, der zur zivilen Einheit der SS gehört. Der klettert zu ihm auf den Tramway-Einstieg, woraufhin Georg fragt, was er denn zu so früher Stunde hier mache.

„Schau, was da geschehen ist!“ Uranschek deutet auf die Parolen. Georg bemüht sich entrüstet zu klingen: „So ein Blödsinn, wie kann man denn nur sowas Blödes machen?“ Beinahe flüsternd erzählt Uranschek, dass man „für den Blödsinn“ schon einem Verdächtigen auf der Spur sei. Georg wird momentan übel, weil er nicht weiß, wo sich Edi Pumpernig aufhält. „Ach so?“, meint er betont gelassen.

„Ja. Einen Kommunisten“, woraufhin sich Uranschek wieder abwendet. Georg atmet tief aus und ein. Wie gefährlich diese Aktion tatsächlich war, wird ihm erst langsam im Tageslicht bewusst. Auf einer leeren Bank in der Tramway sitzend, zappelt er unruhig mit den Beinen, bis diese auf der Route wieder eine Wartepause am Bahnhof einlegt. Mit ein paar Münzen im Hosensack ruft er Edi von der Telefonzelle aus an. Als der sich meldet, fällt ihm ein Stein vom Herzen. Er fragt ihn bloß: „Wie ist das Wetter draußen am Fliegerhorst?“ Eine völlig belanglose Frage, nur um zu hören, ob er sich meldet. Bei einem erneuten Halt am Bahnhof begegnet er der Mutter eines Freundes aus der Kongregation, die ihn bestätigend auf die Schulter klopft und lächelt. Sie lobt ihn: „Super habt ihr das gemacht mit der Schmieraktion!“ Wie sie überhaupt zu dieser Information gekommen ist, weiß Georg nicht. Schroff fährt er sie an: „Damit habe ich nichts zu tun! Und außerdem ist das ein ausgemachter Blödsinn. Sowas …!“ Die Dame ist sehr verwundert, schüttelt den Kopf und entschuldigt sich vielmals. Sehr betroffen geht sie ihrer Wege. Georg tut das zwar leid, aber hier gilt es Verschwiegenheit zu bewahren. Jeder Mitwisser ist eine Gefahr. Nach einem unendlich langen Vormittag kommt Georg gegen Mittag nach Hause und hofft auf ein stärkendes Mittagessen bei der Mutter, denn nun geht ihm die Kraft aus. Wuni kehrt von der Messe nach Hause und platzt aufgeregt heraus: „Mutti, das kannst du dir nicht vorstellen! Die ganze Stadt ist angemalt mit Parolen. Die drehen durch, die Nazis!“ Als Ottilie und Georg auf seine Erzählung hin ganz ruhig bleiben, ist er verwirrt. Hat er sich in seinem Bruder getäuscht? Ist er doch weniger überzeugt von der Sache wie gedacht? Hat er sich freiwillig zur Marine gemeldet, weil sich seine Gesinnung geändert hat? War es denkbar, dass er Gefallen an seiner Rolle als zukünftiger Marinearzt gefunden hat? Hegt er nun doch Sympathien für die herrschenden politischen Zustände? Wuni ist schweigsam, ebenso wie die beiden anderen am Tisch. Freudlos schlürft er ein paar Löffel des Eintopfs. Nun gibt es endlich ein sichtbares Zeichen gegen das Regime, und seine Familie schweigt dazu? Wuni hatte auf dem Heimweg das Gefühl, endlich nicht mehr alleine zu sein, und ist glücklich, dass es noch Patrioten gibt, die seiner Meinung und Gesinnung sind. Wütend platzt es plötzlich aus ihm heraus: „Seid ihr nicht froh, dass es so mutige Menschen gibt? Warum ist euch das so egal?" Da räuspert sich Georg, der schon arg gegen die Müdigkeit ankämpft, und meint: „Wuni, es ist mir nicht egal. Weil ... ich habe das geschrieben. Mutter weiß es inzwischen auch, aber dich wollten wir da nicht mit hineinziehen." Wuni bleibt für einen Moment mit offenem Mund ganz steif sitzen, dann springt er auf und umarmt seinen Bruder und küsst die Mutter, die sich über die Spüle beugt. Georg bremst ihn ein: „Hör zu, diese Aktion war lebensgefährlich, und du bist nun ein Mitwisser. Wir müssen uns auf dein Schweigen verlassen können." Wuni nickt eifrig. „Von mir erfährt keiner was. Ganz sicher nicht."

In den darauffolgenden Tagen bleibt es ruhig, niemand ahnt etwas von Georgs Taten. Als Edi Pumpernig die Luft wieder für rein hält, stattet er den Brüdern einen Besuch ab und erzählt von der Begeisterung des Dr. Granig über diesen Schachzug. Er wünsche sich noch mehr solcher Widerstandsaktivitäten. Als Direktor des Elisabethinenspitals ist er zwar nicht der Anstifter, wohl aber ein Befürworter der Schmieraktion rund um den Reichsschwimm-Wettbewerb.

„Kein Sonnenstrahl geht verloren. Aber das Grün,
das er weckt, braucht Zeit zum Sprießen,
und dem Sämann ist nicht immer beschieden,
die Ernte mitzuerleben.“
Albert Schweitzer

Der Vater kommt nicht wieder

In den ersten Augusttagen 1941 stellt der Postbote die Todesnachricht des Vaters zu. Georg erreicht die Nachricht zu Hause, Wunibald mit etwas Verspätung am Hof seines Großvaters „Onkel Gustl“ im Görtschitztal per Telegramm. Sehr erschüttert schreibt Ottilie ihrem Jüngsten, dass der Vater nicht mehr heimkehren wird.

5. 8. 1941
Lieber Wuni!
Soeben erhalte ich ein Telegramm, dass unser lieber Vater am 3. August gestorben ist. Einäscherung am 6. 8. Meine Lieben, ich bin trostlos. Grüße an alle, Deine Mami.

Georg trifft die Nachricht wie ein Schlag ins Gesicht. Nur um für den Vater ein Gnadengesuch zu erreichen, hat er wenige Tage zuvor die Verpflichtungserklärung als Sanitätsoffiziersbewerber unterschrieben. Für Wuni gilt es nur mehr einen Test abzulegen, dann würde auch er sich bei den Gebirgsjägern verpflichten. Sie hatten immer gehofft, den Vater als freien Mann nach ihrem Einsatz wiederzusehen. Doch er wird nie mehr wiederkehren. Als die beiden tags darauf mit

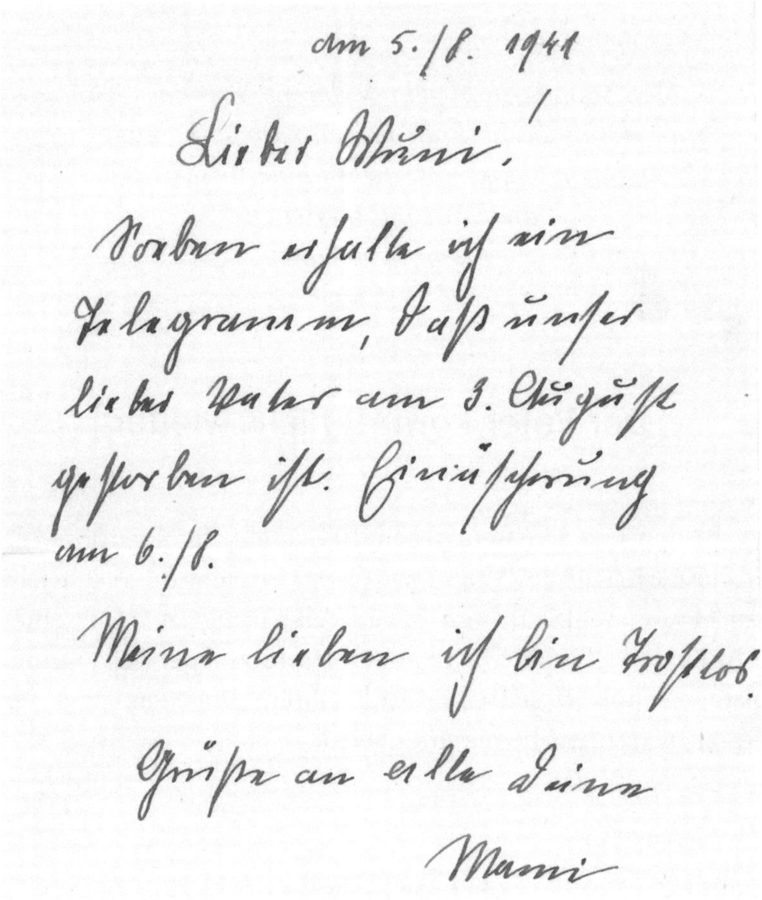

am 5./8. 1941

Liebe Mimi!

Soeben erhalte ich ein Telegramm, daß unser lieber Vater am 3. August gestorben ist. Einäscherung am 6./8.

Meine Lieben ich bin trostlos.

Grüße an alle Deine

Mami

Todesmeldung

der Mutter am Esstisch sitzen, faltet Georg das Mitteilungsblatt der KZ-Verwaltung erneut auf. Mit zittriger Stimme liest er den Inhalt laut vor. Man könne die Asche des Vaters gegen Ersatz der Verbrennungskosten, der Urne und der Versandspesen zugeschickt bekommen. Amtlich nüchtern teilt man ihnen mit, dass sie nun Halbwaisen sind.

Georg legt das Schreiben mit dem Reichsadler beiseite und verlässt die Küche. Viele Stunden verbringt er in seinem

Zimmer im Bett liegend. Er starrt den Plafond an und lässt Bilder von schönen Momenten mit dem Vater vor seinem inneren Auge vorbeiziehen. Die Zimmerdecke ist plötzlich voll mit Bienen und dem Dunst seiner Imkerpfeife. Dann wieder fährt der Vater auf dem Fahrrad vorbei und winkt ihm zu. Er führt ihn über die Stufen in die Kirche und dann in die Schule. Er spricht das Tischgebet und rügt ihn, ruhig zu sein. Geduldig beobachtet er ihn bei der Hausaufgabe. Der Vater schneidet den Speck mit dem Feitl und klappt ihn wieder zu. Er steht krank aus dem Bett auf und hustet. Georgs Vater wandert mit ihm durchs Lesachtal, sie winken dem Onkel Anton schon von Weitem zu. Er verschwindet in die Nacht und blickt ein letztes Mal hinter den Gitterstäben hindurch. Vaters wenige Briefe liegen auf der Kredenz neben einer aufgestellten Fotografie. Tränen kullern aus Georgs Augenwinkeln und versickern im Kopfpolster. Seine Machtlosigkeit verwandelt sich mit der Zeit in tiefe Trauer.

Ottilie ist nun Witwe, viel zu früh mischen sich weiße Strähnen in ihr dichtes, dunkles Haar. Sie trägt schwarz, sodass die Nachbarn rasch den Tod des „Verräters" vermuten. Angesprochen wird sie nicht darauf. Vaters Fotografie hat sie mit einer Trauerbinde in der rechten oberen Ecke geschmückt. Ständig brennt eine Grablaterne neben dem Bild des Gendarmen in Uniform. In der Kirche wird bei vielen Gottesdiensten an den verstorbenen Georg gedacht. Immer wieder schmerzt es, seinen Namen zu hören, doch es wird von Tag zu Tag besser.

Die Mutter bezahlt die Kosten für die Einäscherung und erhält im September 1941 eine schmucklose Urne. Für keinen in der Familie stellt dies noch einen echten Bezug zu dem Verstorbenen dar. Die Todesmeldung ist zu diesem Zeitpunkt bereits verstanden, die Trauerarbeit geleistet. Ottilie befindet sich in einem seltsam gelassenen Zustand, viel-

Georg trägt am Oberarm und Revers die Trauerschleife nach dem Tod des Vaters (1941).

leicht ist es die Erlösung aus der Ungewissheit und bedeutet das Ende von Georgs Leiden. Zur Beerdigung finden sich nur die engsten Familienmitglieder ein und ein paar mutige Freunde, denn selbst der Abschied von dem „Volksverräter“ kann böse Folgen für die Teilnehmer der Trauerprozession haben. Stumm marschieren sie hinter einem kleinen Kindersarg her, in den die Urne gebettet ist. Dr. Kadras segnet den Sarg und spricht seine Anteilnahme aus. Als man Georgs Überreste in die Erde hinablässt, fließen keine Tränen. Nach den Gebeten bleibt man noch einen Moment lang stehen, schweigt und trennt sich stumm voneinander. Ein paar Gestapo-Spitzeln, die sich einige Grabreihen weiter hinten erfolglos unauffällig zu verhalten versuchen, entgeht nicht, dass es kaum Anzeichen für Trauer um den verstorbenen Gendarmen gibt. Nichts deutet auf ein staatsgefährdendes Verhalten hin. In die Herzen der Hinterbliebenen können sie nicht sehen. Nichts bringt den Vater wieder, nie mehr wird es so sein wie davor. Es ist zerstört, was letzten Endes alles zusammenhält. Die Familie zerfällt in ihre Einzelteile, ihre Wege trennen sich hier.

Um der Trauer im Haus für ein paar Tage zu entfliehen, unternimmt Georg mit Edi Pumpernig eine Bergtour in die Karnischen Alpen und Lienzer Dolomiten. Mit einer kurzen Lederhose, einem warmen Wolljanker im Gepäck und in den Bergschuhen seines Vaters, die Georg mit viel Wehmut anzieht, machen sich die beiden auf den Weg mit dem Bus in Richtung Gailtal. Dort möchten sie eventuelle Fluchtwege nach Italien erkunden. Nach dem anstrengenden Aufstieg, während dem sie sich gut unterhalten, kehren sie in eine Almhütte ein, um dort zu übernachten. An diesem Abend soll Georg sein Idol von einer Seite kennenlernen, die ihm überhaupt nicht behagt. Pumpernig ist als Theologiestudent und ehemaliger Franziskanerfrater so übermäßig dem weiblichen Geschlecht zugetan, dass es Georg zutiefst anwidert. Seine Annäherungsversuche bei einer jungen Frau, die ebenfalls in der Almhütte übernachtet, sind penetrant und peinlich. Nur mit Gewalt kann Georg Edi davon abhalten, über die Bergsteigerin herzufallen, dabei ist nicht viel Alkohol ausgeschenkt worden. Eine schlaflose Nacht voll Verärgerung verschafft Georg Zeit zum Nachdenken. Sehr schweigsam überlegt er den gesamten Heimweg lang, wie er die politische Zusammenarbeit mit ihm abbrechen wird. Edi kann nicht die Gallionsfigur dieser Bewegung sein, dafür ist er nicht anständig genug. Auch seiner Mutter und Wuni rät er, sich von ihm zu distanzieren: „Passt auf mit dem Pumpernig. Der ist nicht ehrlich. Im Gegenteil. Der ist eine Gefahr. Gib dich nicht mit ihm ab.“ Doch dieser gut gemeinte Rat bleibt ungehört.

Der Einrückungsbefehl kommt im Spätherbst 1941. Der Abschied von Ottilie und Wuni verläuft ohne Tränen, aber mit der Bitte, sich ganz oft gegenseitig zu schreiben. Über Lustenau in Vorarlberg soll seine Reiseroute mit dem Zug zu seinem Stellungsort Stralsund an der Ostsee verlaufen. Georg nutzt den Zwischenhalt in Lustenau, um sich bei den Einheimischen über Fluchtmöglichkeiten in die Schweiz zu erkundigen. Bald erfährt er, dass dieser Wunsch ein Traum bleiben wird. Viel zu genau wird die Grenze kontrolliert. Selbst wenn er bald die Marineuniform tragen wird, hat das an seiner Gesinnung nichts geändert. Immer wieder überlegt er, wie er dem Dienst entfliehen könnte – deshalb meldet er sich auch zur Marine, immer in der Hoffnung, einen Weg in den Westen zu finden. Vielleicht zu den Briten? Georg macht sich auf den Weg in den hohen Norden, lässt die Berge hinter sich und blickt durch das Zugfenster weit über flaches Land.

Bei einer Wanderung mit Edi Pumpernig während des Zweiten Weltkriegs

„Wenn Leben überhaupt einen Sinn hat, muss auch Leiden einen Sinn haben. Es kommt nicht darauf an, was man leidet, sondern wie man es auf sich nimmt."
(Viktor Frankl)

Zur hohen See

Georgs Marine-Stammabteilung befindet sich auf der Insel Dänholm zwischen dem Festland und Rügen. An einem regnerischen, kalten Septembertag rücken 500 Rekruten in dem roten Backsteinbau ein. Schon am Bahnhof hört man das Stimmengewirr aus vielen Dialekten, voll Aufregung und Vorfreude. Georg folgt den anderen jungen Männern und lässt sich mit der Menge treiben. Die Heimat scheint unendlich weit weg. Mehr noch als bei seinem Vorstellungsgespräch in Kiel herrscht hier ein militärischer Ton, der ihn stets in die eine oder andere Richtung lenkt. Als freiheitsliebender und selbstständig Denkender fällt ihm das Befolgen der Anweisungen zunächst nicht leicht. Bald allerdings hört er auf zu grübeln, sondern funktioniert. Er reiht sich ein, er stellt sich an, er kleidet sich an, er isst auf Anweisung, er kleidet sich aus, er legt sich zur Ruhe. Es ist nicht so viel anders wie im Internat, nur dass er eben inzwischen um zehn Jahre älter ist. Mit der Zeit fühlt er sich in der blauen Uniform mit dem großen Kragen, der mit weißen Streifen gesäumt ist, sogar recht wohl.

Das Schlafen auf den Strohsäcken in der ersten Notunterkunft ist zwar zunächst unangenehm und ungewohnt, aber zugleich bilden sich auf den kalten Böden in den großen Kasernenräumen schöne Freundschaften, die durch seine gesamte Zeit bei der Marine anhalten. Georg schließt Freundschaft mit einem hochgewachsenen schlaksigen Schwaben, seinem Strohsacknachbarn zur Rechten. Als dieser in einem Fotoalbum blättert, entdeckt Georg ein Spruchbild der katholischen Jugendbewegung und folgert, dass hier jemand dieselben Interessen und Einstellungen teilt. Anton Lehr hat immer einen flotten Spruch auf den Lippen und wacht jeden Tag gut gelaunt auf. Georg erlebt ihn als den wohl fröhlichsten Gesellen, den er je gesehen hat. Dabei ist er nicht nur oberflächlich gut gelaunt, sondern auch in brenzligen Situationen stets hilfsbereit. Anton stellt sich als guter Freund mit einer ähnlichen Herkunftsgeschichte heraus. Auch er ist katholisch erzogen und sieht in der Marine eine Möglichkeit, sich vor dem unvermeidlichen Kriegsdienst innerhalb einer Waffengattung zu verstecken, die noch am wenigsten vom Wahnsinn rund um den Führerkult infiziert ist. Georgs und Antons Überlegungen, so einen Zugang zum Medizinstudium zu bekommen, sind wohldurchdacht. Von September 1941 bis Februar 1942 bleiben die Rekruten an Land in Dänholm und absolvieren dort die Grundausbildung. Georg ist recht froh, die kalte Jahreszeit nicht auf hoher See verbringen zu müssen. Um die Fastenzeit herum wird Georg der fünften Vorposten-Flottille in Saint Laurent zugeteilt. Der kleine Hafen liegt zwischen Brest und Saint-Nazaire in Frankreich. Georgs Flottillen-Abzeichen ist ein Pinguin. Dieser flugunfähige Vogel, der im Wasser blitzschnell reagiert und funktioniert, passt gar nicht zu dem beschädigten Boot in der Werft von Nantes. Die Crew muss auf die Reparatur warten und verbringt die erste Zeit im Hafenviertel rund um die Molen.

Die Spelunke ist vom Boden bis zur Decke in Rauchschwaden gehüllt, man erkennt die eigene Mannschaft nicht mehr. Überall sind junge Damen, die nur in Begleitung eines Soldaten die Lokale betreten dürfen. Sie lieben die Matrosen, und manche der Rekruten nützen die Gelegenheit für einen Kuss, einen Tanz oder auch mehr. Niemals gibt es deswegen Streit oder gar Raufereien untereinander. Die Kumpels sind es vom Dienst her gewohnt, fest zusammenzuhalten und einander gegenseitig zu unterstützen, denn an Bord ist jeder auf den anderen angewiesen. Wer einen Schnaps nicht vertragen kann und dennoch zu tief ins Glas schaut, wird gemeinschaftlich und fürsorglich zur Ausnüchterung gebracht. „Mensch, pass doch auf, wo du hinkotzt!“, meint Anton lallend zu Georg. Beide schwanken und müssen sich aneinander festhalten, um nicht vor dem Lokal über den Bordstein zu stolpern und in eine Hausmauer zu krachen. Sie hangeln sich bis zur Anlegestelle vorwärts. Noch nie im Leben hat Georg in so kurzer Zeit so viel Aquavit und andere Schnäpse getrunken. Ein beliebtes Trinkritual für Marineanwärter bringt ihm den ersten Vollrausch seines Lebens, den er über viele Stunden und am darauffolgenden Tag noch bereut. Das Leben als Landratte endet, als das Schiff wieder fahrtauglich ist und flussabwärts in Richtung der Mündung der Loire aufbricht. Georg sieht zum ersten Mal die Weiten des Atlantiks vor sich und nutzt jede Möglichkeit, sich an Deck aufzuhalten, doch das ist nicht einfach. Die Aufgabe seiner Mannschaft ist es, den Seeweg zwischen Saint-Nazaire und Ile de Croix zu sichern. Etwa ein halbes Jahr nachdem er die Heimat verlassen hat, ist er nun tatsächlich zur hohen See unterwegs.

Während er die Übelkeit an Land inzwischen wieder vergessen hat, ist es nun der hohe Seegang, der ihm schwer zu schaffen macht. Die See wird immer unruhiger, der Himmel verfinstert sich, ein mächtiger Sturm braust durch die Deckaufbauten. Wie eine Nussschale schlingert und stampft das Schiff in der tobenden See. Beachtliche Wassermengen rollen als gewaltige Brecher über Back und drohen das Boot zu verschlingen. Riesige Wassermassen überfluten das Deck, drücken es kraftvoll tief hinunter in die überbrechenden Wellenkämme, um mit einem lauten Getöse über die Brücke zu zischen. Ruckartig und mühsam bemüht sich die Mannschaft wieder hochzukommen, die Sturzsee abzudrängen und den turmhoch aufsteigenden Bug zu erklimmen. Aber bereits im nächsten Augenblick tauchen sie wieder in die kochenden wilden Fluten unter. Das stoßartige Rollen der schäumenden See bei schwerem Sturm hat einen einzigen Vorteil: Zu einer Feindsichtung kommt es bei dieser Witterung nicht. Ein Luftangriff ist bei dieser Windstärke und schlechter Sicht unmöglich. Selbst ein U-Boot ist nicht in der Lage, bei fast haushohen Wellen in der Gischt ein Ziel anzuvisieren. Die Ausguckposten dürfen ihre Gefechtsstationen verlassen und gehen unter Deck, wenn die Sichtverhältnisse gleich Null sind. Die Brückenwache aber bleibt angegurtet und taumelt, vom Sturm gepeitscht und vom Seegang geschüttelt, wie betrunken auf der Brücke hin und her. Mit großer Kraftanstrengung bemühen sich die Rudergänger halbwegs Kurs zu halten. Bei einem solchen Seegang ist das Verlassen des vorgegebenen Weges lebensgefährlich, denn die wuchtigen Brecher spülen jeden Mann über Bord, der nicht fest mit Leinen angeschnallt ist. Die miserablen Sichtverhältnisse und hohen Wellenberge lassen jede Rettungsmöglichkeit aussichtslos erscheinen. Stundenlang tobt das Unwetter, der Weg von der Brücke bis zum Mannschaftsdeck ist ein harter Kampf gegen die übermächtigen Naturgewalten und fordert Georgs größte Kraftanstrengung. Es braucht enorm viel Zeit, irgendwohin zu gelangen. Wie eine Seilmannschaft im schweren Schneesturm kämpft die Brückenmannschaft eng zusammengeschlossen und fest vereint, an Sicherheitsleinen angebunden, gegen die wütenden Elemente der Natur, um als neue Wache die Brücke oder als ablösende Wache das Mannschaftsdeck zu erreichen. Total durchnässt und vom Seewasser ausgelaugt, kommen Anton und Georg wieder ins Trockene. Zehn Minuten brauchen sie für eine Wegstrecke, die man unter normalen Bedingungen gemütlich in einer Minute schafft, bei einem Alarm sogar in wenigen Sekunden. Georg streift das nasse Wetterschutzzeug ab und stellt sich zum Dauerbrandofen, der gerade so viel Wärme ausstrahlt, um seine gefrorenen Glieder aufzuwärmen. Aus der Kanne, die an einem Deckenhaken hängt und wild hin und her baumelt, schenkt Georg sich Tee mit heißem Rum in seine Blechtasse ein. Genussvoll und deutlich hörbar schlürft er daran. Alle sind erleichtert, als das Unwetter endlich ein Ende findet.

Georg wird wie alle jungen Matrosen oft in den Ausguck geschickt, der am Mast in etwa fünfzehn Meter oberhalb des Decks angebracht ist. Gleich in den ersten Tagen auf dem Vorpostenboot leistet er sich einen Fehler, der ihn als echtes Landei qualifiziert. Lange Zeit muss er sich danach anhören, dass er ein „Schluchtenscheißer“ ist, der noch nie das Meer gesehen hat. Bei guter Sicht sieht Georg über Backbord drei dunkle Schatten von Torpedos mittschiffs auf das Flottillenboot zukommen. Aufgeregt und heiser ruft er „Torpedo von Backbord “ in das Sprachrohr, während er sich fest am Ausgucksgeländer festkrallt. Sofort macht das Boot eine starke Kursänderung, dem die drei Schatten allerdings sofort weiterhin folgen. Georg hält sich unbewusst die Ohren zu und wartet bereits auf die Explosion, als auf der anderen Seite des Schiffes drei Delfine aus den Wellen hochschnellen. Hoch oben im Mast erlebt Georg die längsten Sekunden seines Lebens. Das Gelächter der Besatzung schallt zu ihm herauf. Der Spott der Kameraden ist grob, bis der Kapitän ihn voll in Schutz nimmt: „Wie soll denn ein Älpler die Delfine von den Gämsen unterscheiden?“

Es dauert nicht lange, bis aus dem Jux an Deck wieder tödlicher Ernst wird. Noch in derselben Nacht, als die Flottille mit Volldampf in Richtung Brest weiterfährt und dann vor dem Leuchtturm vor Brest Kurs nach Norden nimmt, treffen sie auf Minensuchboote. Mit wenig Beleuchtung setzen sie Signal, als es einen ungeheuer lauten Knall gibt. Das kleine Schiff ist leck. Georg befindet sich zu diesem Zeitpunkt unter Deck in seiner Hängematte und bereitet sich auf seine Schicht vor. Ein metallisch schleifendes Geräusch fährt durch das gesamte Schiff. „Alle Mann an Deck!“ Das Glück ist auf der Seite der Mannschaft, denn das Boot bleibt noch schwimmfähig. Allerdings müssen die Männer zur Sicherheit von Bord gehen und in ihren Schwimmwesten stundenlang im eiskalten Wasser ausharren. Zum ersten Mal gerät Georg nach den vielen Rettungsübungen tatsächlich in eine brenzlige Situation, denn beim Räumen der Minen geht knapp vor dem Vorpostenboot eine weitere Mine hoch. Von einem Rottenboot wird das Schiff schließlich in Schlepp genommen und bis vor die Hafeneinfahrt gezogen, wo bereits viele Torpedoboote knapp nebeneinander vertaut liegen.

Als Georg nach der Bergung und dem Abschleppen in den Hafen wieder in seine Mannschaftskajüte tritt, zittert er lange. Es beginnt stark zu regnen – allerdings bleiben diesmal die Wellen sanft. Es dauert nicht lange, bis das Boot in der Werft wieder repariert ist, da es nur einen kleinen Schaden davongetragen hat. Nach zehn Tagen in der Werft geht es zurück nach Saint-Nazaire und Lorient. Ein Befehl schickt die Crew danach als Vorpostenschutz nach San Malo, hier bleiben sie als Geleitschutz für den Nachschub auf die besetzten Kanalinseln. In diesen Tagen bekommt Georg nie genügend Schlaf, denn tagsüber fliegen pausenlos englische Flugzeuge und nachts wird die Mannschaft von den Kanonenbooten geweckt. Dennoch bleibt Georg Zeit, die Kanalinseln aus der Ferne zu betrachten, und er verliebt sich in diese friedliche Landschaft. Nicht selten stellt er sich vor, wie es wäre, dort zu sein auf der anderen Seite des Ärmelkanals. Doch der Gedanke, mit einem gestohlenen Motorboot über den Seeweg die Flucht zu wagen, bleibt ein Traum und nicht denkbar.

Rund um die Osterfeiertage übernimmt das Schiff als Vorpostenboot die Sicherung von U-Booten vor der Hafeneinfahrt von Brest. Abermals ist die See stürmisch, eine haushohe Welle schwemmt Georg beinahe über Bord. Er kann sich gerade noch achtern in einer Rolle aus Tauen festklammern. In der stockdunklen Nacht hätte niemand an Bord etwas von seinem Verschwinden bemerkt. Der Schrecken fährt ihm derart in die Glieder, dass er sich fortan nicht mehr alleine an Deck aufhält. Die Kraft des Wassers ist so viel beängstigender als alles, was er vorher in seinem Leben kennengelernt hat. Tatsächlich hat er das erste Mal im Leben panische Angst. Sie unterscheidet sich von der Furcht vor einer Verhaftung durch das Regime, die er stets im Hinterkopf mit sich trägt. Die Intensität der Angst zu ertrinken ist damit nicht zu vergleichen.

Obwohl er sich mit den Wochen und Monaten, die er auf See verbringt, immer mehr an den Alltag ober und unter Deck gewöhnt, bleibt er doch im Herzen mit der Erde und den Bergen verbunden. Aber es gibt wunderschöne Momente, die er sehr genießt: Manchmal sitzen die Kadetten bei ruhigem Seegang unter dem sternenklaren Himmel an Deck. Ein rothaariger Bayer spielt am Schifferklavier. Er begleitet die versammelten Seeleute beim Gesang von fröhlichen und schwermütigen Seemannsliedern. Es ist eine kleine verschworene Gruppe, die begeistert zu den Klängen der Harmonika mitschwingt und der Wachmannschaft dadurch die Zeit verkürzt. Diese schönen Sternennächte sind nicht zum Schlafen da, die Kumpels holen den Schlaf auf ungefährlichen Fahrten während ihrer Wache nach. Dafür muss immer ein Kumpel eine Stunde lang seine Ohren und Augen offenhalten, derweil können die übrigen herumlehnenden Wachposten sie getrost schließen. Nach der Stunde erfolgt die Ablösung. Dieses Schlafen in Raten ist nur durch ein gutes Zusammenspiel möglich, das Tragen von Sonnenbrillen gehört dabei zur Pflicht. Georg schmiegt seinen Körper fest an ein Geschütz, die Hände tief bis zum Ellenbogen in die Hosentaschen vergraben. Hinter seiner Sonnenbrille schließt er die Augen, er stellt seinen Kopf unbeweglich in eine bestimmte Richtung, ist zur Mumie erstarrt. Der Bootsmann pflanzt sich minutenlang vor ihm auf. Er fuchtelt dabei mit seinen Händen knapp vor Georgs Gesicht und wartet vergebens auf eine Reaktion. Erst als er ihn kräftig anbrüllt, erwacht Georg. Viele Liegestütze als Strafe bringen seinen Kreislauf wieder in Schwung. Es gibt aber auch die anderen Fahrten, die wenig Möglichkeit zum Rasten lassen, weil die Gefahr zwischen den Inseln zu groß ist und immer wieder kritische Sicherungsunternehmen gewagt werden. Dann macht sich die Furcht an Deck breit, auch wenn das die Mannschaft zu verbergen versucht. Sie wissen, dass sie auf dem kleinen Boot wenig Schutz haben.

Georgs Kampf gegen diese lähmende Furcht führt ihn wieder näher zu Gott, mit dem er seit seiner Abreise nicht mehr so oft in Kontakt getreten ist. Vielleicht hat er nach dem Tod des Vaters auch Abstand gesucht, aber das ist nicht der einzige Grund: Zu aufregend ist das Leben hier, stets ist man auf Tuchfühlung mit den anderen. Georg spricht zwar zumindest ein kleines Gebet vor dem Einschlafen, doch wenn der Schlaf so unregelmäßig kommt und geht, werden liebgewonnene Rituale quasi über Bord geworfen. Nach einer sehr brenzligen Situation vor der Küste Frankreichs, der er mit viel Glück entkommen ist, möchte Georg endlich wieder einmal beichten. Das hat ihn durch viele schwere Zeiten geholfen. Als die Flottille vor Lorient landet, begibt er sich zu einer Kirche mit angeschlossenem Kloster im Zentrum. Vor der Klosterpforte steht er in seiner Marineuniform und läutet. Es kommt keine Antwort. Da ihm niemand öffnet, betritt er den Hof, was sofort für große Aufregung sorgt. Ohne es zu ahnen, steht er als Eindringling inmitten eines Nonnenklosters. Die leichenblasse Novizin spricht Georg in gebrochenem Latein an und komplimentiert ihn wild gestikulierend wieder hinaus. Ein Hinweisschild, auf welches die Nonne entrüstet deutet, führt ihn zum örtlichen Marinepfarrer in der Innenstadt, der sich als waschechter Steirer entpuppt. Die Beichte verläuft formlos in dessen Wohnung, und Georg erhält die Kommunion. In einem Nebenraum sitzt unterdessen eine feuchtfröhliche Runde beisammen, darunter auch ein Wehrmachtspfarrer. Sie laden Georg herzlich zum Feiern ein und bringen ihn schließlich wieder an Bord zurück. Die Bootswache zeigt sich sehr freundlich, als Georg mit den beiden hohen Offizieren auftaucht. Übermütig schwindelt er, dass dieser Marineoffizier aus der Ostmark sein Onkel wäre. „Haltung Kamerad, er ist überhaupt ein Konteradmiral“, lacht Georg leicht beschwipst. Obwohl die Geschichte dick aufgetragen ist, wird ihm in dem schummrigen Licht am Hafen geglaubt. Bald bemerkt Georg am Verhalten des Kapitäns, dass ihm diese Schwindelei einen wohlwollenden Sicherheitsabstand und Respekt eingebracht hat.

Aus der Sicht des historischen Kontextes:

Marinesanitätsdienst und Studium

Neben der Verkürzung der Studienzeit auf zehn Semester verlangte die Studienordnung, die am 1. April 1939 in Kraft trat, weitere Neuerungen, wie die Abschaffung des praktischen Jahres, dafür eine sechsmonatige Famulatur und weiterhin einen sechsmonatigen Krankenpflegedienst vor Studienbeginn. Wehrfähige Männer konnten diesen Krankenpflegedienst während des Grundwehrdienstes im Sanitätsdienst der Wehrmacht ableisten. Außerdem erhielten Leistungsbewertungen in den klinischen Hauptfächern durch Anhebung der Noten ein besonders aktivierendes Gewicht. Während des Studiums mussten die Medizinstudenten Luftschutzdienste übernehmen. Vorkliniker, abgesehen von Studenten der aktiven Sanitätsoffiziers-Laufbahn, hatten an Fabrik- und Landdienst teilzunehmen. Der Unterrichtsbetrieb wurde auf Trimester umgestellt, um auf diese Weise eine Beschleunigung der Ausbildung und somit einen möglichst frühzeitigen Studienabschluss zu erzielen. (...)
Unter Greul erlebten die Marinesanitätsoffiziersanwärter die „Goldenen Jahre“ (Sommersemester 1941–Sommersemester 1943) der Marineärztlichen Akademie. Während Kiel marinebestimmt war, wurde Tübingen von der Universität beherrscht, auch wenn Uniformen zunehmend das Stadtbild bestimmten. Das Studium konnte nur eingeschränkt durchgeführt werden, wobei sich als günstig erwies, dass im Anatomischen Institut auch im Sommer präpariert werden konnte. Auch wenn den Tübingern die Lieder der Marinesanitätsfähnriche und -kadetten wegen ihrer Texte fremd waren, wurden die „Herren von der Marine“ freundlich aufgenommen, wenn es auch im weiteren Verlauf zu Trübungen kam.

Quellen: Karl Philipp Behrendt, Die Kriegschirurgie von 1939–1945 aus der Sicht der Beratenden Chirurgen des deutschen Heeres im Zwei-

ten Weltkrieg, Diss., Freiburg 2003; Hans-Joachim Maurer, Die Marineärztliche Akademie 1940–1945: kurzer Abriss ihrer Geschichte, in: Deutsches Schiffahrtsarchiv 26 (2003), 111–124.

Im Mai 1942 bekommt Georg seine Kommandierung zur Marineärztlichen Akademie nach Tübingen. Lange hat er diesen Moment herbeigesehnt. Nun teilt ihm der Kapitän feierlich mit, dass er in den Sanitätskadettendienst aufgenommen ist und dadurch seinen ersten heilberuflichen Dienstgrad erhält, dies ist die Voraussetzung für das Studium. Damit verbunden kommt der Marschbefehl aufs Festland nach Tübingen. Als er darum bittet, den Marschbefehl über Klagenfurt auszustellen, rechnet er nicht mit einer Zusage. Er ist dann doch sehr verwundert, als er diese erhält. Es kann am neuen Respekt oder schlicht an der Unwissenheit des Kapitäns liegen. Wahrscheinlich kennt sich der alte Seebär nicht gut auf der Landkarte aus, denn der Umweg ist doch auffällig.

Als Georg wieder in Kärnten ist, beeindruckt sein Auftritt in der schicken Marineuniform die Nachbarn, sodass Ottilie sogar von besonders hartnäckigen Hitleranhängern plötzlich wieder gegrüßt wird. Seine Fronturlaubszeit in Klagenfurt verbringt Georg fast nur zu Hause. Wuni sieht er dabei nur kurz, denn dieser hilft dem Onkel in der Landwirtschaft gut dreißig Kilometer außerhalb der Stadt im Görtschitztal. Inzwischen ist sein Bruder in der siebten Klasse des Gymnasiums. Edi Pumpernig begegnet Georg nicht und ist auch sehr froh darüber. Gewiss fehlt ihm der Austausch mit den ehemaligen Freunden aus der Kongregation, aber es ist zu gefährlich, sich mit ihnen zu treffen. Auch an Bord hatte er keine Möglichkeit, über seine Gesinnung zu sprechen. Seine Crew war wie ein Haufen junger Hunde, wild und unbeherrscht, über ernste Themen will niemand sprechen. Das

Erinnerungsfoto an den Heimaturlaub zu Weihnachten mit beiden Söhnen in Uniform (Georg bei der Marine und Wunibald bei den Gebirgsjägern)

soll sich mit seinem Eintritt in die Universität und dem Alltag an der Akademie ändern. Hier findet Georg Gleichgesinnte, die sogar Querverbindungen zur Widerstandsbewegung der Weißen Rose nach München haben.

Er ist kaum an der Universität angekommen, als er erneut an die Front gerufen wird: diesmal nach Norwegen, wo er in Trondheim, Bodö und Hammerfest im Marinelazarett stationiert wird. Zum ersten Mal kommt Georg hier hautnah mit den medizinischen Folgen des Krieges in Kontakt, als ein Lazarettschiff zahlreiche Verwundete in die Station bringt. Das waren einmal junge, gesunde Menschen, die man an die Nordatlantikfront gebracht hatte, nicht anders als ihn selbst auch vor nicht allzu langer Zeit. Jetzt sind sie Gespenstergestalten, die entweder an der Front oder während des Krankentransportes ihren Verstand verloren haben. Das laute Gekreische und das durch wahnsinnige Schmerzen ausgestoßene Brüllen der Schwerverwundeten dröhnt über das Jammern und Stöhnen der Verletzten im Saal. Es ist grauenvoll anzuhören. Mühevoll und behutsam müssen die Sanitäter jeden einzelnen Verwundeten von Blut und teilweise Kot befreien, sie auf eine Tragbahre legen und zur Barkasse schleppen. Die angstvollen, tränenden Augen der halb verhungerten und verdursteten Soldaten treffen Georg direkt ins Herz. Dieses fürchterliche Elend ist der Gipfel der Sinnlosigkeit dieses Krieges.

Auf den Lazarettschiffen herrscht enormer Platzmangel. Die weiße Bekleidung der Ärzte, Krankenschwestern und Sanitäter ist mit Blut verschmiert. Nervös laufen sie mit Morphiumspritzen von einem Verwundeten zum anderen, bis sie selbst völlig ausgelaugt sind. Georg schuftet pausenlos unter schwierigsten Bedingungen. Die Zurückgeholten bezeugen die wahre Unmenschlichkeit dieses Krieges. Man sollte mehr mit den Verwundeten auf diesen Transporten sprechen, wenn man den Frieden ehrlich liebt. Er ist erleichtert, dass er von dort wieder zurückbeordert wird.

Georgs Medizinstudium nimmt erst im Spätherbst wieder Fahrt auf: Er wird nun an die Marineärztliche Akademie in Straßburg kommandiert. Inzwischen fühlt er sich in seiner Uniform inmitten der anderen Hörer recht wohl und gut angekommen. Bunt gemischt sitzen hier Marineangehörige neben Zivilisten in den steilen Reihen auf den Bänken des Anatomie-Hörsaals. An der Universität sind auch viele junge Frauen als Medizinstudentinnen. Das ist sehr seltsam für Georg, weil er immer nur mit Burschen in der Schule war. Mit einer Wienerin, die im gleichen Semester studiert, verbindet ihn bald nicht nur die gemeinsame Heimat und eine religiöse Erziehung, sondern viel mehr. Otti, die wie

Georgs Mutter Ottilie heißt, ist im selben Alter, und obwohl sie stets sehr weiblich gekleidet ist, wirkt sie doch oft recht burschikos. Otti ist eine begeisterte Bergsteigerin, und bei den Ausflügen, die die Studenten im Umfeld der Universität unternehmen, immer mit dabei. Ihr Lachen begeistert und ist unverfälscht. Gerne und oft umfasst Georg ihre Hand und streift ihre blonden Locken wieder hinter ihr Ohr, wenn sie hervorspringen, weil Otti stets in Bewegung ist. Sie bewegt Georg. Herzklopfen und zarte Küsse machen ihn manchmal schwindlig und seinen Gang weich. Gelegentlich meint er zu fliegen, und dennoch bleibt Georg stets vorsichtig auf Abstand, er lässt sie nicht zu nahe heran, bleibt höflich und ist nie zudringlich. Das hat er leider sehr negativ in Erinnerung, es ist höchst respektlos, einer Frau gegenüber so zudringlich zu sein.

Georg erlebt eine unbeschwerte Zeit in Straßburg und das Studieren fällt ihm leicht. Er hantelt sich recht mühelos durch die ersten Vorlesungen im großen Hörsaal und nimmt alles in sich auf wie ein Schwamm. Er beobachtet fasziniert die chemischen Experimente, er rechnet sich durch Statistiken und Studien, er nimmt den Menschen in seiner Anatomie auseinander und setzt ihn mit Hilfe der Pathologiebücher wieder zusammen. Georg holt aus einem verborgenen Winkel seines Gehirns das Schullatein wieder hervor, es war schon etwas verschüttet. Kein Tag ist langweilig, jede Vorlesung bringt ihn ein Stück seinem Traum näher, Arzt zu werden. Mit dem Marinesold und der kostenlosen Unterbringung und Verpflegung in der nahen Kaserne schafft er es sogar, etwas Geld nach Hause zu senden. Stolz trägt er seinen Studentenausweis stets bei sich: das braune Papier ist wasserdicht, im Inneren eine Fotografie in der Marineuniform mit streng nach hinten gekämmter Frisur. Einen Tag vor seinem 20. Geburtstag wird der Studienausweis abge-

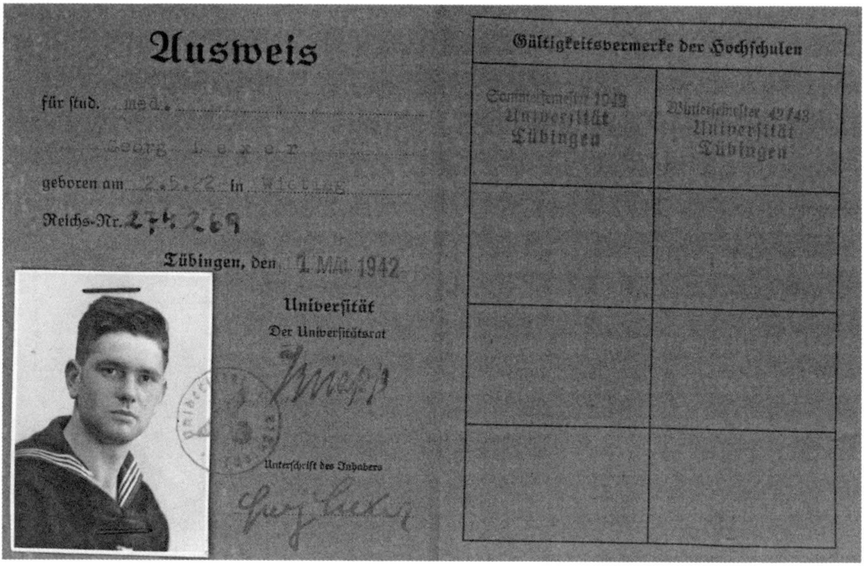

Ausweis

für stud. med.

Georg Lexer

geboren am 2.5.22 in Wieting

Reichs-Nr. 274 269

Tübingen, den 1. MAI 1942

Universität

Der Universitätsrat

Unterschrift des Inhabers

Gültigkeitsvermerke der Hochschulen

Studentenausweis der Medizinischen Universität Tübingen für die Ausbildung während des Marinesanitätsdienstes, ausgestellt einen Tag vor Georgs 20. Geburtstag.

stempelt. Georg ist nun erwachsen und steht auf eigenen Beinen. Er ist dort angekommen, worauf er viele Jahre hingearbeitet hat. Dennoch ist er kein verbissener Arbeiter, kein Streber, er lässt keinen Tanz am Wochenende aus und ist gerne gesehen im Kreis der angehenden Mediziner, die wiederum ganz anders gestrickt sind als die Freunde seiner Jugend oder die Crew an Bord, auf die er sich zwar zu hundert Prozent verlassen kann, aber in diesem Umfeld wären sie verloren.

Georgs angenehmer Studienalltag zwischen Hörsälen, Sezierräumen und der Kaserne wird durch die Zustellung einer Vorladung ins Gestapo-Quartier in Kärnten jäh unterbrochen. Auf dem Dienstweg trifft die Ladung im Juni 1943 bei Semesterende ein und sorgt für schiefe Blicke von der Studienleitung. Was hat der Österreicher in der Heimat mit der Gestapo zu schaffen? Georgs Herz rast, als er das Kuvert annimmt, denn es ist nicht der erste unangenehme Brief aus Kärnten. Zwei Wochen zuvor erhält er einen anonymen Hinweis, dass seine Mutter verschwunden sei. Seinen Bruder kann Georg nicht erreichen. Er ist zur 136. Kompanie in Innsbruck eingerückt. So bleibt niemand übrig, den er in der alten Heimat anschreiben kann, ohne sich selbst und andere damit in Gefahr zu bringen. Vierzehn Tage lang ist er unruhig und ahnt, dass etwas Schlimmes passiert sein muss. Er kann sich nicht auf den Unterricht konzentrieren, bekommt von Wunden, Nähten und Narkosen nichts mit. Seinem Studienkameraden Anton Lehr fällt das auf, doch selbst ihm beichtet er nicht, warum er so nervös ist. Niemandem hat er sich hier anvertraut, er will keine Mitwisser mehr um sich. Vor allem seiner Bekannten Otti erzählt er nichts, denn für ihn sind Frauen generell nicht verschwiegen genug. Als sie ihn einmal zu Beginn ihrer Freundschaft danach fragte, was sein Vater macht, antwortete er: „Er war Gendarm bei Weimar.“ Dass er dort im KZ saß, verschweigt Georg.

Georgs Reise nach Klagenfurt lässt sich nicht mit denen davor vergleichen. Er verabschiedet sich innig von seinem besten Freund, denn die Hoffnung auf Rückkehr ist gering. Er zermartert sich über Stunden während der Zugfahrt das Gehirn und schmiedet Pläne, wie und wo er sich bei drohender Gefahr in den Bergen des Lesachtals ein Versteck sucht. Immerhin hat er dort guten Kontakt zu seinem Onkel Anton, der ihm wohl Unterschlupf geben könnte. Er möchte endlich wissen, wo seine Mutter ist und wie es ihr geht. Wieso schreibt sie nicht, wieso hat sie niemandem Bescheid gegeben?

Georg verlässt den Zug am Hauptbahnhof von Klagenfurt und ist bald zu Fuß bei seinem Elternhaus angekommen. Die Nachbarin lässt ihn ein. Sie hat wohl nach dem

Rechten gesehen, seitdem die Mutter fort ist. Es ist seltsam, so völlig alleine in der ungelüfteten Küche hinter vorgezogenen Vorhängen an dem Küchentisch zu sitzen. Georg holt immer wieder den Brief mit der Vorladung aus seiner Uniformweste hervor. Egal wie oft er ihn liest, der Inhalt wird sich nicht verändern. Er muss unbedingt Kontakt mit Dr. Kadras aufnehmen. Um ihn nicht in Gefahr zu bringen, ist dies nur bei Nacht möglich.

Die Stadt liegt in voller Verdunkelung, die Bevölkerung ist auf den täglichen Fliegeralarm in der Nacht vorbereitet. Georg schleicht durch den Garten hinter das Ordinariat, der Weg führt über einen Zaun in die Bischofsgärtnerei. Auch Dr. Kadras muss darüber klettern, was ihm mit der langen Soutane nicht leichtfällt. Sie wählen diesen Ort, um sich in der Abgeschiedenheit in Ruhe darüber zu unterhalten, was in der Heimat passiert ist, während Georg auf See und an der Universität war. Georg fühlt sich um Jahre zurückversetzt, wie damals in seinem Ministranten-Gewand, wiegt ihn die Nähe seines Mentors in Sicherheit. Onkel Pepi klärt ihn auf, dass die Antifaschistische Freiheitsbewegung Österreich seit 1942 aktiv unterwegs ist. Georgs Mutter ist als Mitwisserin verhaftet worden, was sie genau gemacht hat, weiß Kadras leider nicht, aber es muss wohl etwas mit Pumpernig zu tun haben. Georg schluckt hörbar, ein Kloß steckt in seinem Hals fest. Genauso wie Ottilie, werden praktisch zeitgleich Pfarrer Granig, der Kopf der Antifaschistischen Freiheitsbewegung Österreich, und Karl Krumpl abgeholt. Außerdem gibt es noch andere Verhaftungen: Nicht alle sind Georg bekannt, aber natürlich kennt er den Namen Pumpernig. In diesem dunklen Garten, in dem jedes leise gesprochene Wort als Echo von der Wand zurückgeworfen wird, erfährt Georg, dass auch sein Bruder bereits von der Gestapo einvernommen wurde, allerdings ist er nicht verhaftet worden. „Gott sei Dank!“, seufzt Georg erleichtert. Er selbst ist auf einer langen Liste von Beschuldigten der letzte, der zum Verhör erscheinen muss. Onkel Pepi schätzt die Gefahr, tatsächlich für lange Zeit eingesperrt zu werden, für Dr. Granig und Eduard Pumpernig am höchsten ein. Es ist noch unklar, wer sich von den bereits Verhörten für diese Sache bloß instrumentalisieren und benutzen hat lassen. Wer ein Drahtzieher und wer ein Mitläufer ist, lässt Kadras offen. Die beiden Männer sitzen lange auf der abgewitterten, von der Feuchtigkeit unangenehm nassen Bank. Dennoch nimmt sich der Geistliche die Zeit, um Georg auf das vorzubereiten, was mit einer gewissen Sicherheit auf ihn zukommen würde. Der Priester hat seit 1938 etliche unschuldig Verhaftete vor ihrer Aussage im Gefängnis aufgesucht. „Es geht darum, die Aussagen von Pumpernig in ihrer Glaubwürdigkeit zu erschüttern“, betont er. Nur das könne Georg retten. „Du musst leugnen, leugnen, leugnen!“ Kadras ist sehr bestimmt und Georg nickt.

Den Rest der lauen Sommernacht verbringt Georg in seinem alten Kinderzimmer, wo er sich im Bett von einer Seite auf die andere wälzt. Immer wieder holt er sich die Geschehnisse rund um seine Aktion vor den Reichsschwimm-Wettbewerben aus dem Gedächtnis hervor. Minutiös sortiert er die Abfolge dieser denkwürdigen Nacht, um auf alle nur erdenklichen Fragen antworten zu können, egal wie diese an ihn herangetragen würden. Georg fürchtet sich davor, dass sein Handeln seine Mutter gefährden könnte, obwohl Kadras ihm versichert, ihre Verhaftung hätte etwas mit Pumpernigs Aufenthalt bei ihr im Haus zu tun. Zu dieser Zeit war Georg schon lange im hohen Norden auf See.

Es ist acht Uhr morgens. Georg betritt die Abwehrstelle im Gebäude des Militärkommandos in der Mießtaler Straße und meldet sich beim Portier an. Er wird von einem sehr jungen Soldaten begleitet und einem Rittmeister vorgestellt, der für seinen Fall zuständig ist. Der Preuße verhält sich sehr distanziert, und trotz Georgs Ausgehuniform bleibt er betont unfreundlich und harsch. Er lässt ihn stehen und mustert Georg, dann wirft er wieder einen Blick in die Vorladung. Schnell sieht er sich doch nicht als verantwortlich und verweist Georg weiter in die Burg in der Innenstadt, wo sich die Büros der Gestapo befinden. Georg kann sich auf dem Weg dorthin noch gut an einen gemeinsamen Besuch mit dem damals schon alten Großvater „Onkel Gustl“ in eben diesem Gebäude erinnern, als man die beiden für einen Moment zu seinem Vater ließ. All das scheint sehr lange her zu sein, in Wahrheit sind es erst vier Jahre, in denen sich sehr viel getan hat. Am frühen Vormittag meldet sich Georg also beim Eingang der Burg, wo ihn ein Wachmann zackig mit deutschem Gruß begrüßt und bis vor die Kanzleitüre eines gewissen SS-Sturmscharführers Hitzler begleitet. In den hohen Räumen des massiven Altstadtbaus im Herzen der Hauptstadt ist seit dem Anschluss das Hauptquartier der Geheimen Staatspolizei für Kärnten und Oberkrain einquartiert. Alles wirkt sauber aufgeräumt, nichts deutet auf die schrecklichen Verhöre hin, die sich hinter den hohen Türen abspielen und abgespielt haben. Georg sitzt in seiner Marineuniform sehr verloren im weitläufigen Flur und starrt auf den Marmorboden, während er seine Mütze um den Zeigefinger tänzeln lässt. Das Büro von Sturmscharführer Hitzler darf er gar nicht betreten, denn schon vor seiner Kanzlei teilt ihm ein junger Soldat mit, dass er erst in drei Stunden wiederkommen soll. Das ist eine Taktik, um ihn weich zu machen. Wahrscheinlich will man prüfen, ob er in dieser Zeit irgendwelche Kontakte aufnimmt. Er ist sicher, dass er bereits beobachtet wird und man ihm folgt. So wartet Georg, ohne mit irgendeiner Seele zu reden, bis zum frühen Nachmittag zu Hause ab. Er marschiert durch die Wohnung und grübelt, er hätte zu gerne seine Mutter um sich gehabt oder wenigstens eine Nachricht von ihr. Nachdem er das Fahrrad seines Vaters im Hof abgestellt hat und erneut die Burg betritt, begrüßt ihn der junge Mann vom Vormittag sehr feindselig, aus dem braven deutschen Soldaten ist in der Zwischenzeit ein Staatsfeind geworden. Vom Nachmittag bis zum späten Abend setzt man ihn daraufhin in die Kanzlei und überlässt ihn sich selbst. Niemand sucht ihn, niemand will etwas von ihm wissen. Schließlich heißt es barsch: „Auf, Soldat, und folgen Sie mir." Über Nacht wird er zu einer kleinen gemauerten Zelle im Nordteil des Kellers gebracht und dort eingesperrt. Die Türe fällt laut und metallisch ins Schloss, der Schlüsselbund klimpert und scheuert an der Schließe. Nun ist es soweit, denkt sich Georg. Hier endet meine Geschichte. „Nun haben sie Vater, Mutter und mich erwischt", murmelt er im Selbstgespräch. Georg sieht sich in dem winzigen Kellerabteil um. Bestimmt ist es nicht dazu gedacht, Gefangene wegzusperren, denn es sieht aus wie in einem Luftschutzkeller. Er versucht sich im dunklen Raum zurechtzufinden, eine winzige Funzel am Gang wirft durch den Türspalt einen Schatten auf ein Notbett mit einer sehr schmalen Matratze, eine Decke sucht er vergeblich. Ansonsten ist die Zelle völlig leer, bis auf einen Eimer, in dem er seine Notdurft verrichten kann. In großen Abständen lugt jemand durch das winzige Guckloch an der Türe. Die meiste Zeit bleibt es still, manchmal hallen schwere Stiefelschritte im unterirdischen Gang. Die Zeit verrinnt unendlich zäh. Durch das winzige Fenster registriert Georg das Grauen des Morgens. Die Glocken des nahen Doms zeigen ihm an, dass es bald Mittag ist. Ein Wachmann bringt ihm etwas zu essen. Es muss irgendein Knödel oder eine Kartoffel sein, zumindest ist es rund. Er hat keinen Hunger und der Fraß schmeckt entsetzlich, aber Georg muss bei Kräften bleiben.

Aus der Sicht des historischen Kontextes:

Die Gestapo konnte jedermann und jede Frau nach ihrem Gutdünken, unabhängig von richterlichen Entscheidungen, festhalten und beliebig oft und lange als „Schutzhäftlinge" in Konzentrationslager verschicken. Auf diese Weise war die Geheime Staatspolizei auch in der Lage, Gerichtsurteile zu korrigieren, wenn das Urteil als zu milde, ein Freispruch als unangebracht erschien. Um gegenüber einem deutschen Reichsangehörigen ein Todesurteil vollstrecken zu können, war zumindest außerhalb des Terrorsystems der Konzentrationslager, der Vernichtungs- und Euthanasieanstalten, ein richterliches Urteil erforderlich.

Quelle: August Walzl, Zwangsarbeit in Kärnten im Zweiten Weltkrieg. Die Hintergründe eines Politischen Phänomens im Alpen-Adria-Raum, Klagenfurt 2001.

Erst zu Mittag wird er dem SS-Sturmscharführer Hitzler vorgeführt und etwa vier Stunden lang von ihm befragt. Nicht nur sein Name ist dem des Führers sehr ähnlich, auch seine Erscheinung mit einem schmal zugestutzten Oberlippenbart. Meist ist Georg allein mit seinem Gegenüber, bis auf Unterbrechungen durch Adjutanten, die Hitzler Kaffee und Kuchen servieren. Georg bietet er nicht einmal ein Glas Wasser an, sein Mund ist schon sehr trocken. Immer wieder werden seine Beziehungen zu Pumpernig und Dr. Granig hinterfragt. Georg weicht den Fragen aus, indem er sehr allgemein über seine Weltanschauung spricht. Am späten Nachmittag kommt auch der Gestapo-Chef Obersturmbannführer Dr. Ernst Weimann persönlich in die Kanzlei, um sich zu überzeugen, ob es Ergebnisse aus dem Verhör gäbe. Georg fragt sich, welchen Doktortitel dieses hohe Tier hat, einen für Medizin oder für Jura? Tatsächlich kommt Hitzler nicht viel weiter, denn egal wie die beiden ihre Fragen formulieren, Georg leugnet. Obwohl der Ton der beiden Gestapo-Männer immer schärfer wird, tut man ihm keine Gewalt an. Ein weiteres Mal bringen ihn die Wachmänner in den Keller zu der Arrestzelle. Die darauffolgende Nacht wirbeln Sätze und Szenen aus dem langen Verhör in Georgs Kopf herum. Er fragt sich, ob es an seiner Uniform liegt, dass man ihn bisher noch nicht geschlagen hat. Obwohl so viele aus der Antifaschistischen Freiheitsbewegung Österreich verhaftet wurden, bezweifelt er inzwischen, dass überhaupt echte Beweise gegen sie vorliegen. Vielleicht versucht man ihm ein Geständnis abzuringen, weil die anderen ebenso hartnäckig schweigen?

Am Tag darauf findet er sich wieder in SS-Sturmscharführer Hitzlers Kanzlei ein. Diesmal werden konkrete Vorwürfe formuliert: „Sie haben gemeinsam mit Pumpernig und Dr. Granig in Klagenfurt eine Widerstandsbewegung aufgebaut. Leugnen Sie das?“ Georg schüttelt entschieden den Kopf, während Hitzler fortfährt: „Sie haben verschiedene staatsfeindliche Aktionen unternommen. Dafür haben wir Zeugen.“ Georg leugnet hartnäckig. Wohl gibt er an, Pumpernig zu kennen und mit ihm über politische Dinge gesprochen zu haben, aber dann betont er: „Pumpernig ist ein politischer Phantast. Er ist absolut nicht ernst zu nehmen. Er möchte sich nur wichtigmachen. Ich war mit ihm in den Bergen. Da konnte ich sehen, dass er kein tapferer Mensch ist.“ Nun führt der SS-Sturmscharführer bis ins kleinste Detail aus, wie die Fahnen am Vorabend des Reichsschwimmwettbewerbes abgenommen wurden. Er fährt fort, auf welche Weise sie exakt im Lendkanal versenkt wurden. Dann beschreibt er haargenau, wie die Parolen an den Häuserwänden angebracht wurden. Nur eine Person konnte das derart genau wissen: Es war Pumpernig! Er hatte gesungen. Georg kontert sehr rasch, dass er in dieser Nacht gar nicht bei der Aktion beteiligt sein konnte, weil sein Dienst ja erst um 01:00 Uhr des Nachts beendet war und er bereits um 06:00 Uhr wieder auf der Straßenbahn stehen musste. „Da kann ich wohl schwer mitbeteiligt gewesen sein, oder?“ Hitzler notiert etwas und wirft der Sekretärin, die daneben stets fleißig mitstenographiert, einen langen Blick zu. Georg fährt fort: „Hier ist doch offensichtlich ein Widerspruch, vor allem was die Zeit anlangt.“ Der Sturmscharführer hat nicht bemerkt, wie Georg unablässig der kalte Schweiß den Rücken hinunter rinnt. Auf seinen Oberschenkeln bildet sich Gänsehaut. Georg hat das tiefe Bedürfnis nach einer Zigarette, obwohl er sehr selten raucht. Hitzler entlässt Georg ohne weitere Erklärungen. Beim Aufstehen muss er sich sehr zusammennehmen, weil seine Beine so zittrig sind.

Es ist die dritte Nacht, die er in dieser winzigen Zelle verbringen muss. Langsam beschleicht ihn ein Gefühl der tiefen Niedergeschlagenheit und Vereinsamung. Seit seinem Gespräch mit Dr. Kadras ist Georg völlig alleine mit dieser Situation. Das fühlt sich sehr seltsam an, nachdem er über viele Wochen und Monate stets in Gesellschaft war. Die Stille der Nacht ist geradezu schmerzhaft in seinen Ohren, zu lange schon ist er den lauten Geräuschpegel am Schiff und auf der Universität gewohnt. Georg wird mit Essen und Trinken versorgt, aber sonst völlig alleine gelassen. Einen gesamten Tag lang und eine weitere Nacht lässt man ihn warten, man nützt die Zeit, um seine Dienstzeitaufzeichnungen bei der Straßenbahnverwaltung zu überprüfen. Inzwischen malt er sich die Verhöre von Pumpernig aus, in denen dieser wohl alle in seinem Umfeld verraten hat. Georg betet und bittet inständig um Hilfe, denn er fühlt sich in diesem kalten, dunklen Keller von der Welt vergessen.

Am fünften Tag in der Burg, erneut zur Einvernahme in Hitzlers Kanzlei beordert, kommt wieder der SS-Obersturmbannführer Weimann hinzu. Inzwischen kennt Georg die „Verhörspezialitäten" der beiden. Er kann abschätzen, was der süffisante Tonfall des einen bedeutet und die knappe, barsche Stimme des anderen von ihm will. Er hofft aufgrund der Ermüdung und der seelischen Erschöpfung nicht doch etwas Falsches zu sagen. Im Lauf der Einvernahme tritt ein junger SS-Offizier ein, grüßt zackig und meldet: „Obersturmbannführer Weimann, der Kadras wäre da. Er wartet draußen und möchte mit dem Regierungsrat oder so ähnlich sprechen." Weimann antwortet: „Danke. Wegtreten!" Der Chef der Geheimen Staatspolizei dreht sich zu Hitzler und spricht leise: „Ich will den Kadras nicht sehen. Heute bin ich nicht in der Verfassung für den." Georg staunt und begreift, dass sogar der allmächtige Gestapo-Chef vor diesem unscheinbaren Vertreter der Kirche Respekt hat. Es ist sein geschliffener Verstand, der die SS-Granden verunsichert – ein Ruf, der ihm vorauseilt. Anscheinend haben sie ihn schon kennengelernt, denkt Georg und versucht nicht zu schmunzeln. Er weiß nicht, ob es die bloße Anwesenheit von Kadras in dem Gebäude ist oder ob nun eine noch höhere Macht eine schützende Hand über ihn hat, aber im Moment der größten Finsternis und Verlorenheit widerspricht Georg den beiden hohen Offizieren im Verhör, als sie seine Einstellung zum Nationalsozialismus generell hinterfragen. Für sie wäre er eine Weltanschauung. Georg denkt lange nach, bevor er antwortet, was die beiden Gestapo-Männer nur noch mehr ärgert. Sie können kaum ahnen, dass Georg gegen ein Gefühl der Feigheit ankämpft, indem er seine christliche Überzeugung verrät oder unter größter Gefahr dazu steht und sich dadurch seinem Schicksal hingibt. Er bleibt standhaft, woraufhin ihn der sehr erregte Hitzler anbrüllt: „Sie tragen die Uniform, aber sind ja gar kein Nationalsozialist!" Georg räuspert sich: „Der Nationalsozialismus ist eine Staatsanschauung, die mir Auskunft darüber gibt, wie ein Staat zu führen und zu lenken ist. Das Christentum dagegen ist eine Weltanschauung, denn sie gibt mir Antwort auf Fragen, welche über das irdische Leben hinausreichen. Sie schließen die Existenz in dieser Welt mit ein." Der hochrot im Gesicht angelaufene SS-Sturmscharführer Hitzler ist vollkommen perplex angesichts von Georgs Erklärung. Trotz Nachfragen gelingt es nicht, diese Frage für alle zur Zufriedenheit zu klären. Es ist ein eigenartiges Gefühl, mit dem Georg den Raum nach diesem langen Verhör verlässt. Zum ersten Mal in diesen Tagen in der Burg fühlt er sich nicht mehr derart hilflos unterlegen. Er hat es geschafft, die beiden Ideologen ins Grübeln zu bringen. Dennoch darf er nicht gehen, obwohl man nach wie vor keine konkreten Beweise vorlegen kann. Eine weitere Nacht folgt in der Zelle. Seit einer Woche hat er sich nicht mehr gewaschen und riecht auch so, sein Bart juckt – er macht keinen guten Eindruck mehr. Inzwischen füllt Georg die Leere des Kellerraums mit Erinnerungen und summt leise Seemannslieder. Er betet die gesamte Liturgie der Weihnachtsmesse und der Ostermesse und wünscht sich zurück in die Küche bei seiner Mutter in Greifenburg – denn dort hat er sich lange Zeit sehr wohl gefühlt. Während der Verhöre wird Ottilies Name nie genannt, wohl aber der seines Bruders. Man versucht zum Glück nicht ihn zu erpressen, indem man droht, seiner Mutter etwas anzutun.

Nach einer Woche in der Burg wird Georg in einer kurzen Einvernahme mitgeteilt, dass man ihn zu einer Gegenüberstellung mit Pumpernig nach Wien bringen würde. Er müsse sich wieder in der Rudolfskaserne melden, um dort einen Transportschein zur Wiener Abwehrstelle zu erhalten. So setzt man ihn vor die Tür. In der Burggasse reibt sich Georg die Augen und gewöhnt sich erst wieder an das helle Sonnenlicht. Noch immer fühlt er sich beobachtet und ist sehr verwundert, dass ihm für die Reise nach Wien keine Begleitperson zugeteilt wird. Andererseits, wo sollte er auch hin? Mitten im Studium desertieren? Das hält man für unwahrscheinlich. Man würde Wege finden, wie man ihn auch im Zug beobachtet, da ist sich Georg sicher. Wieder in Freiheit, genießt er den Weg durch die Stadt und zurück zu seinem Elternhaus, als würde er das alles zum ersten Mal sehen. So viel Luft und Licht – er meint das Gefängnis noch in seinen Kleidern zu riechen – und lüftet es auf der Fahrradstrecke aus.

Er hat keine Idee, wie er in der Wohnung geschickt eine Nachricht für seine Mutter hinterlassen könnte, sofern man sie bald wieder freilassen würde. Er hat sogar Angst, seinen Bruder zu informieren, denn auch diese Nachricht könnte gefunden werden. So schließt er die Haustüre hinter sich, versteckt den Schlüssel in einem Blumentopf und marschiert bis zum Bahnhof Klagenfurt, um den Abendzug nach Wien zu erreichen. In der großen Stadt angekommen, besteigt Georg die erste abfahrende Straßenbahn und springt nach kurzer Zeit in voller Fahrt ab. Als Schaffner hat er diese Absprungtechnik zur Genüge geübt. Er hofft, damit alle Verfolger abgeschüttelt zu haben, und sucht eine Fernsprechzelle. Von dort ruft er den Pater Bartl Rubatscher an und schildert ihm, was passiert ist. Man hatte den umtriebigen Priester während Georgs Studienzeit wieder zurück nach Wien versetzt. Georg bittet ihn um Hilfe und eine Übernachtungsmöglichkeit. In der Nähe der Kirche von Maria am Gestade darf er in einer Privatwohnung nächtigen. Am darauffolgenden Morgen steht Bartl vor der Wohnungstür und holt Georg ab. Gemeinsam marschieren sie zur Stanislaus-Kapelle, wo er die Heilige Messe zelebriert. Rubatscher zeigt sich erstaunt, dass Georg gut geschlafen hat und sehr ruhig wirkt. Tatsächlich ist er nach den Nächten in der dunklen Zelle, stets im Ungewissen über seine Zukunft, so bis in die Knochen hinein müde gewesen, dass er sich nach einer Nacht im Tiefschlaf in einem normalen Bett nun gut ausgeruht fühlt.

Von der Abwehrstelle in Wien zum Hauptquartier der Gestapo am Morzinplatz wird Georg von einem Oberleutnant aus Sachsen begleitet, der auf einem gesunden Bein und seiner Prothese über dem anderen Beinstumpf noch immer recht energisch unterwegs ist. Georg legt den Kopf in den Nacken und blickt nach oben entlang der Hausmauer, auf der eine übermächtig große Hakenkreuzfahne aufgepflanzt ist. Dieses Gebäude flößt ihm nur durch seine Ausdehnung Angst ein, rund einhundert Meter misst das Haus. Von Bartl weiß Georg, dass es vor Kriegsbeginn das Hotel Metropol war. Inzwischen ist es keine schöne Bleibe mehr, weil dort geschlagen und gefoltert wird. Das weiß der Priester zwar, aber er erzählt es Georg nicht. Der Sitz der Gestapo befindet sich im obersten Stockwerk. Georg fährt mit einem Paternosteraufzug nach oben, wo er bereits erwartet wird. Er wundert sich über die recht freundliche Begrüßung an der ehemaligen Portierloge, die nun natürlich anders besetzt ist. Ein Leutnant hinter dem Tresen wünscht Georg viel Glück. „Seltsam", denkt er. Georg wird quer durch das Haus begleitet, marschiert treppauf und treppab, über dicke rote Teppiche und entlang vieler Bilder und unter Kronleuchtern, bis man ihn auf einem der vielen Stockwerke in eine Art Kanzlei sperrt. Er hat völlig die Orientierung verloren. Aussicht gibt es in dem Raum keine, denn die Scheiben des vergitterten Fensters sind, bis auf eine einzige, aus Milchglas.

So kann man draußen nur einen Teil des alten Kirchturms erkennen. Wieder beginnt die Einvernahme und verläuft sehr ähnlich wie in Klagenfurt. Georg fühlt sich in einer endlosen Schleife aus Fragen und Vorwürfen gefangen. Er sucht nach einem Schlupfloch aus diesen schon tagelang andauernden Angriffen. Die Einvernahme übernehmen die Gestapo-Agenten Kaiser und Berger, beide sind in Zivil gekleidet. Bei Beginn des Verhörs geben sie sich noch betont freundlich. Kaiser erklärt Georg, dass er im Ersten Weltkrieg ebenfalls bei der Marine war, und meint, dass Marineangehörige immer ehrliche Leute waren. Daran möchte sich Georg ein Beispiel nehmen und endlich eingestehen, warum und wie er mit Eduard Pumpernig und Dr. Granig zusammengearbeitet habe. Die beiden Agenten wechseln sich ab, sie wollen außerdem wissen, inwieweit der Erzbischof Dr. Andreas Rohracher von Salzburg davon Kenntnis hatte. Zum ersten Mal fällt nach vielen Tagen der Vernehmung der Name des Bischofs. Georg bleibt bei seinem „Nein" und leugnet weiterhin. Inzwischen gelingt ihm das ohne Herzklopfen, seine Stimme bleibt unbewegt ruhig von den Ereignissen, obwohl die Art und Weise der Befragung immer rüder werden. Das ist hier deutlich anders als in Klagenfurt. Das Verhör dauert nicht sehr lange, dann begleitet man ihn durch einen Gang, der mit einem Gitter abgesperrt ist. Hinter der Sperre beobachtet Georg einige ausgemergelte Gestalten. Georg begreift rasch, dass dieser Ort weit gefährlicher ist als das Gestapo-Quartier in Klagenfurt. Wieder öffnet sich eine Arrestzelle. Georg verliert das Zeitgefühl, er weiß nicht wie lange er dort bleibt, aber noch am selben Tag holt man ihn dort wieder heraus, um ihn in einen anderen Raum einzusperren.

Kaum dort angekommen, geht die Tür auf und Pumpernig steht unvermutet vor ihm. Es ist eigentlich bloß sein Schatten, denn er ist total abgemagert und sieht erschreckend verwahrlost aus. Die Lederhose und Windbluse flattern um seinen Körper. Es wirkt, als hätte man ihn beim Bergsteigen verhaftet oder als wäre er dort verunglückt und man hätte ihn erst nach langer Zeit gefunden, denn seine Kleidung ist stark beschädigt. Ein Wachebeamter tritt hinter ihm ein und fordert Edi auf, seine Aussage zu wiederholen. Georg fährt zusammen, als dieser mit mechanischer leiser Stimme zu sprechen anfängt. Es klingt wie das Ablesen eines Blatts. Über die gesamte Aussage lang blickt Pumpernig nicht vom Boden auf, er kann Georg nicht in die Augen sehen. Georg starrt ihn umgekehrt wie versteinert an und sucht einen Ausweg, eine spontane Eingabe, denn alles, was Edi hier erzählt, ist die Wahrheit. Plötzlich verlässt der Uniformierte den Raum, Pumpernig und Georg bleiben allein zurück. Sofort ist Georg klar, dass es sich um ein plumpes Manöver handelt, indem man ihn dazu verleiten will, unvorsichtig zu sein. Dieser Raum ist mit Gewissheit voll mit Abhörgeräten, sodass jedes Wort mitgehört wird. Georg fasst sich langsam, löst seine Erstarrung und dreht den Spieß um, indem er Pumpernig nun fragt, wie dieser denn dazu komme, solche Aussagen zu erfinden. „Du weißt doch selbst, dass deine Angaben nicht stimmen. Ich kann mir nur denken, dass du unter Zwang stehst. Oder zwingt man dich nicht dazu? Was ist los mit dir, Edi?“ Es folgt keine Antwort, gebannt fixiert Pumpernig seine abgewetzten schweren Schuhe. „Ich weiß nicht, was haben sie dir angetan?“, fährt Georg unbeirrt fort. Pumpernig steht noch immer völlig regungslos da und hält den Blick gesenkt. Er spricht kein Wort und zuckt nur mit den Schultern. „Edi pass auf. Denk mit. Mein Dienst an dem fraglichen Abend bei der Straßenbahn hat so lange gedauert. Das wäre ja gar nicht möglich gewesen.“ In den stummen Schatten von Pumpernig insistiert Georg weiter: „Deine falsche Aussage wird nicht nur mich, sondern auch andere Personen schwer belasten! Ist dir das nicht klar?“ In Edis Gesicht ist nicht die geringste Reaktion zu bemerken, aber es hat den Anschein, als ob er an sich selbst zu zweifeln beginnt. Georg wirkt sehr überzeugend, die Rollen sind neu verteilt. Inzwischen ist sein ehemaliges Idol zu einem Verräter geworden. Was sie am Regime immer so sehr hassten, hatte sie nun eingeholt. Es ist ihnen gelungen, Pumpernig zu brechen, er war zu schwach. Georgs Auftritt in Uniform und seine prägenden Erlebnisse durch den Dienst auf hoher See sowie die Zeit auf der Universität haben ihn verändert. Pumpernig steht in seinem Ansehen nun weit unter ihm. Als Pumpernig abgeführt wird und mit hängenden Schultern hinter der hohen Türe verschwindet, denkt Georg nicht mehr nur an seine eigene Rettung, sondern auch an die vielen anderen Menschen, die nun in Gefahr schweben.

Georgs nächste Nacht in der Arrestzelle ist nicht mehr so ruhig wie jene in Klagenfurt. Hier vernimmt er viele andere Stimmen, hört Weinen und Stöhnen. Die Verhöre gehen am darauffolgenden Tag weiter. Nun verändert sich die Tonlage in fortwährendes Gebrüll, und wenn Georg nicht schnell genug antwortet, versetzt ihm der Agent einen heftigen Rempler in die Rippen. Georg ist nicht gefasst auf diesen Angriff, ihm bleibt die Luft weg und er krümmt sich zusammen. Einen ganzen Vormittag lang versuchen die Gestapo-Agenten Georg mit einem Blatt Papier zu erklären, wie die Antifaschistische Freiheitsbewegung Österreich organisiert ist. Sie halten es ihm fortwährend vor die Nase, darauf stehen viele Namen, die miteinander mit Kreisen und Linien verbunden sind. Der wichtigste Drahtzieher soll Dr. Granig sein, aber auch dem Erzbischof werden staatsfeindliche Tätigkeiten angelastet. Er soll die Finanzierung der ganzen Operationen übernommen haben und Auftraggeber gewesen sein. Georg kennt den Bischof nicht, und auch Dr. Granig ist ihm eigentlich nicht wirklich näher bekannt. Vieles taucht hier auf, wovon Georg bisher nichts gewusst hat. Von Flugblattaktionen weiß er zwar von Dr. Kadras, anderes hört er hier zum ersten Mal. Speziell der Gestapo-Agent Kaiser lebt in diesem Verhör genussvoll seine Brutalität aus. Er achtet dabei genau darauf, Georg nicht ins Gesicht zu schlagen, weil man das mit einem Wehrmachtsangehörigen wohl nicht macht. Wieder hat Georg einen Schutzengel, der ihn aus seiner schlimmen Lage und aus der Kanzlei befreit. Es ist der beinamputierte sächsische Oberleutnant, der vor der Tür einiges mitbekommen hat. Als er eintritt, verschränken die beiden Agenten ihre Hände sofort hinter dem Rücken, dann deuten sie halbherzig einen Hitlergruß an, sie sind sichtlich nervös. Georg, inzwischen Fähnrich geworden, ringt nach einem heftigen Schlag in den Magen nach Luft und erklärt dem Oberleutnant, dass diese Art der Einvernahme eine Schädigung des Ansehens der Wehrmacht bedeutet. Der Oberleutnant fordert Georg auf, ein Protokoll zu unterschreiben, welches bereits auf dem Schreibtisch vorbereitet liegt. „Los, stehen Sie auf. Folgen Sie mir, Fähnrich!“ Schnell schnappt Georg seine Mütze und den Mantel. In Begleitung des Oberleutnants verlässt Georg das Gestapo-Hauptquartier. Diesmal setzt der Sachse seine Schritte weit langsamer als noch vor zwei Tagen, um Georg nicht zu verlieren, da dieser offensichtlich große Schmerzen hat. Er blickt Georg von der Seite an und spricht sehr langsam. „Was soll ich denn eigentlich mit dir anfangen? Du bist ja fast noch ein Kind!“ Georg kann es noch gar nicht fassen, dass er es aus dem Gebäude geschafft hat, und bemerkt, wie sein Retter sich in einer gewissen Verlegenheit befindet. In der Abwehrstelle angekommen, lässt man ihn erneut warten. In dieser Zeit beruhigt sich Georg wieder und tastet seine Rippen ab, es dürfte nichts gebrochen sein. Man händigt ihm seinen Dolch und seine Waschutensilien aus und hat wohl in der Zwischenzeit Georgs Vorgesetzten in Straßburg angerufen. Bis Georgs Fall endgültig entschieden ist und seine Angelegenheit geklärt sei, würde man ihn wieder zurück ins Studium schicken. Es scheint, als ob die Abwehrstelle froh sei, ihn auf diese Art loszuwerden. Georg darf Wien verlassen, in der Tasche trägt er seinen Marschbefehl, mit dem er sogar vorher noch einmal nach Klagenfurt reisen darf. Sein Studium würde erst wieder in einigen Wochen starten. In Klagenfurt angekommen, wagt es Georg wieder, Kontakt zu Generalvikar Dr. Kadras aufzunehmen. Onkel Pepi ist froh, Georg nach den Verhören halbwegs unbeschadet wiederzusehen, und erzählt, dass Pumpernig wohl zu offensichtlich und sorglos Urlaubsscheine und Lebensmittelkarten gefälscht habe. Außerdem war er in etliche Flugblattaktionen verwickelt, weshalb man ihn als Kronzeugen verhaftete.

Georgs große Sorge gilt nun seiner Mutter und wie er sie aus dem Gefängnis holen kann. Dafür empfiehlt ihm Dr. Kadras einen Rechtsanwalt: „Dr. Jobst ist vor dem Anschluss als Sozialdemokrat tätig gewesen", erklärt er. Als Georg bei dem Anwalt vorspricht und ihm zu verstehen gibt, dass seine Familie dem christlich-konservativen und föderalistischen Lager einzuordnen ist, hört er sich das zwar höflich an, lehnt die Verteidigung von Ottilie aber entschieden ab. Diese deutliche Abfuhr muss Georg erst verdauen, aber schließlich findet er noch vor seiner Abreise in Dr. Oberlanger einen Verteidiger, der bereit ist, die Mutter vor dem Volksgericht zu vertreten. Es ist Hochsommer in Klagenfurt, als Georg sich auf den Weg zu Wuni in Innsbruck macht. Dort angekommen, sprechen sich die beiden über die

Geschehnisse des vergangenen Jahres aus. Wuni hat bei einigen Streu- und Schmieraktionen mitgemacht, woraufhin es zu einer Hausdurchsuchung kam und die Gestapo ein Notizbuch gefunden hat, in dem einige Eintragungen standen. Wuni betont, dass die Mutter von all diesen Dingen nichts gewusst hat. Gleichzeitig zeigt er ihm mit tränennassen Augen einen Brief von der Mutter, der ihnen ein wenig Hoffnung schenkt. Beide haben sie vor Monaten zuletzt gesehen und an einen Besuch bei ihr ist gar nicht zu denken, egal wie viele Anfragen sie stellen.

„Mein lieber Wunibald!

Vorerst Dank für Deinen Brief und die Karte. Bin glücklich, daß ich wieder einige Zeilen erhalten habe. Du meinst, ich soll Dir öfter schreiben. Es geht nicht, lieber Wuni, aber Du könntest mir öfter schreiben, damit ich nicht immer so in Sorge sein muß. Froh wäre ich, wenn Du einmal auf Urlaub kommen könntest. Es wäre so viel zum Ordnen hier beim Haus. Georg konnte auch nicht alles tun. Von mir habe ich noch immer nichts gehört, aber ich hoffe wohl, daß wir in nächster Zeit die Anklage erhalten werden. Komme, wie es kommen mag, ich habe den festen Willen, durchzuhalten. Wenn mich nur die Gesundheit nicht verläßt, die ist leider nicht gar so zufriedenstellend. Mein einziger Wunsch ist es, daß Ihr Buben gesund heimkommt, dann bin ich zufrieden. Gott möge Euch beschützen. Nun zum Schluß recht viele liebe Grüße von Deiner stets an Euch denkenden Mutter.“

Es vergeht kein Tag, an dem die beiden nicht einmal über Ottilie sprechen, über ihre kleinen Marotten oder Kindheitserlebnisse. Sie helfen sich damit über die Zweifel und die berechtigte Angst, auch noch sie zu verlieren. Bei einem Treffen der Brüder in der Innsbrucker Innenstadt überlegen sie sogar eine gemeinsame Flucht in die Schweiz, aber wegen der möglichen Folgen für die Mutter verwerfen sie diesen Plan. In völliger Ungewissheit trennen sich die beiden und hoffen auf ein Wiedersehen, denn kurz danach wird Wuni an die Front nach Finnland eingezogen. Inzwischen sind die Sommerferien vorüber und es ist Zeit für Georg, an die Akademie zurückzukehren.

Sein Vorgesetzter in Straßburg benimmt sich ihm gegenüber nach seiner Rückkehr zwar sehr distanziert, bleibt aber dennoch korrekt und fair. Seine Universitätskollegen verhalten sich mit wenigen Ausnahmen wie vor seiner Abreise, die doch für Aufsehen sorgte, denn eine Vorladung durch die Gestapo ist keine Allerweltsnachricht für einen Marineangehörigen. Er wird kaum gefragt, was er in dieser Zeit in Klagenfurt gemacht hat. Die Monate vergehen mit Studieren und großen Prüfungen. Seine Lust, mit den anderen zu feiern, hat abgenommen, obwohl ihn Anton Lehr immer wieder einlädt. An besonders kalten und regnerischen Tagen, wenn die Häuser der Stadt im Nebel liegen, denkt er an seine Verhöre und hofft, dass seine Mutter nicht auch derart grausam behandelt wird. Zu Weihnachten 1943 darf Georg endlich für einen Kurzurlaub in die Heimat und dort seine Mutter besuchen. Vor dem Gefängnis erinnert er sich an das Versprechen, sich um seine Mutter und seinen Bruder zu kümmern. Er steht fast an demselben Ort auf der Straße und blickt hinauf zu den Fenstern. Er fragt sich, ob er versagt hat. Als er das Gefängnis betritt, kommt es zu einem Zwischenfall mit einem Wachebeamten, der den ohnehin schon angespannten Georg mit seinem unhöflichen und unpassenden Verhalten zu sehr reizt. Georg wartet in dem langen Gang vor den Besucherzellen und hält eine Aktentasche fest in der Hand. Darin sind einige Lebensmittel verpackt, die er der Mutter beim Eintreten in die Zelle in die Schürze fallen lässt. Daraufhin schlägt der Justizbeamte Ottilies Hand hinunter, mit der sie den Vorbinder an den Rändern festhält. So kollern Schmelzkäsewürfel und etwas Brot auf den Boden. Bei dem Anblick brennen bei Georg die Sicherungen durch. „He! Spinnst du komplett? Was fällt dir ein!" Er kann sich nicht mehr beherrschen und greift nach seinem Dolch, den man ihm beim Eintritt in die Zelle nicht abgenommen hat. Erschrocken weicht der Justizwachebeamte zurück. Georg kniet sich auf den Boden und hebt die kostbaren Lebensmittel vom Boden auf, um sie wieder behutsam in Ottilies Schürze zu legen. Der Justizbeamte beobachtet das stumm und regungslos. Erst jetzt ist es Georg möglich, die Mutter in Ruhe und von unten eingängig zu betrachten. Sie ist sehr klein und schmal geworden. Georg ist vor Wut den Tränen nahe, weil er sie in diesem Zustand trifft. Ihr geschwollener Hals wird von einem Tuch nur schlecht bedeckt. Trotz ihres körperlichen Verfalls wirkt sie immer noch gefasst und versucht ihn zu trösten. „Es wird wieder alles gut. Wir werden die Schwierigkeiten schon meistern." Ottilie hat sich den ungebrochenen Glauben an eine bessere Zukunft bewahrt. Woher sie die Kraft dafür nimmt, weiß Georg nicht. Der Besuch dauert nicht allzu lange, ständig bleiben die beiden unter Beobachtung. Als der Aufpasser wegsieht, umarmt sie Georg für einen Moment vorsichtig. Tief saugt er den Geruch ihrer Haare ein, der ihm so viel Wohlbehagen und Vertrautheit bedeutet. Die einst selbstbewusste und aufrechte Frau ist äußerlich zu einer sehr zerbrechlichen Person geworden. Es bleibt wenig Zeit, um sich über ihre Verteidigung zu unterhalten, aber Georg versichert ihr: „Du kannst dich an Kadras wenden, wenn Wuni und ich nicht hier sind." Er verabschiedet sich kurz, um nicht vor dem Justizwachebeamten in Tränen auszubrechen. Georgs tiefsitzender Hass auf den gesamten Regimeapparat, der eine unschuldige Frau wie Ottilie ins Gefängnis steckt, wächst von Stunde zu Stunde.

Wieder draußen, muss er das verarbeiten, so bummelt er ziellos durch die weihnachtlich geschmückten Gassen. Er muss den Heiligen Abend ohne ein einziges Familienmitglied feiern. Er schmückt keinen Baum, er isst nicht, sondern sitzt bloß da und wartet auf das Läuten der Glocken. Die Christmette wird in einem sehr kleinen Rahmen gefeiert, um kein Aufsehen zu erregen. In der Kirche am Lendkanal setzt sich Georg in eine halbleere Reihe und schaut nachdenklich zum Jesuskind in der Krippe. Jesus liegt beschützt von seiner Familie und so vielen anderen. Er ist von so viel Liebe umfangen. Da wird ihm bewusst, wie schrecklich einsam er ist, denn nichts erinnert mehr an die Zeit vor dem Anschluss, nichts ist mehr so wie davor. Sogar das Haus ist inzwischen in einem sehr desolaten Zustand, weil es von Bombensplittern teilweise zerstört wurde. Teile des Dachs und einige Fenster sind beschädigt. Behelfsmäßig vernagelt Georg diese nach den Feiertagen kurz vor seiner Abreise und versucht mit Ersatzziegeln und Holzresten notdürftig das Dach zu reparieren.

Anatomie des Wahnsinns

Im März 1944 meldet sich Georg als Präparator für das anatomische Institut in Straßburg im Elsaß. Unter dem Vorstand Dr. Hirt ist es seine Aufgabe, für Vorlesungen und verschiedene andere Gelegenheiten Anatomische Präparate vorzubereiten. So lernt Georg den Anatomiebetrieb außerhalb der Vorlesungen gut kennen und darf bald etliche Übungspräparate selbst herstellen. Der Institutsvorstand Hirt ist ein bekennender Nationalsozialist, der wohl früher in einer schlagenden Verbindung war, was die Narben in seinem Gesicht bezeugen. Für eine Weile kann sich Georg mit Dr. Hirt arrangieren.

Eine Studienkollegin mit französischen Wurzeln spricht Georg bald nach Antritt seiner Stelle an und bittet ihn um einen großen Gefallen. Sie weiß, dass ihre Freunde von der Resistance erschossen wurden und in die Anatomie eingeliefert werden. „Sie sind für eine gute Sache gestorben, aber ihre Leichen werden nie bei ihren Familien ankommen, um sie würdig zu beerdigen. Du kannst dabei helfen, ihrem Abschied einen Sinn zu geben. Bitte, Georg, du musst das für uns machen." Ihr französischer Akzent ist in ihrer zittrigen Stimme nicht zu überhören. Sie kämpft mit den Tränen, als sie ihm einen Jutesack mit kleinen Lothringer Kreuzen überreicht. „Das ist unser Symbol, wenigstens das sollen sie mitbekommen, bevor man sie zerschneidet." Georg übernimmt den Beutel und verspricht ihr, die Kreuze zu den Widerstandskämpfern in die großen Formalinbottiche zu legen. Tatsächlich treffen die Leichen der Franzosen über Nacht ein, sie sind vor Straßburg hingerichtet worden. Georg wartet auf einen günstigen Moment und spricht ein kurzes Gebet, an das er sich von den Einsegnungen noch erinnert, dann versenkt er die Lothringer Kreuze in die Bottiche. Dieses kleine würdevolle Ritual kann er ihnen geben, mehr jedoch nicht. Er wird nicht erwischt, wohl auch deshalb, weil er als einziger die Leichname im Formalin versenkt und dann wieder mit einem Seilzug heraushholt. Um diese Arbeit beneidet ihn niemand, aber er hat sich inzwischen an den ätzenden Geruch gewöhnt, er verflüchtigt sich wieder, wenn er die Kellerräume verlässt. Zwar bleibt er manchmal ohne Appetit, aber eigentlich hat er einen kräftigen Magen und Georg braucht das Geld. Bis dato überlegt er nicht, von woher die Leichen eigentlich kommen. Es ist Krieg, da gibt es genug Tote. Das ändert sich, als eines Tages die SS-Feldgendarmerie mit der Leiche einer jungen Frau durch den Hintereingang im Keller die Anatomie betritt. Obwohl Georg etwas abseits steht, kann er als Todesursache sofort Erschießen feststellen, deutlich sind die Einschussmale an Brust und Rücken zu erkennen. Professor Hirt begutachtet mit strengem Blick die Leiche der polnischen Landarbeiterin aus einem Konzentrationslager nahe Straßburg. Im Gespräch mit den SS-Männern erwähnt er, dass er eine schwangere Frau benötigen würde für einige schöne Schnitte durch das weibliche Becken. Georg muss sich am Obduktionstisch festhalten, als er ungewollt Zeuge eines Mordes auf Bestellung wird. Die eifrigen SS-Feldgendarmen versprechen demnächst eine solche Leiche zu liefern. Georg hat sich schon in dem Gespräch abgewendet und schluckt. Kurz kämpft er mit dem Gefühl, sich übergeben zu müssen. Nach wenigen Minuten, die sie wieder alleine im Keller sind, macht Georg Dr. Hirt deutlich, dass er seine Stelle als Präparator nicht weiter übernehmen wird. „Hat das was mit dem Gespräch eben zu tun?“, will der Institutsvorstand wissen. „Ja.“ Georg hat dazu nicht mehr zu sagen und die Konsequenzen sind ihm in dem Moment völlig egal. Professor

Hirts Gesichtsausdruck verändert sich binnen Sekunden. Es ist, als ob ihm alle Gesichtszüge entgleisen und sich in eine teuflisch-zynische Fratze verwandeln. Dieser Sadist im Keller der Universität flößt Georg tatsächlich mehr Angst ein als die Gestapo-Schergen. Als Georg seinen weißen Kittel neben der Tür aufhängt und die Anatomie verlässt, meint er Hirts böse Blicke noch immer stechend im Rücken zu spüren. Ob der Institutsvorstand diesen Vorfall dem Akademiekommandanten meldet, kann Georg nicht wissen, und auch nicht, was ihm blüht, wenn eines Tages doch jemand die Kreuze entdeckt.

Ab April 1944 muss der Unterricht sehr oft unterbrochen werden, weil es immer wieder zu Alarmübungen kommt. Die Studienkollegen müssen erneut an die Front ausrücken. Aus den Übungen wird Ernst, als man sie dazu abstellt, flüchtige amerikanische und englische Piloten zu suchen, die im Umfeld der Städte in immer kürzeren Abständen mit ihren Fallschirmen landen. Die Front ist nun nicht mehr Seemeilenweit entfernt, sondern baut sich vor der Haustüre auf. Georg wird also für einige Zeit nicht auf hoher See eingesetzt, sondern bleibt auf dem Festland.

Das Hitler-Attentat am 20. Juli 1944, verübt durch Klaus Schenk Graf von Stauffenberg, geht zwar relativ unbemerkt am Betrieb in der Akademie vorüber, aber es kommt in der Folge zu noch schärferen Kontrollen. Der Einfluss anderer militärischer Einheiten wird innerhalb der Kasernenmauern und in den Hörsälen größer. In unbeobachteten Momenten sprechen sich die Studenten in Ecken tuschelnd aus. „Schließlich und endlich wird auch den Dümmsten klar, dass Deutschland diesen Krieg wohl schon verloren hat", meint Anton Lehr. Ein anderer folgert: „Es ist nur mehr eine Frage der Zeit, wann die erlösende Kapitulation erfolgen wird. Kein vernünftiger Mensch macht sich noch Hoffnung, dass der Krieg Deutschland einen Sieg bringen wird.“ Georg meint: „Sogar die fanatischen Träume von Wunderwaffen verpuffen.“ Nicht nur Georg ist der Überzeugung, dass Hitler schon aus dem letzten Loch pfeift. Allein die Tatsache, dass ein Teil des deutschen Offizierskorps im Juli 1944 den Führer in die Luft sprengen will, zeigt dem letzten Zweifler, wie es tatsächlich um ihre Zukunft steht. Während eine kleine Zahl der Kriegsmarineangehörigen dieses Attentat auf Hitler nur deshalb verflucht, weil es misslingt, so ist die größere Zahl deshalb erbost, weil man seit dem Führeranschlag das traditionelle Salutieren verboten hat. Jede Einheit, außer der Waffen-SS, hatte eine eigene Art und Weise, einander durch Handanlegen an den Mützenrand zu begrüßen. Nun wurde dieses Salutieren verboten und alle Wehrmachtsangehörigen müssen den Hitlergruß mit Ausstrecken der rechten Hand und des Armes ausführen. Auf diese Art hat die Waffen-SS sich immer schon gegrüßt, für die Angehörigen der Kriegsmarine ist es dagegen lange eine große Befriedigung, eben nicht so grüßen zu müssen. Der Hitlergruß ist unter vielen Matrosen verhasst und wird deshalb häufig in einen stillen Protest verwandelt, indem man mit der Hand nach dem Gruß eine eindeutige Bewegung der Ablehnung anzeigt. Wo man sich politisch sicher fühlt, da rufen die Matrosen einander zu: „Und es wird ja doch noch der Frühling kommen!“ Mit diesem Ausspruch gibt man sich gegenseitig zu erkennen, wer gegen Hitler und diesen Krieg ist. Anders als bei den Studenten, gebärdet man sich unter den Gruppenoffizieren immer mehr parteikonform.

Georgs Kommandant von der Akademie ruft ihn einige Tage nach dem Attentat zu sich ins Büro. Nüchtern teilt er ihm mit, dass er ihn wohl demnächst aufgrund politischer Unzuverlässigkeit von der Akademie ausschließen wird müssen. Vor ihm liegt auf einem gewaltigen Schreibtisch aus poliertem Nussholz Georgs Anklage auf „Vorbereitung zum Hochverrat". Das Volksgericht in Straßburg hat diese direkt an die Akademie zugestellt. Georg steht sehr aufrecht im Büro des Kommandanten und versucht weiter ruhig zu atmen, obwohl ihm die Luft wegbleibt. Nun will man ihn komplett zerstören und nimmt ihm auch seine berufliche Zukunft, so wie es schon seinem Vater passiert ist. Nach einigen Monaten, die Georg in relativer Sicherheit an der Akademie zubringen durfte, erreicht ihn nun wieder sein altes Leben. Was diese schwere Anklage tatsächlich für ihn zu bedeuten hat, erfährt er am Volksgericht in der Finkenmattstraße, wo er sich sofort zu melden hat. Ihm bleibt kaum Zeit, darüber nachzudenken. Sein zuständiger Referent eröffnet Georg die Anklagepunkte. Der junge blasse Zivilist tut sich sichtlich schwer, dem vor ihm in seiner Marineuniform sitzenden Georg diese Anklage mitzuteilen. Zu spektakulär klingt die Anklage, sie passt so gar nicht zu dem jungen blonden Mann aus Österreich mit dem freundlichen Gesicht und dem fast noch kindlichen Aussehen. Nach außen hin gelassen, tobt in Georg ein Krieg. Der junge Referendar schiebt ihm einen Stapel Papiere in einer braunen Aktenhülle hin und meint: „Ich zeige Ihnen das, aber Sie haben das von mir nie bekommen. Verstanden?" Erstaunt und schweigsam übernimmt Georg den Anklageakt der Gestapo-Verhöre in Wien und Klagenfurt. Er darf lesen, was man ihm unterstellt, und begreift rasch: Während es in Wien heißt, dass seine Schuld nicht ausreichend festgestellt werden konnte, zeichnet der Obersturmbannführer in Klagenfurt das Bild eines fanatischen Gegners des Regimes. Der junge Referendar beschäftigt sich mit anderen Dingen und lässt Georg sogar einen Blick in „Die Bekenntnisse eines jungen Deutschen" werfen, Pumpernigs ausführliches Manuskript über seine Tätigkeit bei der Antifaschistischen Freiheitsbewegung Österreich.

Georg ist betroffen, schwarz auf weiß zu lesen, wie weit Pumpernig gegangen ist. Mit dem Zuklappen des braunen Aktendeckels eröffnet sich ihm das Ausmaß seiner Anklage und die Gefahr, zum Tode verurteilt zu werden. Dieses Damoklesschwert des Todesurteils schwebt ab nun über ihm. Es wurden schon Menschen für weit weniger hingerichtet. Der junge Referendar nimmt Georgs Akt zurück und hebt ihn auf einen Stapel mit anderen. Georg darf gehen, hier will ihn niemand verhören. Er salutiert und bedankt sich. Auf dem Weg zur Akademie grübelt er, warum ihm dieser „weiße Rabe" beigestanden hat, aber er kommt zu keinem Ergebnis. Wieder in der Akademie, beordert ihn der Kommandant erneut in sein Büro. Nachdem er keine weiteren Mitteilungen oder Entscheidungen vom Volksgericht erhält, kann er Georg mit einigen anderen Kameraden auf die im Lehrplan vorgesehene vierwöchige Famulatur in einer von ihm ausgesuchten Prosektur abkommandieren.

Georgs Wunsch, möglichst weit weg von Straßburg und dem Volksgericht zu kommen, wird erhört. Wahrscheinlich ist auch der Kommandant froh, ihn nicht in seiner Nähe zu haben, denn vielleicht wird auch er kontrolliert und bespitzelt. Georg darf also zusammen mit Anton Lehr auf die Pathologie nach Innsbruck. Während die beiden ihr Gepäck herrichten, geht der Fliegeralarm los. An dem nahen Gedröhne erkennen sie große Kampfflugzeuge, die schwer mit Bomben beladen in unmittelbarer Nähe über der Akademie kreisen. Die Studenten können sich im letzten Moment in den Luftschutzkeller retten. Ein gewaltiges Beben wirft sie hart zu Boden. Die Akademie hat einen Volltreffer abbekommen, wodurch alle Fenster zerbersten und der Nebenraum des Luftschutzkellers total verschüttet wird. Dort gibt es einige Tote zu beklagen: junge, gesunde Männer, die viel zu früh sinnlos sterben mussten. Traurigkeit und Un-

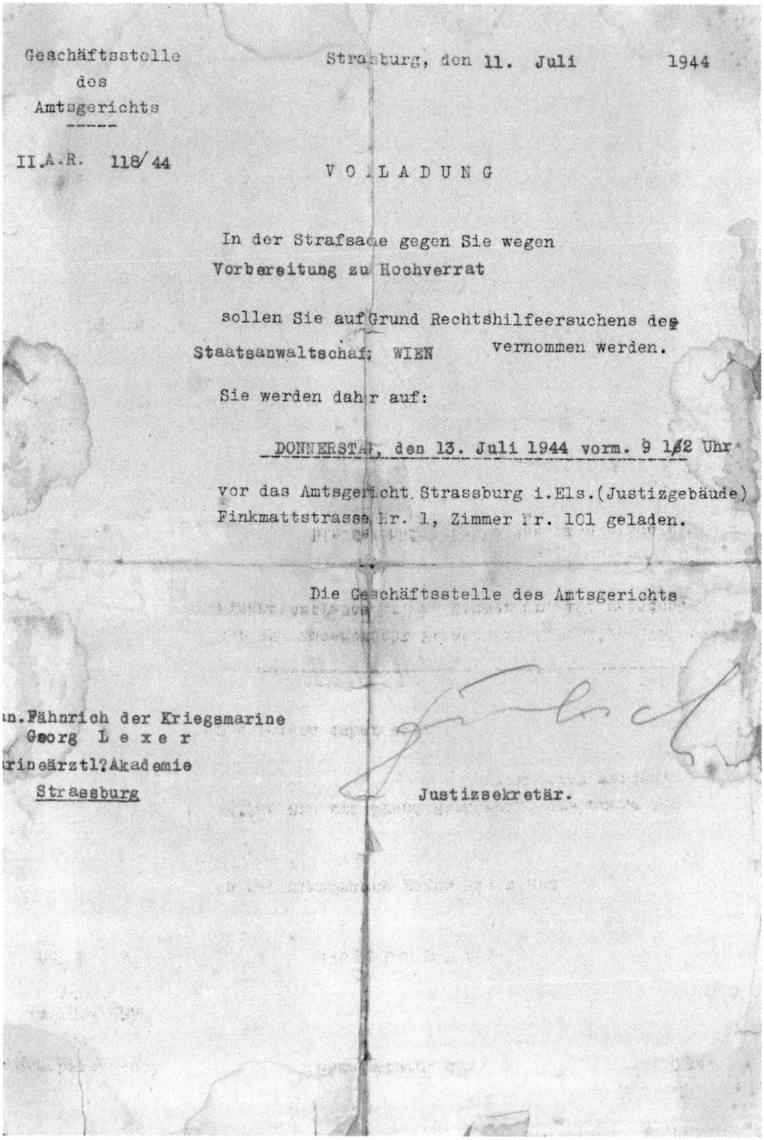

Geschäftsstelle
des
Amtsgerichts

II.A.R. 118/44

Strasburg, den 11. Juli 1944

V O L A D U N G

In der Strafsache gegen Sie wegen
Vorbereitung zu Hochverrat

sollen Sie auf Grund Rechtshilfeersuchens des
Staatsanwaltschaf; WIEN vernommen werden.

Sie werden dahr auf:

DONNERSTAG, den 13. Juli 1944 vorm. 9 1/2 Uhr

vor das Amtsgericht. Strassburg i.Els. (Justizgebäude)
Finkmattstrasse Nr. 1, Zimmer Nr. 101 geladen.

Die Geschäftsstelle des Amtsgerichts

Justizsekretär.

n.Fähnrich der Kriegsmarine
Georg L e x e r
rineärztl. Akademie
Strassburg

Vorladung nach Strassburg wegen Hochverrats am 13. Juli 1944

verständnis über den Tod der Kameraden, die noch am Tag zuvor mit Anton und Georg in der Vorlesung saßen, macht sie sehr schweigsam, als sie sich auf den Weg zum Bahnhof begeben. Die bedrückte Stimmung verändert sich in vorsichtige Vorfreude, als sie die Berge hinter Innsbruck erblicken. Dieser Ort verspricht Freiheit, abseits des Marinealltags und der strengen Vorschriften innerhalb der Akademie.

Innsbruck ist im Spätherbst 1944 bereits reif für einen organisierten Widerstand, die Einstellung der dortigen Studienkollegen ist katholisch, aber auch regional verhaftet. Die Tiroler sind stolze Menschen und seit jeher nicht zu beugen, dadurch erregen sie oft den Unwillen der Gestapo. Georg und Anton beziehen ihr Studentenzimmer bei Frau Schaffert, einer sehr kultivierten Dame. Sie ist die Witwe eines Oberstabsarztes, der im selben Jahr an der Front gefallen ist. Sie stellt Georg und Anton in der Trogerstraße ein kleines, unbeheiztes Kabinett zur Verfügung. Abseits der Kontrolle durch den Kommandanten oder des Bootsmanns keimt hier in Georg wieder etwas Hoffnung, dass man seine Anklagen vergisst. Die Studienkollegen lenken ihn ab, indem sie gemeinsam wandern gehen, aber auch sonst für Unterhaltung sorgen. Es ist schwierig, an etwas Alkohol zu kommen, um wieder einmal lustig zu feiern. Der schlaue Anton Lehr hat ein Weinlager im Keller der Kreisleitung ausgemacht, wo sogenannter Beutewein aus Oberitalien in großen Mengen eingelagert ist. Nicht um eine Lüge verlegen, taucht er bei der Kreisleitung der NSDAP in der Maximilianstraße auf und meldet sich dort als treuer Kamerad, der einen anderen verabschieden will. In einem Einmann-U-Boot soll besagter erfundener Kamerad bald seinen patriotischen Einsatzwillen zeigen. Für diese Verabschiedung würde Lehr etwa 10 Liter Wein brauchen, die man ihm tatsächlich nach dieser aufgetischten Lüge in einer großen Korbflasche aushändigt.

Anton Lehr, Georgs bester Freund während des Studiums

Mit einem zackigen „Heil Hitler!“ verabschiedet er sich und begießt mit Georg und den anderen Studenten den Kampfwillen für Großdeutschland, auch wenn sie das persönlich nie betreffen wird.

Ottilie geht

Im September 1944 überreicht Frau Schaffert Georg schon beim Eintreten in seine Studentenbude eine Nachricht aus Klagenfurt. In kurzen Worten teilt ihm Dr. Kadras darin mit, dass seine Mutter enthaftet worden sei. Weitere Informationen sind darin nicht zu finden. Georg bekreuzigt sich dankbar und versucht über das Wehrkommando einen Urlaub nach Klagenfurt zu bekommen. Das gelingt ihm, weil er einen Unteroffizier dort gut kennt. Auch der hat eine Mutter und versteht. In Klagenfurt steigt er am schwer von Bomben beschädigten Bahnhof aus und klettert über die Gleise zum Ausgang, die Bahnsteige sind nicht mehr vorhanden. Sein Weg führt ihn durch die stark zerbombte Stadt, vorbei an den Ruinen einst großer Bürgerhäuser, die nun ihr Innerstes preisgeben. Bei seinem letzten Besuch in der Heimat waren nur wenige Häuser getroffen worden, nun liegen ganze Stadtteile in Schutt und Asche. Mühsam beseitigen Zwangsarbeiter die Trümmer. Georg schenkt dem wenig Beachtung, er muss nach Hause. Dort hantiert seine Tante Mitzi in der dunklen Küche, weil die kaputten Fenster teilweise mit Brettern vernagelt sind. Mit dem wenigen, was man mit den Lebensmittelmarken und ein bisschen Gemüse vom Bauernhof kochen kann, bereitet sie eine gut riechende Suppe zu. Es ist für einen Moment lang ganz so wie früher. Tante Mitzi umarmt ihn herzlich: „Mein Georg, sie ist furchtbar schlecht beisammen. Es bleibt ihr nicht mehr viel Zeit."

„Wie gehts dir? Mein Bub! Ich bin so froh, dich zu sehen", begrüßt ihn die Mutter vom Bett aus. Georg hat darin auch seinen Vater schon sterbenskrank gesehen, aber Ottilie sieht noch viel schrecklicher aus. Er hilft dabei, sie zu füttern. Sie kann kaum noch etwas essen, das Schlucken fällt ihr schwer, ihr Halsumfang ist beängstigend angewachsen. Mit schwacher Stimme erzählt sie Georg, durch viele Pausen unterbrochen, wie es ihr in der Gefängniszelle über die vergangenen elf Monate ergangen ist:

Es gibt jeweils einen Wachebeamten als Traktchef und eine Gruppe von bessergestellten Häftlingen, die das Essen in die Zellen bringen. Die weniger Privilegierten müssen die Kübel mit den Fäkalien entleeren. Unter denen ist Ottilie zu Beginn ihrer Haft. Bei den größeren Zellen wiegen diese Eimer wohl 50 Kilogramm und damit mehr als Ottilie, die diese Arbeit nur zusammen mit einer anderen Frau erledigen kann. Die Kübel werden nur einmal am Tag entleert und der Gestank ist grauenhaft. Im Frauentrakt sind viele aus politischen Gründen eingesperrt, aber nicht ausschließlich. Es reicht schon, wenn eine Bäuerin eine Sau schwarz geschlachtet hat oder als Asoziale denunziert wird. Die Gestapo ist bei den Gründen, jemanden einzusperren, flexibel, und ihre Schergen verstehen keinen Spaß. Zuerst wird Ottilie noch gut behandelt und die Kost ist ausreichend. Von Monat zu Monat wird sie weniger reichhaltig und völlig geschmacklos im „grauen Haus", wie man das Gefängnisgebäude in der Stadt nennt. Ottilies Verhöre finden allerdings nicht dort statt, sondern weiterhin in der Burg. Auf dem etwa einen Kilometer langen Weg dorthin begegnet Ottilie kaum Menschen auf der Straße, und wenn dem so ist, wenden sie sich peinlich berührt ab. Das Sonnenlicht draußen erscheint Ottilie unwahrscheinlich grell. Ihr ist heiß, als man sie das erste Mal nach ihrer Einlieferung für ihre Aussage in die Gestapo-Stelle treibt. Dort wird Ottilie geschlagen und mit Vorwürfen konfrontiert, bleibt aber schweigsam. Von ihr werden sie nichts erfahren. Als sie wieder ins graue Haus kommt, stoßen sie die Wärter von hinten so heftig durch die

Türe, dass sie auf eine Frau stürzt, die mit gebrochenen Rippen und zerschundenem Kopf am Boden liegt. „Ich rappelte mich auf und begrüßte meine Zellengenossinnen. Ein gutes Dutzend Frauen. Nachts legten wir uns frierend auf den nackten Betonboden. Der Raum war so eng, dass wir dicht gedrängt, wie Sardinen, nebeneinander lagen. Ich konnte mich kaum rühren vor Schmerzen."

Ottilie wird während der Monate in Haft so schwach, dass man sie von den Arbeitsdiensten entbindet. Ohne Nachricht von draußen zählen die Frauen die Tage, einige beten wie Ottilie. Manchmal holen sie eine Frau heraus, viele hat Ottilie nie wieder gesehen. „Niemand weiß, warum man sie weggeführt hat und wohin. Kriegt sie die Kugel? Kommt sie an den Strick? Oder ins Lager? Aber in der Nacht konnten wir das Brummen der Tiefflieger kaum erwarten." Sie lächelt schwach. Bis in das finstere Verlies bringen die Flugzeuge die Nachricht vom baldigen Ende der Naziherrschaft. Die Frauen hören, wie in der Stadt die Sirenen aufheulen und die Gestapo-Leute mit Gepolter über die Treppe in den Luftschutzbunker rennen. Die abgeworfene Bombenlast lässt die Gefängnismauern erzittern.

Ottilie schläft ein, aus ihrer Lunge ist ein pfeifendes Geräusch auszumachen. Oft dreht sie sich herum und seufzt. Das Foto des Vaters hat sie ganz nah neben ihren Kopfpolster gelegt. Als sie aufwacht, küsst sie es. Georg ist froh, dass die Tante den Haushalt übernimmt und bei der Pflege hilft, denn er fühlt sich sehr hilflos. Er kann helfen, die Mutter umzubetten und ihr etwas Suppe einzuträufeln. Er ist schon so weit im Studium, dass er weiß, wie es um sie steht.

Der Arzt rät ihr dringend eine Operation an, denn sie hat schon seit längerem eine Überfunktion der Schilddrüse. Inzwischen ist es zu einer massiven Vergiftung durch das Schilddrüsenhormon gekommen. Eine Notoperation ist längst fällig, denn wegen der nervlichen Belastung während ihrer Haft und durch die fehlende ärztliche Betreuung ist es in den Monaten vor der Haftentlassung immer noch schlimmer geworden. Wenig kann ihr nun noch helfen, ihre Schmerzen zu verringern. In geringen Dosen verabreicht ihr der Arzt Morphium, für ein schmerzloses Sterben ist zu wenig Medizin verfügbar. Nach der Spritze geht es Ottilie etwas besser, und so wagt Georg endlich zu fragen, warum sie denn überhaupt eingesperrt wurde. Er will es von ihr selbst erfahren.

Ottilie setzt sich etwas auf und Georg rückt ihr den Kopfpolster zurecht. „Es war der Pumpernig, er hat einen Rucksack mit Flugschriften bei mir gelassen. Ich habe das gar nicht bemerkt. Und da drüben …“, sie weist auf den alten Schreibtisch des Vaters, „… da drunter hat er eine Schachtel mit Munition verstaut.“ Das hat sie dann bemerkt. Andere Dinge, die er im Laufe der Zeit und zusammen mit der Wäsche, die sie für ihn gewaschen hat, hereingetragen hat, sind ihr nicht aufgefallen.

„Er hat immer gemeint, das wäre harmlos, aber die Munition ist es nicht! Ich will keine Waffen bei mir im Haus. Ich konnte ihn aber nicht mehr darauf ansprechen, weil sie ihn Anfang Juni 1943 verhaftet haben. Dann war er weg.“

„Und was hast du dann gemacht?“

Ottilie hustet und wickelt ihren Schal fester um den stark angeschwollenen Hals. „Ich bin hinaus zum See gefahren, mit der Straßenbahn, habe das Paket auf einen kleinen Rollwagen gepackt. Gekommen bin ich aber nur bis zum Glanfluss, dort hab ich es hineingeworfen. Es war verdammt schwer. Dann wollte ich auch noch die Flugblätter versenken. Da waren aber zu viele Leute unterwegs. Also hab ich das Paket abgestellt.“ Georg atmet laut hörbar aus.

„Das war nicht sehr klug von dir.“

„Ja, ich weiß, weil man es dann dort gefunden hat. Sie sind noch im gleichen Monat gekommen, um mich festzunehmen“, flüstert sie.

Georg kann sich überhaupt nicht denken, wie sie das allein hat schaffen können. Sie zeigt ihm dann ihr Urteil, das sie im Nachtkästchen aufbewahrt. Georg liest laut vor:

„Am 22. April 1944 wurde die Angeklagte wegen Nichtanzeige eines hochverräterischen Unternehmens zu einem Jahr Gefängnis verurteilt. Auf die verhängte Strafe werden 11 Monate Vorhaft angerechnet.“

Georg wendet sich kaum mehr von seiner Mutter ab, nur manchmal schweift sein Blick nach draußen, wo im klaren Spätsommerlicht bereits die ersten verfärbten Blätter von den Bäumen schaukeln. Er kann die Zeit, die man ihnen durch Kriegseinsatz und Gefängnis genommen hat, nie mehr nachholen, aber zumindest ihre letzten Tage möchte er noch mit ihr gemeinsam verbringen. Als er vom Einkauf beim Greißler zurückkehrt, liegt Ottilie von starken Schmerzen gekrümmt auf der Seite und röchelt krampfartig. Sofort ruft er den Arzt, der sie mit seinem PKW ins Sanatorium Mariahilf bringt. Georg weicht nicht von ihrer Seite, möchte sogar mit in den Operationssaal. Verzweifelt winkt er mit seinem Studienausweis, bis ihm der Arzt den Zutritt in den Operationssaal erlaubt. Ihr Allgemeinzustand ist schon vor der Einlieferung und dem Zusammenbruch sehr schlecht, und als sie nach Stunden aus dem Operationstrakt geschoben wird, öffnet sie die Augen nicht mehr. Wie ein winzig kleines Kind schläft sie in diesem großen Bett und wirkt dabei sehr friedlich. Doch sie wird nie mehr aufwachen. „Bleiben Sie bei ihr, Soldat, halten Sie ihre Hand, mehr kann niemand mehr tun“, klopft ihm der Arzt sanft auf die Schulter. „Bitte seien Sie froh, dass ihr Siechtum ein Ende hat, sonst hätte man sie womöglich auch noch den Rest der Strafe absitzen lassen. Das hätte sie nicht überlebt und Sie wären nicht bei ihr." Georg umfasst ihre Hand und klettert schließlich zu ihr ins Bett, wo er ihren Oberkörper sanft anhebt und seine Tränen ihren Verband um den Hals durchtränken. Sie atmet nicht mehr, ihr Herz hört für immer zu schlagen auf. Es ist der 29. September 1944. Georg hat das Gefühl, auch sein Herz wäre in dem Moment stehen geblieben. Es setzt aus und wird dann durch einen starken Impuls wieder in Gang gesetzt, es schlägt von tiefer Trauer fest zugeschnürt weiter. Nun hat Georg mit 22 Jahren keine Eltern mehr. Innerhalb von drei Jahren muss er beide zu Grabe tragen, und sie hätten alt werden, ihn beim Studienabschluss sehen und seine Kinder halten können und noch vieles mehr. Diese Möglichkeit ist ihnen für immer genommen.

Im Krankenhaus wünscht man ihm Beileid, er darf von dort seinem Bruder telegrafieren, der zum Begräbnis der Mutter auf einen Kurzurlaub von der Front heimkehren darf. Am Grab von Ottilie und dem Vater Georg stehen die beiden jungen Männer mit Dr. Kadras, der die Einsegnung spricht. „Wieder stehen wir hier, viel zu knapp nach dem Tod des Gatten", meint er tröstend und nimmt die beiden abwechselnd in den Arm. Der Herbstwind fährt durch die Allee am Friedhof, er nimmt die leisen Gebete und Lieder mit sich. Hinter einem Mausoleum verbirgt sich SS-Oberscharführer Hitzler. Er nutzt den Moment, um die beiden zur Rede zu stellen. Georg hätte von ihm auch kein Gefühl für Pietät erwartet. Hitzlers Anblick fährt Georg ungeschützt bis ins Knochenmark. Was will er von ihnen? Reicht es nicht, dass er die Mutter auf dem Gewissen hat? Würde er sie denn nie mehr in Ruhe lassen? Süßlich fragt er sie nach ihrer aktuellen Anschrift und Einheit. „Wo darf man denn die Post hinsenden für die Wehrmänner?" Wofür er die Adressen braucht, wissen sie nicht. Die marineärztliche Akademie in Straßburg ist nach dem Bombentreffer inzwischen geschlossen, dennoch gibt Georg diese Adresse an. Wuni würde man in Wiener Neustadt in der Kriegsschule antreffen. Hitzlers zackigen Nazi-Gruß erwidern die beiden nicht, woraufhin er sich schnaubend abwendet.

„Wir alle müssen darauf vorbereitet sein, dass das Leben uns den Glauben an das Gute und Wahre und die Begeisterung dafür nehmen will. Aber wir brauchen sie ihm nicht preiszugeben.“
(Albert Schweitzer)

Die Flucht

Zwei Wochen nach Wunis Rückkehr an die Front wird auch er wegen politischer Unzuverlässigkeit von der Kriegsschule entfernt und zu seinem Stammtruppenteil nach Innsbruck abkommandiert, somit sind die Brüder wieder gemeinsam in der Stadt. Sie treffen sich am Weihnachtstag 1944 am Innsteig. Dort werden sie Teil einer dramatischen Rettungsaktion während der massiven Luftangriffe auf Innsbruck. Georg und Wuni laufen nicht in einen der Luftschutzbunker, sondern suchen in einem Splittergraben auf einem kleinen Hügel in Hötting Schutz vor den Phosphorbomben. Teile der Stadt brennen lichterloh, der Feuerschein erhellt die Stadt, es ist ein gespenstischer Anblick. Sie kauern sich in den Splittergraben, um nicht von den Druckwellen der Explosionen weggeblasen zu werden. Die Amerikaner überqueren in mehreren Linien die Stadt, über und unter den Fliegern zerbersten die Granaten der Flak. Mitten in dem Flammenmeer wird ein amerikanischer Bomber direkt über dem Stadtgebiet von einer Flak getroffen, zerbricht in zwei Teile und stürzt strudelnd und laut pfeifend ab. Drei Piloten können sich mit dem Fallschirm aus dem brennenden Wrack retten. Die Sirenen geben Entwarnung.

In der Nähe der Nikolaischule treffen die Fallschirme mit den unbewaffneten Piloten auf dem Boden auf. Sofort werden sie von Zivilisten attackiert und beschossen. Einer der amerikanischen Piloten landet im Garten eines wunderschönen Hauses am Rennweg, requiriert vom Gauleiter. Wuni und Georg sind mittendrin in dem Tumult, der sich zu allen Seiten gleichzeitig abspielt. Der Amerikaner im Garten zückt sofort ein Messer, als sich die Brüder nähern, aber anstatt sie anzugreifen, will er sich damit nur aus den Fallschirmschnüren befreien. Sie erkennen die katastrophale Situation für den Piloten, der in Windeseile einer großen Meute gegenübersteht, die ihn zu lynchen versucht. Georgs Dolch ist in diesem Chaos keine große Hilfe, Wunis gezogene Pistole sehr wohl. Damit gelingt es den Brüdern, den wütenden Mob, bewaffnet mit Stecken und Latten, für einige Zeit aufzuhalten. „Das ist ein Kriegsgefangener", ruft Wuni, und weiter: „Wer ihn anrührt, wird erschossen." Unter dem wütenden Mob befinden sich viele Goldfasane, wie Wuni die Parteiuniformträger verächtlich nennt, aber auch ein paar Mitglieder der Gestapo. Das Auftreten der jungen Männer bleibt so bestimmt, dass sich keiner nähert, obwohl die Gesichter der Angreifer voll Zorn und Hass sind. Georg wendet sich an den amerikanischen Soldaten, der sich hinter den beiden verschanzt hält und nicht versteht, was hier eigentlich passiert: „For you, Jonny, the war ist over. You must not be afraid, we will protect you." Der US-Soldat übergibt Georg mit zitternden Händen sein Soldbuch. Es vergehen unendlich lange zwanzig Minuten, bis der amerikanische Pilot von einem Militärfahrzeug der Wehrmacht abgeholt wird. Der Mann klettert über die Bordwand und wird dabei von einem wütenden Zivilisten mit einer Latte geschlagen. In dem Augenblick seines Verschwindens hinter der LKW-Plane nehmen Georg und Wuni die Beine in die Hand und rennen um ihr Leben. Der Gestapo wollen sie hier nicht wieder in die Fänge kommen, das könnte verheerende Folgen haben.

Um die Jahreswende 1945 beginnt eine Zeit des Umbruchs, immer stärker dringen die Alliierten ins Reich ein. Sie bereiten sich schon für die baldige Übernahme der Ostmark vor.

Die Macht der Gestapo reicht weit und ihre Spürhunde geben nicht auf. Ein drittes Mal erreicht die Brüder eine Vorladung aus Klagenfurt. Dieses Mal betrifft es auch Wuni, der zur Volksgerichtsverhandlung erscheinen soll. Georg wird sowohl als Mitangeklagter als auch als Zeuge geladen. Sein Brief mit der Vorladung geht an die Akademie in Straßburg. Die Stadt ist laut der letzten Rundfunkmeldungen bereits von den Amerikanern besetzt. Daher erreicht ihn auch kein Schreiben. Pumpernig soll als Kronzeuge bei dieser Verhandlung vorgeführt werden. Georgs Vernehmung wurde auf einen späteren Zeitpunkt verschoben, aber er möchte seinen kleinen Bruder auf diesem Weg nicht allein fahren lassen und begleitet ihn nach Klagenfurt, wo die beiden seit dem Begräbnis der Mutter nicht mehr waren. Sie möchten dort nach dem Haus sehen und sind erschrocken über die fortwährende Bombardierung und den schlimmen Zustand der Stadtbevölkerung in der Heimat: Soldaten mit schweren Kriegsverletzungen lungern auf den Bahnhöfen herum, immer mehr ausgemergelte Frauen ziehen in den Straßen umher, ihre Kinderwägen mit etwas Brennholz durch die Stadt schiebend. Immer längere Warteschlangen bilden sich vor der Lebensmittelausgabe. Immer leiser werden diejenigen, die zuerst geschrien haben, bis sie heiser waren. Im fünften Kriegswinter hat sich ein Gefühl der Ernüchterung nach einem Rausch breit gemacht.

Niemand soll erfahren, dass Georg ebenfalls in der Stadt ist. So wartet er in seiner dunkelblauen Marineuniform in der Stadtpfarrkirche auf die Rückkehr von Wuni, weil er sich sicher ist, dort niemanden von der SS oder Sturmabteilung anzutreffen. Wunibald wird, wie Georg zuvor, von Hitzler befragt. Er gibt zu, diese Flugblätter verteilt zu haben, aber von deren Inhalt hätte er keine Kenntnis. Auch nach seinem Bruder befragt man Wuni und ob er von den Schmieraktionen wusste. Abermals verneint er und gibt sich unwissend, wo er sich aufhalte. „Wohl in seiner Marineeinheit", meint er und dass er seit Wochen nichts von ihm gehört habe. Man lässt ihn ziehen. So hat er viel Glück im Unglück. Allerdings laufen die Brüder beim Mittagessen nach seiner Verhandlung beinahe dem Pflichtverteidiger von Wuni in die Hände, weil er sich in demselben Lokal einfindet. Nach diesem Ereignis beschließen die Brüder sofort nach Innsbruck zurückzukehren, denn eingesperrt möchten sie nicht mehr werden. Wenig später nehmen sie den Zug in Richtung Tirol.

In seiner Wohnung in der Trogerstraße liegt bei Georgs Ankunft bereits der Marschbefehl zur 11. Vorposten-Flottille, die vor dem Jahreswechsel ab Wesermünde startet, wohin ihn Wunibald begleitet. Dort verabschieden sich die beiden. Sie ahnen, dass ihr Wiedersehen ungewiss ist. „Wuni, komm gut wieder zurück. Ich werde versuchen, dir zu schreiben. Bitte pass auf dich auf." „Ich weiß, pass du auch auf dich auf. Es wird wohl hoffentlich nicht mehr lange dauern. Ich probier' einfach den Kopf einzuziehen. Schau du, dass du im Trockenen bleibst." Georg nimmt seinen Bruder noch einmal fest in den Arm, sie klopfen sich gegenseitig auf die

Schultern, wobei sie beinahe ihre großen Mützen verlieren. Irgendwie sind sie zu groß geworden. Irgendwie ist diese ganze Sache zu groß geworden, sie dauert zu lange und hat zu viele Opfer gekostet.

Mit einem neuen Marschbefehl besteigt Georg vom zerstörten Bahnhof von Wesermünde den Zug nach Holland und findet sich nach vielen Umstiegen in Rekordzeit im Hafen von Den Helder im Rumpf des Flottillenschiffs ein, das als Begleitboot für Sprengboote der Kampfschwimmer-Einheit abgestellt ist. Die neuen Crew-Kameraden berichten über schwere Verluste in den vergangenen Monaten, ihre Einheit ist fast völlig vernichtet worden. In der Abenddämmerung werden sie sofort nach dem Auslaufen von englischen Jagdflugzeugen angegriffen, es gibt erneut schwere Verluste. Nach wenigen Tagen erreicht die Vorpostenflottille Hamburg, auch dort erlebt Georg einen Luftangriff. Er hilft an Bord notdürftig Verletzungen zu versorgen, viel kann er aber nicht machen. Der Offizier vom Dienst teilt Georg für die Wache an Bord ein, während die übrige Mannschaft in einen Hochbunker am Hafen flüchtet. Es ist der Neujahrstag 1945: Georg denkt wehmütig an die unbeschwerten Tage auf See, die er in seiner Zeit vor dem Studium erleben durfte. Das hat sich nun dramatisch verändert, nicht nur wegen der Bomben. Alle haben ständig Hunger und es gibt nichts zu rauchen. Selten erhält er eine Zeitung zu lesen, und der Funk bringt kaum Meldungen über das Geschehen an den anderen Fronten. Im Januar 1945 friert Georg wie nie zuvor in den eisigen Stürmen der Nordsee bei immer hohem Wellengang. Trotz der Gefahren für die Seefahrt bleiben die Mannschaften im Winter auf See. Die Schiffe sind überladen mit schweren Kanonen und sonstigen Waffen. Für das schwedische Rote Kreuz laden sie Nahrungsmittel für die Bevölkerung von Emden.

Es ist tagsüber inzwischen zu gefährlich auszulaufen, daher fährt die Mannschaft nur noch nachts. Seit vielen Wochen herrschen die Briten auf See und in der Luft, Georg sieht kaum noch eine Chance, diesem Strafkommando lebend zu entkommen. Er hofft jeden Tag auf die Kapitulation, die aber nicht erfolgt. Ganz im Gegenteil, nun werden auch die Jüngsten rekrutiert und immer neues „Menschenmaterial" in den eisigen Fluten versenkt.

Ende Jänner läuft die Flottille wieder den Hafen von Wesermünde an. Georg freut sich auf etwas festen Boden unter den Füßen. Als die Taue festgezurrt sind und die Landungsbrücke heruntergelassen, betreten zwei Marineartilleristen und ein Kapitänleutnant des Artillerie-Marine-Dienstes im Stechschritt das Schiff. Nach einem kurzen Gespräch mit dem Kommandanten rufen sie Georg in harschem Ton an Deck und lassen ihn salutieren. Sie verhaften ihn und beschimpfen den Volksverräter vor der restlichen Mannschaft. Einer der Artilleristen zischt: „Ich wundere mich, dass solche Schweine wie du überhaupt noch lebend herumlaufen!" Sie zerren ihn am stellvertretenden Kommandanten vorbei, der völlig sprachlos starrt. Vor seiner Überstellung zur Standort-Kommandantur darf er noch in der Mannschaftskajüte seinen Seesack mit den wenigen Sachen holen, er klettert die schmale Leiter hinab. Die Schmach und Schande sind wie eine ansteckende Krankheit für die restliche Crew, die sich stumm und geradezu angeekelt abwendet. Es herrscht eine seltsame Stille, obwohl alle voll Vorfreude sind und von Bord gehen wollen. Während Georg seine Habe in den Seesack packt, beobachten sie ihn von den Hängematten aus. Ein Matrosengefreiter aus Salzburg, mit dem er eine lose Freundschaft aufgebaut hat, flüstert ihm zu: „Hau ab!" Doch das ist nicht möglich, denn ab dem Moment seiner Verhaftung lässt man Georg nicht mehr aus den Augen.

Für seine Bewachung stellt man ihm einen Hilfsfreiwilligen an die Seite, der Georg bis nach Wilhelmshaven zum Gericht begleiten soll. Dieser Bewacher ist ein Krimtatar, der perfekt Deutsch spricht, weil er in Leningrad Germanistik studiert hat. Soviel erzählt er ihm noch zu Beginn des Transports, dem folgt langes Schweigen. Der Krimtatar mit seinen hohen Wangenknochen und den leicht schräg gestellten Augen hat einen buschigen Schnauzbart. Häufig schiebt er seine schwarze Lammfellmütze zurecht, der Rest seiner Uniform ist die der deutschen Wehrmacht. Die beiden klettern in völliger Dunkelheit in den Zug nach Wilhelmshaven. Das Reisen ist nur mehr in der Nacht möglich, und so fehlt Georg jede Orientierung. Einmal wechseln sie den Zug und steigen in einen umgebauten Güterwagen um, der nun für den Personentransport verwendet wird. Der Krimtatar ist stets in unmittelbarer Nähe an seiner Seite und hält dabei sein Gewehr über der Schulter baumelnd fest. Er wirkt sehr pflichtbewusst, seine harten Gesichtszüge lassen keine Deutung irgendeiner Gefühlsregung zu. Die Nächte sind noch lang und der Morgen graut erst spät. Immer wieder steigen Werftarbeiter in den Waggon zu, bis er völlig vollgestopft mit Menschen ist. Stets in der Nähe des wortkargen Bewachers, überlegt Georg krampfhaft, wie er ihm entkommen könnte. Schafft er es, ihn in Wilhelmshaven auszuliefern, steht Georg vielleicht noch eine Gerichtsverhandlung in seiner Heimat bevor, aber nicht einmal das ist sicher. Die Grausamkeit des beinahe verlorenen Kriegs hat sich inzwischen von den weit entfernten Fronten verlagert, sie spielt sich nun mitten in den deutschen Städten ab. Er kann auch ohne einen Prozess einfach hingerichtet werden. In seinem Kopf blättert er in der braunen Aktenmappe, die ihm der hilfsbereite Gerichtsdiener in Straßburg vorgelegt hat: Der Volksverräter Georg. Das Schwein. Die schwarze Sau. Todesurteil vollstreckt am … Er bricht in Schweiß aus, obwohl ihm kalt ist. Ihm wird etwas schwindlig. Das kommt nicht nur von der schlechten Luft in dem völlig überfüllten Waggonabteil, sondern von Georgs Angst, als nächstes Opfer zur Schlachtbank geführt zu werden. Er muss das verhindern, er muss weiterleben! Er denkt angestrengt nach, muss handeln, kann nicht abwarten, sich nicht mehr verstecken. Hier helfen keine Gespräche mehr über Weltanschauung und Ausreden. Das Leugnen ist vorbei. Georg erinnert sich, beim Einsteigen in den Waggon kein Geländer auf der Plattform am Waggonende gesehen zu haben. Das ist nicht ungewöhnlich, denn alles Eisen wird zu Kanonen und Kugeln eingeschmolzen, so fehlt die Sicherung zwischen den Waggons. Das könnte seine Chance sein, vielleicht seine letzte, womöglich seine einzige. Er erklärt seinem Bewacher, dass er unbedingt einmal austreten müsse. „Ich halte es nicht mehr aus. Ich muss jetzt einfach einmal." Der Krimtatar bläst gelangweilt und geräuschvoll etwas Luft aus den Wangen, dann nickt er und weist mit dem Kopf in Richtung Waggontüre. Das Gewehr im Anschlag, folgt er Georg zwischen den Werftarbeitern, die in der Menge kaum zur Seite treten können, weil kein Platz da ist. „Ich muss in den anderen Waggon hinüber. Hier geht das nicht. Gehen Sie voraus." Der Krimtatar nickt erneut, Georg hält ihm die Tür auf, der Bewacher quetscht sich zuerst hinaus. Der eiskalte Fahrtwind pumpt momentan wieder Sauerstoff in ihre Lungen. Das Plateau an der Rückseite des Waggons misst etwa zwei Meter in der Breite mal einen Meter in der Länge. Eng an die Rückwand gepresst, verharrt der Krimtatar dort, das Gewehr vor die Brust gezogen. Georg zieht die Tür des Waggons hinter sich zu. Für einen Moment stehen die beiden regungslos auf dem eisernen Plateau. Georg täuscht einen Schritt nach vorne zum dahinterliegenden Waggon an, der mit einem kaum zwanzig Zentimeter breiten Spalt zwischen den Wägen direkt anschließt. Darunter rasen unaufhörlich die Räder über die Schienen. „Tak-tak, tak-tak." Das Geräusch ist pausenlos und eindringlich. Der Tatar hält seine schwarze Fellmütze im Fahrtwind fest und will ihm folgen. Diesen Moment der Unachtsamkeit, als niemand sie in der Finsternis beobachtet oder vermisst, nützt Georg für einen kräftigen Stoß. Es ist ein Augenblick, ein einziger Wimpernschlag, in dem sein Bewacher zwischen den Gleisen abtaucht. Völlig lautlos ist er verschwunden in die Nacht. „Tak-tak, tak-tak." Georg bleibt weiter draußen stehen und blickt auf den Bahndamm. Er registriert, dass er gerade das erste Mal in all den Kriegsjahren einem anderen Menschen Gewalt angetan hat. Vielleicht. Es bleibt keine Zeit darüber nachzudenken, ob er es überlebt hat oder nicht, denn in diesem Moment beginnt seine Flucht. Nun gibt es kein Zurück mehr, alle Vorstellungen von seinen Fluchtwegen in die Schweiz oder über die Alpen sind jetzt bloß Fantastereien. Er befindet sich am flachen Land, etwa zehn Kilometer vor Wilhelmshaven. Er zwängt sich noch einmal zurück zwischen die müden Männer in den Waggon, um seinen Seesack zu holen. Erneut tritt er hinaus auf das Plateau und wartet auf einen günstigen Moment, um bei geringer Geschwindigkeit selbst vom Zug abzuspringen.

In der Morgendämmerung gelingt es Georg endlich, sich zu orientieren. Er muss stets nach Westen, so kämpft er sich vom Bahndamm durch Kiefernwälder bis zu einer Straße, wo er einen Lastwagen stoppen kann, der ihn auf der Ladefläche mitnimmt. Er erzählt dem Fahrer, dass er nach Holland kommandiert sei, man stellt ihm keine Fragen. Ein weiterer Lastwagen bringt ihn bis nach Herford. Dort wird Georg Zeuge eines furchtbaren Tiefflugangriffs auf einen Zug, der vor seinen Augen völlig ausbrennt. Von diesem Zug springen viele Uniformierte ab. Georg nutzt den

Moment und reiht sich zwischen diese Truppen. Dort erzählt er dem Kommandanten, dass er seine Marschpapiere im brennenden Zug verloren hätte. „Was ist deine Stammtruppe, Fähnrich?“, fragt er ihn ungerührt und nüchtern. Georg gibt die Marineärztliche Akademie in Tübingen an und erhält so einen neuen Marschbefehl in Richtung Süden. Das passt ihm gut, denn dorthin will er auch. Es ist ein kluger Schachzug, dem eine abenteuerliche Weiterreise folgt. Georgs Flucht führt ihn durch den Teutoburger Wald nach Paderborn, vorbei an den völlig zerstörten und immer noch rauchenden Leuner-Werken bis nach Magdeburg. Nur mit Mühe entkommt er dort einem SS-Auffangkommando. Irgendwie schafft er es an Labestationen auf der Strecke etwas Essbares zu erhalten, denn eine warme Mahlzeit hilft ihm durch die Kälte, aber nicht gegen die ständige Ungewissheit, ergriffen zu werden. Er muss bei Kräften und so unauffällig wie möglich bleiben. Im Winter 1945 scheint man immer neue Truppen kreuz und quer durchs Land zu senden, weil es an allen Fronten Nachschub braucht. Georg ist einer von Millionen, die in Laster und Züge steigen. Seine Fluchtwege verlaufen nicht abseits im Verborgenen, sondern inmitten von hunderten und aberhunderten Uniformierten. Immer wieder gibt es Kontrollen, und Georg überfällt die Panik, dass man ihn schon auf eine Fahndungsliste gesetzt hat. Er wundert sich insgeheim, dass er überhaupt so weit gekommen ist. In diesem Teil Deutschlands begegnen ihm immer häufiger Flüchtlingstrecks, die mit ihrer gesamten Habe auf hoch aufgeladenen Kutschen und Ochsenwägen an ihm vorbeiziehen. Hunger und Verzweiflung in den Augen der Kinder und Frauen brennen sich in sein Gedächtnis. Die Landvertriebenen sind ohne Heimat, sie können nie mehr zurückkehren. Er hat wenigstens die Hoffnung, dass es ihm gelingt, zu Verwandten zu fliehen.

In Halle an der Saale bringt Georg es fertig, in einen Zug für Fronturlauber einzusteigen, der in Richtung Italien fährt. Während der gesamten Fahrt über wird er nicht kontrolliert. Über Hof in Richtung München umfahren sie Dachau, dort bittet Georg einen ungarischen Oberleutnant in seinem Abteil, ihn in München zu wecken, falls er einschlafen würde. In Wahrheit möchte er diesen Zug keinesfalls verlassen, denn er kann ihn bis Innsbruck bringen. So nahe ans Ziel, schon fast in der Heimat! Georg täuscht einen Tiefschlaf vor und wird erst in Rosenheim unsanft von einer Militärstreife geweckt. Georg muss seine Papiere vorzeigen und hält den Atem an. Er ist sich sicher, dass nun der Moment gekommen ist, wo seine Flucht endgültig ein Ende findet. Er stellt sich naiv und verwirrt, obwohl er genau weiß, was auf dem Spiel steht. Der Ungar neben ihm bestätigt, dass er ihn hätte wecken sollen, aber sich auf dieser Strecke selbst nicht so genau auskennen würde. Etwas ratlos pflanzt sich die Militärstreife vor den beiden auf, woraufhin Georg betont unschuldig darum bittet, über Innsbruck nach Tübingen fahren zu dürfen. An diesem Punkt auf der Zugroute bleibt der Militärstreife kein anderer Ausweg, daher darf er bis Innsbruck weiterfahren. Georg lässt sich seine Erleichterung nicht anmerken, er ist müde bis in die Knochen. Er hat das Zeitgefühl komplett verloren, die Tage seiner Flucht sind nicht mehr auseinanderzuhalten. Ihm kommt es vor, als wäre er über Wochen auf Züge auf- und wieder abgesprungen, von Lastern und Traktoren gehüpft und als hätte er die ganze Zeit über nie geschlafen. Innsbruck erreicht er am frühen Abend, dort fühlt er sich endlich sicher, dort hat er seine Bekannten und könnte Unterschlupf finden, falls es notwendig sein sollte. Georg wagt es nicht, in die Trogerstraße zu seiner Studentenwohnung bei Frau Schaffert zu gehen, das wäre viel zu gefährlich. Also nimmt er seinen Seesack und stellt sich im Wehrbezirkskommando in der Hofburg bei jenem Unteroffizier vor, der ihm schon seinen Urlaubsschein zur Beerdigung seiner Mutter ausgestellt hat. Er bittet ihn nun inständig darum, ihm einen Marschbefehl nach Triest auszustellen. Der Unteroffizier vermutet vielleicht, dass etwas nicht stimmt, aber er hilft ihm spontan weiter. Solange Georg einen gültigen Marschbefehl in der Hand hält, ist er sicher. Solange ist er kein Deserteur, sondern bloß auf dem Weg von einem Kommando zum nächsten. Er ist kein Fahnenflüchtiger, kein Volksverräter, sondern ein Marinesoldat auf dem Weg nach Triest. Seine große Hoffnung, sich in der Heimat abzusetzen, rückt immer näher, aber erst wenn er Klagenfurt erreicht hat, würde er tatsächlich untertauchen können. Erst dort kann er Hilfe finden, bei alten Bekannten oder bei Verwandten, denn niemand versteckt einen Flüchtigen auf Dauer, wenn er ihn nicht gut kennt. Das ist viel zu riskant, viele haben dadurch alles verloren, sogar ihr Leben.

Georg zählt die Stunden auf der Fahrt über die Tauernbahn. Auf der Strecke sind die Gleise völlig zersprengt worden, ans Weiterfahren ist nicht zu denken. Alle Fahrgäste müssen den Zug verlassen, ein paar Hitlerjungen helfen den Familien mit dem Gepäck. Viele Frauen mit ihren Kindern sind an Bord, sie reisen aus den ausgebombten Städten zu Bekannten und Verwandten aufs Land. Dort gibt es noch etwas zu essen. Man sieht den Frauen an, wie müde und traurig sie sind. Wer weiß, was ihnen genommen wurde? Die Passagiere gehen zu Fuß über Behelfsbrücken weiter, erst bei Mallnitz gelingt es Georg wieder, den Zug zu besteigen. Auf dem Bahnhof befinden sich viele Wachsoldaten, die ihn aber nicht beachten. Ein Luftwaffenoffizier setzt sich ab Mallnitz zu ihm ins Abteil, nach etwas Geplauder will er Georg dazu überreden, nicht nach Triest zu reisen, sondern mit ihm zu einer Flakeinheit auf die Saualpe zu kommen. Stolz berichtet er von seiner Truppe, die auf den Bergen ein Radarnetz aufbaut. Es würde für die vielen Fliegerangriffe, die aus Italien kommen, benötigt werden. Georg lässt sich nicht auf das Gespräch ein und versucht ihn abzuwimmeln. Es kommt ihm sehr seltsam vor und er vermutet einen Spitzel von der Gestapo in dieser Uniform. Dieses letzte Stück der Fahrt fühlt sich Georg mehr beobachtet und unter Kontrolle als die vielen Stunden und Tage zuvor. Als er dann plötzlich in Klagenfurt am Bahnhof aufspringt und aussteigt, lässt er den Mann verblüfft zurück: „Mach's gut. Ich werde über den Loibl nach Triest fahren." Der Leutnant steigt plötzlich ebenfalls aus, Georg blickt sich laufend um. Weil er aus seiner Straßenbahnschaffnerzeit viele Ein- und Ausgänge am Bahnhof kennt, gelingt es ihm, seinen Verfolger abzuschütteln.

Endlich ist Georg wieder daheim! Er kann die Schlüssel nicht finden. Um Mitternacht klettert er mühsam an dem morschen Rosengitter und entlang dem Fenstersims über den Balkon bis aufs Dach. Durch ein Oberlicht steigt er in die Wohnung ein. Es macht einen lauten Rumpler, als er durch das Dachfenster unsanft auf den Dachboden fällt. Unter sich im Wohnzimmer vernimmt er ängstliche Stimmen von Mädchen, die plötzlich verstummen. Als sie nach einer Weile flüsternd wieder miteinander zu tuscheln beginnen, erkennt er ganz klar Emmi und Hilde. Die beiden sind ehemalige Schulkolleginnen von Wuni, und er kann sich eigentlich nicht erklären, was die beiden in der Wohnung seiner Eltern machen. Er ist sich zunächst nicht sicher, ob er sich zu erkennen geben soll, aber als es auf dem zugigen Dachboden immer kälter wird, beschließt er den Holzdeckel der Dachluke nach unten zu öffnen und über eine wackelige Treppe in den Wohnraum zu steigen. Die beiden kreischen und halten sich aneinander fest, doch als sie Georg erkennen, fallen sie ihm um den Hals. „Georg! Was machst du da?" Der kontert: „Das könnte ich euch auch fragen." Die beiden kichern: „Wuni hat uns geschrieben, wir können uns hier aufhalten, wenn es in der Innenstadt mit den Bomben zu gefährlich wird." Hilde fügt hinzu: „Irgendjemand muss ja auf euer Haus achten." Georg wundert sich, dass sein jüngerer Bruder an so etwas gedacht hat. Ihm ist mit dem Einzug in seine Studentenwohnung und dem Tod seiner Mutter jeder Gedanke an sein Elternhaus abhandengekommen. Er dachte wohl, dass die Untermieterin Frau Riepl, in der anderen Doppelhaushälfte, sich darum kümmern würde. Georg ist so müde von der anstrengenden Reise, von der Kälte, vom Hunger und dem vielen Verstecken, dass er die beiden jungen Frauen in der Küche zurücklässt und schweigend die Schlafzimmertüre hinter sich schließt. Er fällt ins Bett und dort binnen Sekunden in einen so tiefen Schlaf, den er als Medizinstudent als komatös bezeichnen würde. Er wacht am darauffolgenden Morgen in der vollen Bekleidung auf und riecht Lupinen-Kaffee aus der Küche. Endlich sind wieder die Düfte seiner Kindheit da, endlich ein gewisses Gefühl der Sicherheit. Georg weiß aber, dass er noch lange nicht in Sicherheit ist. Es ist bloß ein Moment zum Verschnaufen, zum kurz Durchatmen.

Aus der Sicht des historischen Kontextes:

SS-Kaserne Lendorf

Angesichts der Entwicklung in Südkärnten und Krain, wo die Partisanen einige Täler kontrollierten, versprach man sich von der Verstärkung der SS-Präsenz in Klagenfurt-Lendorf wahrscheinlich einen strategisch-militärischen Vorteil bei der Sicherung des Eroberungsfeldzugs gegen den Balkan und bei der Unterwerfung des slowenischen Widerstandes. Diese Hoffnung dürfte sich allerdings so nicht erfüllt haben. […] Als Ausbildungseinheit dürfte jedoch die Junker-Schule, wenn überhaupt, so nur in Ausnahmefällen zu weiteren „Bandeneinsätzen", wie der Kampf gegen die Partisanen-Einheiten in der Naziterminologie hieß, herangezogen worden sein. Dies gilt in gleicher Weise für die SS-Totenkopfverbände, die in Lendorf bei Klagenfurt sowie nördlich und südlich des Loibl-Passes so genannte Arbeitslager der Waffen-SS, Nebenlager des KZ Mauthausen, bewachten.

Quelle: Peter Gstettner, Das KZ in der Lendorfer Kaserne vor den Toren der Stadt Klagenfurt. Ein Vorschlag zur Geschichtsaufarbeitung und Erinnerung, in: Justiz und Erinnerung, Nr. 4. (http://www.nachkriegsjustiz.at/prozesse/umgang/klagenfurt_geschichtsaufarbeitung_pg.php, Zugriff: 10. 7. 2023

Bei Tag hält sich Georg in der Wohnung auf, er darf sich auf gar keinen Fall draußen blicken lassen. In der Nacht fährt er mit dem Fahrrad seines Vaters, das in der Bienenhütte unter alten Decken versteckt wartet, dreißig Kilometer weit in Richtung Görtschitztal zum Hofe seiner Tante Mitzi. Vor der Abfahrt greift er in einen leeren Bienenstock in dem Schuppen, darin befindet sich die Waffe seines Vaters. Die Pistole hat er dort bereits vor seiner Verhaftung versteckt. Georg nimmt die Waffe und die daneben liegende Munition an sich und fühlt sich nicht mehr wehrlos. Den gesamten Krieg über ist seine einzige Waffe der Borddolch gewesen, der ihm auf dem Festland kaum einen wirklichen Schutz bietet. Es ist eiskalt, als er mit viel Kraftaufwand in die Pedale tritt. Die Straßen sind schlecht geräumt, zum Teil stapft Georg mit dem Fahrrad auf dem Rücken durch die Waldstreifen, um den Straßenkontrollen auszuweichen. Georg möchte sich bei seiner Tante Mitzi erkundigen, wie er von dort auf die Saualpe entkommen kann.

Sie ist sehr überrascht, ihn zu sehen, und möchte helfen. Das hat sie stets getan, auch als Wuni bei ihr auf dem Hof gearbeitet hat, aber sie warnt ihn vor dem schlechten Wetter.

Mit diesem Waffenrad war Georg auf der Flucht zwischen Görtschitztal, Klagenfurt und Krumpendorf unterwegs.

Tante Mitzi ist von seiner Idee nicht angetan, denn dort oben auf der Alm herrscht noch tiefster Winter, das bedeutet über einen Meter hohen Schnee und keine Möglichkeit, sich zu wärmen, ohne durch den Kaminrauch in der Hütte aufzufallen. Georg wird immer schweigsamer auf der großen Eckbank in der Bauernstube. Er hat keine Alternativen zu diesem Versteck. Gleichzeitig sucht Georg eine weitere Schusswaffe, denn er kann sich noch erinnern, wie der Vater einen Karabiner im Keller bei der Tante abgestellt hat. Diese Waffe möchte er auf die Saualpe mitnehmen. „Die ist nicht bei mir, die ist bei euch in Klagenfurt im Keller. Da musst du noch einmal hin." Georg macht sich also mit dem Bummelzug wieder auf den Weg retour in die Stadt. Er kommt allerdings nicht weit, denn in St. Michael am Zollfeld gibt es unvermutet Fliegeralarm. Der kleine Zug hält an und alle Passagiere springen sofort heraus, um sich hinter dem Bahndamm zu verschanzen. Lange bleibt er dort flach im Schnee liegen, bevor er sich weiter auf die Bundesstraße in Willersdorf wagt, um auf eine Mitfahrgelegenheit nach Klagenfurt zu warten. Trotz seiner Marineuniform und dem dicken Mantel beginnt er zu frieren, während er am Straßenrand steht. Ein Geländefahrzeug nähert sich ihm, bleibt stehen und lässt ihn einsteigen. Erst in dem Moment, als Georg sich auf dem Beifahrersitz niederlässt, wird ihm bewusst, dass es sich um ein Fahrzeug der Gestapo handelt. Die Kälte ist verflogen, plötzlich ist ihm bedrückend heiß, seine Wangen glühen. Er hofft, dass man das auf die Temperaturen draußen zurückführt und nicht darauf, wie unwohl ihm ist. Die Männer auf der Rückbank kommen ihm sogar bekannt vor, obwohl sie Zivilkleidung tragen, ist ihr Berufsstand unverkennbar. Die im Handschuhfach unverschlossen liegende Waffe passt auch dazu. Georg hat keine Ahnung, wie er mit dieser Situation am besten umgehen soll. Es scheint ihm am vernünftigsten, wenn er einfach nur still abwartet. Die Männer unterhalten sich miteinander über etwas Belangloses, man stellt ihm kaum Fragen. Erst bei der Bahnübersetzung in Tessendorf hält der Wagen unvermittelt an, dort befindet sich die von Emmi beschriebene SS Sperre, derentwegen er zuvor einen anderen Weg in Richtung Görtschitztal genommen hat. An dem Schranken mit Panzersperre werden zuerst die Fahrzeugpapiere und Ausweise der Zivilisten kontrolliert. Auch Georgs Marschpapiere möchte man sehen, in Innsbruck ausgestellt, hätten sie ihn nach Triest bringen sollen. Verwundert betrachten die SS-Kontrolleure dieses Papier und bitten ihn sofort auszusteigen. Georg ist nun in Erklärungsnotstand. Warum er denn auf dieser Strecke unterwegs sei? Georg erklärt, nicht auf den Mund gefallen, dass er auf der Strecke über Mallnitz gekommen war, und als diese durch die Sprengungen unterbrochen war, sei er über St. Michael weitergefahren. Teilweise stimmte das auch. Georg fühlt sich wie ein Kind, über das gesprochen wird, obwohl es danebensteht, denn zwischen dem SS-Oberscharführer und den Agenten der Gestapo bricht vor dem Wagen eine Meinungsverschiedenheit aus. Die Uniformierten ordnen Georg an, dass er sich im SS-Auffanglager in Lendorf zu melden hätte. Die Herren von der Gestapo widersprechen dem, denn sie meinen: „Einen Soldaten, der an die Front unterwegs ist, soll man nicht von seinem Vorhaben abhalten, oder? Lasst ihn doch einfach nach Triest fahren.“ Dass er einmal die Fürsprache der Gestapo erleben darf, macht ihn stutzig, allerdings nützt es ihm nichts, denn Georg muss aussteigen. Zu Fuß über einen verschneiten Acker begleitet ihn ein Unterscharführer ins Lendorfer Lager, es liegt nur zweihundert Meter vom Kontrollposten entfernt. Jeder Schritt näher zum Tor erinnert ihn an die grausamen Szenen seiner Jugend, als er von dort die Schüsse hörte. Damals konnte er das nicht einordnen, heute weiß er es besser. Es war Mord, und das ist ein Platz zur Ausbildung von Mördern – nichts anderes. Der Unterscharführer erklärt Georg, dass er nun einer Marscheinheit zugeteilt werde, die in den nächsten Tagen in die Untersteiermark abgezogen wird. Georg ärgert sich über seine Dummheit: Nun ist er schon so weit gekommen, warum nur ist er wieder nach Klagenfurt zurück? Er war schon fast auf der Alm und in Sicherheit, nun sitzt er inmitten von SS-Offizieren und soll sogar deren Uniform anziehen. Bereits beim Eingang in das Auffanglager am nordseitigen Lagertor drückt man Georg einen mächtigen Stempel mit den SS-Runen in seine Marschpapiere. Man weist ihn an, in einer Halle zu warten, bis man eine weitere Verwendung für ihn hätte. Er möchte so unauffällig wie möglich bleiben, denn nur so kann er von hier wieder verschwinden, denn eines will er sicher nicht:

Mit der SS abmarschieren! Georg erhält Verpflegung in der Kantine, während des Essens beobachtet er die Vorgänge im Lager. Hier gibt es viele Junker, die noch schnell für den Endsieg ausgebildet werden. In einem Nebengebäude befindet sich eine Außenstelle des Konzentrationslagers Mauthausen. Hinter mehreren Reihen Stacheldrahtzaun ist kaum zu erkennen, was dort vor sich geht. Unweigerlich drängen sich ihm Gedanken von der Gefangenschaft seines Vaters auf. Nur ein paar falsche Worte oder Gesten und er könnte dort drinnen sitzen, statt hier am Tisch mit den Kadetten. Georg bemerkt, dass der Lagereingang in Richtung Süden schlecht kontrolliert wird, und überlegt, ob er unter Umständen durch dieses Tor davonkommen könnte. Wenn er sich wie die anderen Junker bewegt und so grüßt, wenn er dazu seine mit dem SS-Runen-Stempel gezierten Marschpapiere vorzeigt und wenn er das Glück wieder auf seiner Seite hat, könnte es funktionieren. Er überlegt nicht lange, denn er bleibt tatsächlich unbeobachtet und verschwindet durch das Südtor über die Felder in die Wälder. Lange hat er das Gefühl, im Fadenkreuz eines Scharfschützen zu sein. Ein unangenehmer Zustand, wie ein Wundmal, das man nicht abwaschen kann. Während er durch die tief verschneiten Waldwege stapft, kommt ihm eine Idee. Um dem Marsch mit der SS in Richtung Steiermark zu entgehen oder wieder aufgegriffen zu werden, bevor er auf die Alm verschwinden kann, muss er seine Taktik ändern. Es gäbe vielleicht die Möglichkeit, sich im Vinzentinum beim zuständigen Standortoffizier als angehender Arzt zu melden, um in einem Reservelazarett unterzutauchen. Georg verbringt eine weitere Nacht in völliger Dunkelheit in seinem Elternhaus, er grübelt viel. Am darauffolgenden Tag macht er sich in aller Früh über die Glanbrücke, am Krankenhaus vorbei, ins Stadtinnere auf. Am Hospitaleingang begegnet er einer SS-Offiziersstreife; drei sehr großgewachsene junge Männer wollen seine Ausweispapiere sehen. Der mächtige SS-Stempel auf seinen Papieren tut seine Wirkung, und so wird er freundlich verabschiedet und darf passieren. Georgs Herz klopft ihm bis zum Hals, als er die drei hinter sich lässt. Beim leisesten Zweifel an seiner Geschichte hätte man unweigerlich Nachforschungen angestellt, was wohl seinen sicheren Tod bedeuten würde. Die SS-Standarte zu belügen wiegt weit schwerer als seine bisherigen Notlügen. Im Vinzentinum angekommen, meldet sich Georg entschlossen. Wieder wird er gefragt, woher er kommt, wohin es geht und warum. Der diensthabende Oberst macht ihn nüchtern und freundlich darauf aufmerksam, dass in Krumpendorf eine Marineeinheit liege, und er möchte sich dort melden. Also fährt Georg sofort weiter entlang vom Wörthersee bis in den kleinen Ferienort mit der noch im Bau befindlichen Marine-Nachrichtenschule, eingerichtet für etwa dreißig oder vierzig Nachrichtendienst-Schüler. Wenigstens ist es trocken und warm und kein Lager, denkt Georg, der auf seiner Flucht so oft in Kanzleien und durch Torbögen der unterschiedlichsten Einrichtungen gestolpert ist. Diesmal hat er ein gutes Gefühl. Es ist ein wenig wie Heimkehren in eine gewohnte Umgebung, mit einem Jargon und Regeln, die er bereits kennt. Er meldet sich beim Korvettenkapitän, einem reifen Herrn mit breiten Schultern und riesigem Bauch, der den Gürtel zu sprengen droht. Er wird sofort einer Einheit zugeteilt und muss in Krumpendorf abwarten, wie es mit ihm weitergeht. Die Bassstimme des Korvettenkapitäns hallt in den kahlen Büroräumen: „Sind Sie denn schon fertig mit dem Studium?“ Georg antwortet etwas verlegen: „Es fehlen mir nur mehr die letzten Prüfungen. Man kann sagen, ich bin eigentlich schon fertig.“ Zwar fehlt ihm noch weit mehr als das, aber er ist schon mit ganz anderen Schwindeleien durchgekommen. Der Kapitän erteilt ihm sofort einen Auftrag: Georg soll die dort gelagerten medizinischen Geräte sichten und eine Sanitätsstube einrichten. Er ist sehr angetan über die vielen modernen medizinischen Apparaturen, aber auch über die große Menge an Medikamenten, die in einem Lagerraum wild durcheinander gewürfelt liegen. Damit kann man sogar mehrere Praxen ausstatten. Es handelt sich um Beutegut aus den Spitälern und Ordinationen aus dem Raum der oberen Adria. Sein erster Patient ist der Kapitän selbst. Die für seine Behandlung notwendige Targesinlösung findet Georg im Medikamentendepot etwas außerhalb der Schule. Es befindet sich direkt am Wörthersee, im Haus des Ruderclubs Nautilus am Friedlsteig. Dort fühlt sich Georg wie in einem großen Warenhaus, es kommt ihm unwirklich vor, dass es irgendwo noch so ein großes Angebot an Dingen gibt. Er fährt mit den Spritzen und dem Targesin direkt zur eleganten Villa Schwalbennest. Der Kapitän residiert an einem der schönsten Plätze am See in einem traumhaften Jugendstilhaus. Ein so schönes Gebäude hat Georg noch nie aus der Nähe gesehen. Als Jugendliche träumten sie gelegentlich davon, einmal so wohnen zu wollen. Dann lachten sie mit Wuni und den anderen, weil es zu unwahrscheinlich war. Nun steht Georg vor der Villa mit dem Fachwerkdach und den vielen Holzverzierungen, mit den schönen Mamorbalkonen und hohen Doppelfenstern. Die Vorhänge bewegen sich, als er über den Kiesweg durch einen Park geht, der ihn zum Eingangsbereich führt. Man öffnet ihm schüchtern. Einige sehr junge hübsche Marine-Helferinnen arbeiten dort als Hauspersonal. Sie huschen in die Ecken und verschwinden hinter den Türen, als Georg in dem ausgedehnten Salon mit Blick über den ganzen Wörthersee eintritt. Er ist sprachlos bei dem Anblick, allerdings auch wegen des Kapitäns in Unterwäsche mitten im Raum. Georg vermutet, dass die Infektionsquelle für dessen Geschlechtskrankheit wohl in seinem Haus wohnt. Das notwendige Medikament hat er besorgt, allerdings nur für ihn. In der unmittelbaren Nähe des Kapitäns ist ihm zwar nicht wohl, aber dennoch führt er die Behandlungen der Gonorrhö mit einem ekelerregenden gelb-grünen Ausfluss professionell durch. Als Georg sich wieder auf den Weg in die Marinenachrichtenschule macht, zieht er ein Resümee über seine bisherige Flucht und wundert sich, wo es ihn überall hingeführt hat. Sogar in die eleganten Hallen der Neureichen und Emporkömmlinge.

Anders ist die Stimmung in der Nachrichtenschule, hier arbeiten und schlafen die auf der Hierarchieleiter weit unten Stehenden. Die jungen Burschen und sogar einige Mädchen werden hier in der Technik des Abhörens und auf die Radarüberwachung eingeschult. Immer jünger werden die Rekruten, sie sind maximal 16 Jahre alt. Georg erkennt an ihrem Eifer und dem Glänzen in den Augen, dass diese neue Generation über Jahre in der Hitlerjugend und dem Bund deutscher Mädchen eine Gehirnwäsche hinter sich hat. In dem bereits fertiggestellten Gebäudeteil an der Bundesstraße, unweit des Wörthersees, herrscht ein völlig anderer Geist als in seiner Akademie in Deutschland, es ist gar nicht vergleichbar mit der Universität. Selbst wenn sich dort über seine Studienjahre vieles geändert hat und die Politik immer mehr Einfluss auf die Professoren genommen hat, durften die Rekruten doch gewisse Dinge infrage stellen. Selbst zu denken war noch in gewissen Bereichen erlaubt. Das ist hier nicht mehr der Fall. Georg findet sich in seiner alten Heimat inmitten von blutjungen Fanatikern wieder, die entweder der SS beigetreten sind oder eben hier ihren Dienst tun. Gibt es überhaupt keinen Widerstand mehr? Vielleicht haben diese jungen Leute aber einfach noch nichts lernen dürfen und von der Welt gesehen? Er selbst ist nur wenig älter, aber doch ganz anders.

Durch die Reisen zu seinen Einsatzorten und wieder retour nach Kärnten sind Georg so viele Dinge widerfahren, die ihn in seiner Überzeugung bekräftigen: Dieser Krieg dauert schon viel zu lange und ist, völlig sinnentleert, nur für eine ausgewählte Riege nützlich. Einige davon hat er während seiner Verhöre kennenlernen müssen. Für sie sind die Jahre seit 1939 wie auf einer Spielwiese verlaufen, auf der sie sich ungeniert austoben. Sie sitzen am Futtertrog und müssen nie hungern, sie sind nie ihrer Freiheit beraubt worden, sie haben ihr Dach über dem Kopf behalten. Wenn sie es doch verlieren, wird einfach eine schöne Wohnung oder Villa für sie beschlagnahmt. Ohne Halt geben sie sich sexuellen Ausschweifungen hin. Die Mörder und Sadisten leben ihre kranken Fantasien uneingeschränkt aus, und anstatt dafür bestraft zu werden, verleiht man ihnen Orden und Medaillen. Georg würde den jungen Milchgesichtern, die in den Schulungsräumen an großen Funkgeräten schrauben, zu gerne sagen, dass sie ausgenutzt und bald an eine schon verlorene Front entsendet werden. Egal in welcher Himmelsrichtung, der Feind wird bereits auf sie warten. Die Zeiten der Eroberungen und der friedlichen Fahrten übers Meer sind Geschichte. Was auf diese Jungen wartet, sind ausschließlich Blut, Kummer und Leiden.

Georg hat in seiner kleinen Kammer in der Nachrichtenschule seit langem endlich wieder einmal Zeit, um nachzudenken. Er hatte bisher so viel Glück und hofft, dass sein Name nicht im Zusammenhang mit dem Verschwinden seines Bewachers auftaucht und man ihn nicht zur Fahndung ausgeschrieben hat. Selbst wenn er über viele Kontrollen hinweg unerkannt geblieben ist, kann man ihn jederzeit entdecken.

Am Hang gegenüber der Marinenachrichtenschule befindet sich eine alte Kirche. Am ersten Sonntag nach seiner Versetzung besucht Georg die Frühmesse. Er lernt den etwa 50 Jahre alten Obermaat Eichelsbichler kennen. Der Rheinländer leitet die Telefonzentrale in der Nachrichtenschule, er wurde aus einer Nachschubeinheit für die Schnellboot-Flottille Obere Adria hierher versetzt. Ihm vertraut Georg sich an, lange hat er mit niemandem mehr offen sprechen können, aber er hält den Obermaat für einen anständigen Katholiken. Geduldig und interessiert hört er Georgs Erzählungen von der Flucht zu und wie es seinem Vater erging. Er verspricht ihn sofort zu verständigen, falls sich die Geheime Staatspolizei oder eine andere Stelle nach ihm erkundigen würde: „Ich höre sowieso jedes Gespräch mit. Ich geb dir 'nen Wink."

Den Rest vom freien Sonntag nutzt Georg, um in der Sanitätsstube aus dem Überfluss an Geräten und Medikamenten einiges mitzunehmen. Niemand würde es hier vermissen, aber viele Zivilisten können diese Arzneien gut gebrauchen. Das hat er leidvoll bei seiner Mutter bemerkt. Mit einem Seesack, den er in der Vorratskammer findet und bis an den Rand mit Medikamenten füllt, radelt er zurück nach Klagenfurt, der kalte Fahrtwind brennt auf seiner Stirn. Kräftig strampelt er, um so schnell wie möglich die Wohnung der Mutter seines Freundes Niki zu erreichen, denn dort versteckt er den prallen Beutesack. Alles läuft gut, aber als er von einer Bekannten von früher erkannt wird, verlässt er fluchtartig das Gebäude. Er will sich nicht in ein Gespräch verwickeln lassen, damit sie nicht erfährt, wo er momentan stationiert ist. Irgendwie dürfte sie dennoch erfahren haben, dass Georg sich in der Marine-Nachrichtenschule in Krumpendorf aufhält.

Georg erreicht Krumpendorf mit dem unguten Gefühl, bereits nicht mehr sicher zu sein. Es bestätigt sich, als Eichelsbichler beim Einbrechen der Dunkelheit atemlos an Georgs Türe poltert: „Die Gestapo hat gerade mit dem Kapitän telefoniert. Sie sind unterwegs nach Krumpendorf. Mensch Georg, du musst sofort abhauen!“ Georg ergreift seinen eigenen bereits vorbereiteten Seesack unter dem Bett und bedankt sich bei dem Obermaat, der wieder in seiner Kanzlei verschwindet. Ein Stück Kreide, mit dem er zuvor die Medikamentenliste auf eine große Tafel notiert hat, fällt aus dem Seesack. Als ein Zeichen von Trotz schreibt er noch flink „Wer zuletzt lacht, lacht am besten“ an die Zimmerwand, bevor er durch das Fenster verschwindet. In diesem Moment wartet der Kapitän in der Einfahrt der Marine-Nachrichtenschule bereits auf die Ankunft der Gestapo. Alle Türen des Geländewagens öffnen sich gleichzeitig und die Agenten stürmen mit gezogener Pistole dem Kapitän hinterher zu Georgs Kammer. Es vergehen wenige Minuten zwischen dem Augenblick, in dem Georg durch das Fenster verschwindet und außer Atem zu seinem Fahrrad läuft und dem gewaltsamen Aufbrechen seiner Kammertür. Die Männer starren aus dem weit geöffneten Fenster in die Dunkelheit. Der Kapitän fröstelt im kalten Zimmer und räuspert sich trocken: „Der Vogel ist weg.“

Wie ein Verrückter radelt Georg durch die finstere Nacht. Es ist eiskalt, kein einziges Licht aus den Häusern und nicht eine einzige Laterne weist ihm den Weg. Diesmal hält er sich nicht mehr in der Stadt auf, sondern nutzt die Dunkelheit, um direkt weiter durch den Wald von Karnburg bis nach St. Donat zu gelangen. Es sind gut fünfzehn Kilometer von Krumpendorf bis nach Klagenfurt-Annabichl und weitere dreißig bis zum Haus von seiner Tante. Schon bei Tag und im Sommer ist diese Strecke anstrengend, stets leicht bergauf durch das Tal. Mit der Angst vor der Verhaftung mobilisiert er seine letzten Kräfte und kämpft sich durch die Eiseskälte. Er muss sehr vorsichtig fahren, um nicht auf den Eisplatten auszurutschen.

Bis hierher ist er vierzehn Tage zuvor schon einmal gekommen, nur um dann wieder umkehren zu müssen. In der kleinen Ortschaft Brückl, auf der Höhe des Bahnhofs, begegnet er einem Landser, der sich verliebt mit einem Mädchen unterhält. Außer Atem und die Lungen gefüllt mit der eisigen Luft fragt er ihn heiser: „Kamerad, wie lautet die Parole von heute?" Er antwortet Georg sofort, salutiert sogar. Als er im Görtschitztal von der SS-Feldpolizei kontrolliert wird, kann er hastig auf „Ahnen" mit „Engel" antworten und verschwindet erneut in die Dunkelheit. Er tritt weiter kräftig in die Pedale und erreicht um vier Uhr früh den Bauernhof von Tante Mitzi. Vorsichtig weckt er sie, indem er Schneebälle an ihre Fensterläden wirft. Sie lässt ihn durch die breite Haustüre herein, über der der Hofname „Herle" in wunderschöner alter Schrift geschrieben steht. Tante Mitzi schlurft in ihren Filzpantoffeln durch die Labn, zieht den dicken Bademantel und die gestrickte Wolljacke vorne eng zusammen und gähnt laut. Sie ist noch sehr müde, mechanisch entzündet sie auf der Glut des Vorabends mit einigen Spänen das Feuer im großen Tischherd in der Küche. Er steht in der Mitte der großen dunklen Stube, deren Fenster mit gehäkelten Gardinen geschmückt sind, alles Leben spielt sich in diesem Raum ab. An den holzvertäfelten Wänden hängen naturweiße Leinendeckchen, die mit christlichen Motiven und Segenssprüchen bestickt sind. Die Zimmerdecke mit den schweren dunklen Holztramen nimmt Georg nur verschwommen wahr. Es ist noch sehr dunkel, weil nur eine Petroleumlampe auf der massiven Kredenz den Raum erleuchtet. Im Knistern des Feuers und der Wärme gelingt es

Georg, sich zu beruhigen, er wird sehr schläfrig und döst ein wenig auf der Eckbank. Seine Ohren sind eingefroren und brennen fürchterlich, während sie auftauen. Wenig später stehen eine Schüssel dampfender Sterz und ein Milchkaffee vor ihm auf dem Tisch. Dies ist ein Ort der Sicherheit, wo es auch noch immer etwas zu essen gibt, obwohl es seiner Tante inzwischen sehr schwer fällt, den Hof noch zu bewirtschaften, denn inzwischen ist ihr Sohn schon sehr lange im Krieg. Auch Onkel Hans wurde eingezogen, obwohl er schon sehr alt ist und er zu Hause gebraucht wird. Wuni hat über Jahre am Hof mitgeholfen, aber er ist nun ebenfalls schon seit drei Jahren fort. Mit zwei Fremdarbeitern muss sie die große Hube weiterführen. In den Bewegungen seiner Tante erkennt er vieles von seiner Mutter wieder, obwohl die beiden nicht Schwestern, sondern Schwägerinnen waren. Es wird nicht über Ottilie gesprochen, zu schmerzhaft und nah ist ihr Verlust noch immer. Tante Mitzi fragt nicht, wo sich Georg in den vergangenen Tagen aufgehalten hat. Es bleibt keine Zeit.

In wenigen Menschen hat Georg je so großen Mut und Hilfsbereitschaft gesehen wie in seiner Tante, die mit dem langen Mantel und dicken Strümpfen in warmen Stiefeln aus ihrer Kammer tritt. In einem Rucksack nimmt sie Lebensmittel für Georg mit. Seinen Seesack packen sie ebenfalls mit Kleidung, Decken und Essbarem voll. Nun wird nicht mehr diskutiert, ob es klug ist, auf den Berg zu gehen oder nicht. Es muss einfach so geschehen. Tante Mitzi will nicht noch ein Mitglied dieser Familie am Grab besuchen.

In der Stelzing

Trotz des Wagemutes der Tante bleibt sie vorsichtig und schickt Georg bereits auf der Straße nach Lölling in Richtung Klippitztörl voraus. Sie trifft sich erst nach dem Ort Lölling mit ihm, um ihm den Weg zur Almhütte auf der Stelzing zu zeigen. Der schattige, vereiste Weg entlang des Bachs steigt stetig an, hinter sich lassen sie die erloschenen Schlote der ehemaligen Braunkohlehochöfen. Aus der dünn besiedelten Ortschaft sind viele schon fortgezogen, nur mehr ein paar Frauen und Kinder sind geblieben, weil sie nirgends woanders hinkönnen. Die Männer sind schon vor dem Krieg ohne Arbeit gewesen, nun sind sie noch an der Front oder kommen nie mehr wieder. Etwas oberhalb der letzten Häuser befindet sich die Heuhütte, die im Sommer den Hütejungen und Sennern als Unterschlupf dient. Im Winter wird sie nicht genutzt, denn kein Weg führt mehr so weit hinauf. Mit Tante Mitzi vereinbart er einen Treffpunkt: einen Platz in einem Steinbruch neben der Straße, den sie noch gut erreichen und an dem sie unauffällig eine Nachricht in den Steinspalten hinterlassen kann. „Und da lass ich dir ein paar Stücke vom Speck und ein bisschen Schmalz. Das kann ich hier gut verstecken, ohne dass die Tiere dazukommen und ohne dass es ranzig wird in der Sonne.“ Damit verabschiedet sie sich ebenso unaufgeregt, wie sie ihn auch in der Früh begrüßt hat.

An Wärme und Sonne ist nicht zu denken, als Georg die Hütte betritt. Die Tür steckt, sie hat sich durch die Kälte verzogen. Die Dielen knarren laut und lange. Die Fenster sind dick mit Eisblumen bewachsen. Er schaut sich in dem kleinen dunklen Holzraum um, er ist so niedrig, dass er ständig aufpassen muss, sich nicht den Kopf anzuschlagen. Die

Fensterläden sind fest verschlossen, es riecht stickig nach nassem Holz, altem Heu und Mäusekot. Mit einem winzigen Holzherd in der Mitte des Raumes neben einem Bett könnte Georg sich etwas Wärme verschaffen. Doch das wagt er nicht, obwohl das Holz nur hinter der Hütte auszuschaufeln wäre, denn man könnte die Rauchschwaden sehen. Er muss sich so unauffällig wie möglich verhalten. In dieser karg bewohnten Gegend am Fuße des Überganges, der in Richtung Wolfsberg ins Lavanttal führt, ist jeder Lichtschein sichtbar. In der Nacht rascheln die Mäuse pausenlos zwischen den Heuhalmen und trippeln über die Holzbarren. Er greift immer wieder nach seinem Seesack mit der Verpflegung, um den Inhalt vor den kleinen Räubern zu schützen. Er schläft wenig und entscheidet sich nach einer Nacht nicht mehr in der Herle-Hütte zu schlafen, sondern sich etwas anderes zu suchen. Durch die kalten Temperaturen auf dieser Höhe liegt der Schnee noch kniehoch. Georgs Tritte sind deutlich auszumachen, sodass er durch die Spuren im Schnee leicht entdeckt werden kann.

Georg findet etwa dreihundert Meter oberhalb der Hütte eine Steinhöhle, die man im stark bewaldeten Teil der Alm kaum ausmachen kann. Ihr Eingang ist von Wacholderbüschen verdeckt und kaum siebzig Zentimeter hoch, dahinter befindet sich ein etwa zwei Meter hoher „Wohnraum", der nach hinten immer schmäler wird. Der Fels im Inneren ist eiskalt und mit dünnen, gefrorenen Wasserlinien überzogen. Er zerrt Äste hinein, um sich einen Schlafplatz einzurichten. Aus der Hütte holt er etwas Heu und polstert damit dick den Boden aus. Vor der Höhle findet Georg genug Holzreste, die er vor den Eingang platziert, um sie zu schließen. Er sitzt nun darin wie Jesus in der Grabeshöhle, nur dass er sicher täglich auferstehen wird. Beängstigt durch die Kellerstille, die in seinen Ohren rauscht, öffnet er den Holzverschlag wieder einen Spalt breit. Sogar das Rauschen der Bäume und Knacken von Zweigen erzeugt Stille unter dem sternenklaren Himmel. In diesem Unterschlupf wagt er es, ein Feuer anzuzünden, bald ist die Höhlendecke schwarz vom Ruß. Das Holz brennt schlecht, weil es vom Schnee nass ist. Georg stört sich daran nicht, denn alles ist besser, als der Kälte völlig schutzlos ausgeliefert zu sein. Eingewickelt in den Mantel seines Cousins, der wärmste, den es bei der Tante noch gab, und die Tuchent, schläft er erstaunlich friedlich, während es große Flocken schneit. Seine Fußspuren werden schnell verdeckt.

In der unmittelbaren Nähe der Steinhöhle befindet sich ein Felsvorsprung, von dem aus er einen guten Überblick auf die weit unter dem Steilhang gelegene Straße hat. Oft sitzt er dort oder legt sich flach hin, sobald er Geräusche wahrnimmt. Er bleibt aufgrund des dichten Waldes im Steilhang unsichtbar. Wie ein Adler hockt Georg dort oben in seinem Nest. An manchen Tagen Ende Februar 1945 wärmt sich der Stein von der Sonne schon etwas auf, und auch in der Höhle wird es erträglicher, trotzdem fühlt sich seine Kleidung ständig feucht an. Anfang März wird es noch einmal extrem kalt, sein gesamter Körper schmerzt von der Kälte, deshalb wagt Georg den Abstieg zur Heuhütte und verkriecht sich tief ins Heu, bis er dort Wärme und Schlaf findet. Mit dem Proviant geht er sorgsam um und teilt sich seine Rationen ein, denn er ist sich nicht sicher, wann seine Tante jemanden mit neuem Vorrat über die Klippitztörlstraße entsenden wird. Zwei Bauernbrote, etwas Speck und Würste, ein Glas saure Gurken, ein paar Nüsse und gedörrte Birnen, etwas Polentagrieß und eine Handvoll Zucker sind für einen jungen Mensch bei der Kälte rasch verbraucht. Er muss sich selbst fragen, wann er fasten wird und wann er essen muss, um nicht zu schwach zu werden. Stolpert er hier, weil er müde wird, findet ihn niemand. Er liegt dann wie das Rehkitz, das er im Wald gesehen hat, tiefgefroren bis zum Frühling zwischen den Bäumen oder er stürzt tief hinab auf die Straße und weiter in den Bach.

Die Straße ist inzwischen gefährlich geworden, immer häufiger ziehen ungarische und ukrainische Einheiten über das Klippitztörl. Manchmal schlagen sie entlang des Weges ihre Biwaks auf. Georg hört ihnen aus seinem Ausguck zu, natürlich kann er sie nicht verstehen, aber er beobachtet, wie sie ihre Waffen geordnet an Bäume gelehnt abstellen, bevor sie sich in die Zelte zum Schlafen legen. Er schleicht aus seinem Versteck, immer peinlich darauf achtend, keine Steinlawine auszulösen, damit er keine Aufmerksamkeit erzeugt. Inzwischen ist Georg sehr geschickt darin geworden, sich beinahe lautlos im Unterholz zu bewegen. So gelingt es ihm, einige Waffen zu erbeuten. In der Dunkelheit entfernt er sich vorsichtig mit mehreren Maschinenpistolen und Munition, sogar zwei Maschinengewehre entwendet Georg und bringt sie hinauf ins Heu. Weil sich Georg nicht sicher ist, ob dieses Versteck gefunden werden könnte oder ob er seine Tante und seinen Onkel damit in Gefahr bringt, verlagert er die Waffen in unterschiedliche Verstecke. Unter dem Schnee und zwischen Felsen und Bäumen gelingt es ihm später leider nicht mehr, alle Waffen zu finden. Er fühlt sich etwas sicherer mit dem Maschinengewehr, das er stets bei sich in der Höhle verwahrt, denn der Zug der Soldaten reißt nicht ab, die Klippitztörlstraße bleibt sehr frequentiert. Fast täglich fahren LKW und Jeeps auf die nahe Saualpe, sie liefern Teile für eine Radaranlage, die für die Frühwarnung der aus Italien einfliegenden Bomberpulks sehr wichtig ist. Georg reimt sich das aus den vielen vorbeimarschierenden Flaksoldaten und den großen Bauteilen zusammen, die unter den Zeltplanen hervorragen, wenn die Fahrzeuge rumpelnd die vielen Kurven passieren. Der Offizier im Zug von Mallnitz hatte ihm davon erzählt und freilich nicht ahnen können, dass Georg später tatsächlich ganz in der Nähe dieser Radaranlage auf der Saualm sein würde.

Doch nicht nur die Flaksoldaten beobachtet Georg, sondern auch die Partisanenverbände, die sich im Gebiet der Saualpe aufhalten. Die Berge sind voll mit ihren Verstecken. Georg staunt, dass die unterschiedlichen Gruppen nicht aufeinandertreffen. Ob sie sich wohl höflich ausweichen? Vielleicht voneinander wissen? Aber es kommt zu keinen Auseinandersetzungen, man wartet wohl ab. Georg wird von den Partisanen nicht entdeckt, zu vorsichtig verwischt er seine Spuren, verscharrt seinen Kot, er raucht nicht und macht nur sehr vorsichtig Feuer. Während die Tage mit den vielen Durchreisenden aus aller Herren Länder einigermaßen interessant vorübergehen, weil er ständig etwas zu beobachten hat, sind die Nächte in ihrer Einsamkeit schwer zu ertragen. Die Kälte zwischen den Felsen und in der Höhle lässt ihn manchmal resignieren, Gebete helfen nur ein wenig. Kaum je hat Georg sich in seinem Leben derart alleine gefühlt, und das über eine so lange Zeit. Ihm fehlen die Ansprache und geistige Nahrung. Über Jahre hat er stets etwas gelesen oder gelernt, nun ist sein Hirn unterbeschäftigt. Auch der Geist braucht Nahrung, sonst verkümmert er. Obwohl Georg hier nicht hinter Gittern sitzt, nicht in der dunklen Zelle im Gefängnis der Gestapo, ist es doch eine Art Verlies, selbst wenn er hier gut durchatmen kann und ihm die Sonne zu Mittag ins Gesicht scheint, ist er doch unfrei. Die Alternative ist weit schlimmer, und die Angst vor einer erneuten Verhaftung lässt ihn durchhalten. Wenn man ihn nun entdecken würde, gäbe es keine Verhandlungen mehr, sondern ein direktes Erschießungskommando. Er bleibt über Wochen von der Welt abgeschnitten auf seinem Felsvorsprung und kann nur ahnen, inwieweit sich der Krieg weiterentwickelt hat. Er hofft, dass die vielen Soldaten auf dem Rückzug sind, weil man vor einer Kapitulation steht. Manchmal denkt er an seine Crewkameraden und fragt sich, wo sie wohl gerade kreuzen und ob sie überhaupt noch am Leben sind. Auch von Wuni hat er schon sehr lange keine Nachricht. Vereinzelt wagt er sich zum vereinbarten Treffpunkt nahe der Straße, um zu sehen, ob seine Tante etwas für ihn hinterlassen hat. Warme Socken und dicke warme Fäustlinge helfen gegen die Kälte des Körpers, aber was ist mit der Kälte im Herzen?

Nur noch vereinzelt sind Flecken von Schnee und Eis auf der Alpe auszumachen, die Krokusse sprießen auf den Almweiden und bilden Blütenteppiche in Weiß und leuchtendem Lila. Georg schafft es immer wieder einmal ein Reh zu erlegen, er bricht das Tier mit seinem Dolch auf, lässt die Innereien für den Fuchs und die Raben liegen und nimmt sich die besten Teile vom Fleisch. Diese brät er am Ofen in der Hütte des Nachts, wenn er sich sicher fühlt. Das Wasser rinnt ihm im Mund zusammen, während er am Herd steht. Mit etwas warmem Wasser wäscht er sich das erste Mal seit Wochen. Was würde er für ein warmes Bad geben oder für eine Rasur?

Im Tal beginnt die Blüte der Kirschbäume. Es fällt ihm immer schwerer, seine Neugierde im Zaum zu halten, um zu erfahren, was im Tal und in der Welt in den Wochen seit seinem Rückzug ins Versteck geschehen ist. Anfang April 1945 wagt sich Georg dann doch hinunter ins Tal. Es ist zunächst das Haus der Tante, dem er einen kurzen Besuch abstattet. Vorsichtig schleicht er in den Stall. Sie ist gerade beim Melken, als er sich ihr von hinten nähert und ihr vorsichtig auf die Schulter tippt. Tante Mitzi schlägt sich mit der Hand auf die Brust und schimpft laut, dass er sie nie mehr so erschrecken soll. Dann muss sie laut lachen und Georg freut sich über ein paar Worte mit ihr, denn in den vergangenen Wochen konnte er nur die Gespräche der anderen aus der Ferne mitverfolgen. Mit dem in der Scheune versteckten Fahrrad wagt er es abends in die Stadt zu fahren, um eventuell die Spur zu seiner alten Widerstandsgruppe wiederaufzunehmen, aber inzwischen ist niemand mehr da. Ob er darüber resignieren oder traurig sein soll? Er kann es nicht ändern, also zieht sich Georg wieder zurück. Auf dem Heimweg begegnet er einer Truppe junger Frauen, die einen Schützengraben anlegen. Neugierig beobachtet er sie bei der Arbeit. Eine hübsche und sehr aufrechte junge Dame fällt ihm dabei besonders auf. Sie macht einen auffällig stolzen Eindruck, obwohl sie knietief im Schmutz watet. Er lächelt und meint verschmitzt zum beaufsichtigenden Ortsgruppenleiter: „Das wird wohl ein Zehn-Minuten-Graben, neun Minuten zum Lachen und eine, um darüberzufahren." Der Aufseher wird sehr böse und droht ihm, aber was er ihm nachruft, hört Georg nicht mehr, weil sich ein SS-Soldat auf einem Motorrad nähert. Georg ist rasch auf und davon, aber an die hübsche junge Frau unten im Graben denkt er noch lange Zeit.

Ab Mitte April verändert sich das Wetter und es wird wärmer. Inzwischen ist es leicht, das Wild zu jagen und die Einsamkeit ist nicht mehr derart bedrückend, weil Georg sich viel mehr im Freien aufhalten kann. Georg betrachtet die Maiglöckchen und Buschwindröschen, die herrliche weiße Polster ins Moos gesetzt haben, als er von der Herlehütte her seinen Namen rufen hört. Laut ruft eine junge Frau: „Georg! Georg! Georg!" Hinter einem Busch an der oberen Grenze der Almwiese hockend, beobachtet Georg zwei junge Frauen aus Tante Mitzis Nachbarschaft. Er kann sich nicht sicher sein, ob sie von der Gestapo heraufgeschickt wurden, um ihn als Lockvögel aus seinem Versteck zu holen. Zeitgleich erkennt Georg, wie sich die Flaksoldaten in kleinen Gruppen auf der Stelzingstraße stetig talwärts bewegen. Niemand scheint die Mädchen zu begleiten oder ihnen zu folgen. Von weitem ruft Georg laut: „Gehts nur heim!" Weit oben, entlang der linken Talseite, bewegt sich Georg stets im Schutze des Waldes in Richtung Lölling, um herauszufinden, warum die Mädchen ihn abholen wollten. Er fühlt eine große Erleichterung und immense Freude, als er im Dorf die erste rot-weiß-rote Fahne hängen sieht. Er trug über die gesamte Zeit in seinem Versteck auf seiner Mütze die rot-weiß-rote Korkarde von der Uniform seines Vaters. Dieses Symbol begleitete ihn in der Hoffnung, dass sich der Wunsch des Vaters nach der Wiederauferstehung des Staates Österreich bald erfüllen würde. Und so ist es nun tatsächlich gekommen: Der Krieg ist aus! Österreich ist endlich zurück!

Aus der Sicht des historischen Kontextes:

Kurz nach dem Überfall Hitlerdeutschlands auf Jugoslawien im April 1941 formierte sich in Slowenien unter der Führung der Kommunistischen Partei die Befreiungsfront/Osvobodilna fronta (OF), die den Partisanenwiderstand gegen die Besatzungsmächte organisierte. Sie verfolgte militärische, politische und territoriale Zielsetzungen. War sie anfangs noch homogen, setzten die Kommunisten schon bald den alleinigen Führungsanspruch rücksichtslos durch. Neben dem Widerstand gegen die Besatzungsmächte und der Beseitigung des NS-Regimes verfolgten die Kommunisten mit brutalen Mitteln das Ziel der Schaffung einer sozialistischen Gesellschaft in einem neuen Jugoslawien. Auch wurde die staatliche Vereinigung aller Slowenen angestrebt, was zur Folge hatte, dass sich die Partisanen massiv für den Anschluss von Teilen Kärntens und des slowenischen Küstenlandes (inklusive Triest) an Jugoslawien einsetzten.

Seit dem Sommer 1942 griff der Partisanenwiderstand aktiv auf Kärnten über. Vor allem nach der Vertreibung von Kärntner slowenischen

Familien im April 1942 durch das NS-Regime schlossen sich vermehrt Kärntner Slowenen und Sloweninnen den Partisanen an oder unterstützten diese.
Im März 1944 setzten sich kleine Partisanengruppen auf der Sattnitz fest, im Juni 1944 überquerten Partisanentrupps bei Schwabegg die Drau und stießen auf die Saualm vor. Trotz gezielter polizeilicher und militärischer Gegenmaßnahmen konnten die Partisaneneinheiten in Kärnten nicht vernichtet werden. Seitens der Alliierten wurden die Partisanen als Mitkämpfer gegen Hitlerdeutschland anerkannt und aus diesem Grund mit Waffenlieferungen unterstützt.
Der Partisanenkrieg gegen das NS-Terrorregime brachte die Zivilbevölkerung nicht nur in den betroffenen Regionen Kärntens oft in ausweglose Situationen. Schon der geringste Verdacht konnte die Deportation in ein KZ und letztlich den Tod bedeuten, andererseits requirierten die Partisanen unter Anwendung von Gewalt Ressourcen und liquidierten offensichtliche und vermeintliche NS-Parteigänger bzw. Sympathisanten. Im Gegensatz zum nichtmilitärischen zivilen Widerstand einzelner bzw. kleiner Gruppen war der Partisanenkampf ein kontinuierlicher, organisierter und bewaffneter Widerstand gegen das NS-Regime auf dem Gebiet des heutigen Österreich und somit auch Kärntens. Durch diesen wurden zahlreiche deutsche Kräfte, die so an anderen Fronten nicht verfügbar waren, gebunden.

Quellen: Valentin, Hellwig: Der Sonderfall. Kärntner Zeitgeschichte 1918–2004/08, Klagenfurt/Celovec – Ljubljana/Laibach – Wien/Dunaj, akt. u. erw. 2. Auflage 2009; Wadl, Wilhelm: Das Jahr 1945 in Kärnten. Ein Überblick. Verlag des Kärntner Landesarchivs, 1985, 13 f.

Am Hof der Tante bei Wietersdorf angekommen, trifft er nach langer Abwesenheit seinen Onkel Hans wieder. In den letzten Kriegstagen war es ihm gelungen, sich nach Hause abzusetzen. „Viele sind jetzt einfach gegangen. Wohin hätten wir noch sollen? Keiner hat mehr Befehle gegeben oder befolgt. Du spürst, wenn es keinen Sinn mehr hat und du Zuhause gebraucht wirst.“ Also ist wieder ein zusätzlicher Mann auf dem Hof.

Ottilies Vater, den Georg immer schon Onkel Gustl nennt, wird sofort nach der Kapitulation, von der er ihm haarklein berichtet und dafür die Zeitung am großen Küchentisch in der Stube immer wieder hochhält, wieder Bürgermeister von Klein St. Paul. Er war der letzte Bürgermeister vor dem Anschluss gewesen und immer in einer wichtigen und angesehenen Position innerhalb der Gemeinde. Als doch schon betagter provisorischer Bürgermeister übernimmt er das Gemeindeamt mit dem ganzen Waffenarsenal der SS, die fluchtartig das Gebiet verlassen hat. Onkel Gustl berichtet Georg auch von den Partisanen, die am Abend vorher im nahe gelegenen Eberstein einmarschiert sind und die Schule übernommen haben, etwa fünfzehn Männer und Frauen sind dort einquartiert. Georg muss all das erst verstehen, plötzlich ist alles anders. Er ist froh, nicht mehr in der Hütte schlafen zu müssen, er übernimmt nun Wunis Stube, in der dieser viele Wochen und Monate geschlafen hatte, um auf dem Hof zu helfen. Georg hat Hunger wie ein Wolf und schlingt das Essen hinunter. Er stinkt auch wie ein Tier, was ihm die Tante mehrfach sagt. Sie lässt ihm eine Wanne mit Wasser ein. Georg laufen vor Freude die Tränen über die Wange, als er hineinsteigen darf. Er schläft tief und fest in einem echten Bett, ohne das Rascheln der Mäuse.

Er wacht ausgeruht auf und ist voll Tatendrang, obwohl er irgendwie auch nicht weiß, wie es denn nun weitergehen soll. Viel Zeit bleibt ihm nicht, um an die Zukunft zu denken, denn bereits am frühen Morgen trägt ihm Onkel Gustl auf, sich entlang der rechten Talseite des Görtschitztals bis zum Schloss Eberstein zu schleichen: „Stell fest, ob es stimmt, dass sich dort die Partisanen aufhalten.“ Es ist nicht sehr weit dorthin zu gehen. Schon aus einer Entfernung von hundert Metern erkennt Georg zwei Partisaninnen mit Handgranaten, die in ihren Schaftstiefeln vor der Schule unweit des Schlosses sitzen. Emsig marschieren die Partisanen in dem Gebäude ein und aus wie Drohnen in einem Bienenstaat. Georg kehrt eilig zurück und berichtet seinem Onkel davon. In seiner Aufregung über das Beobachtete verbreitet Georg Unruhe im kleinen Dorf, in dem nur mehr Frauen und Kinder und einige alte Männer zurückgeblieben sind. Er hat die nahende Gefahr gesehen und will das den Bewohnern begreiflich machen. Er ist nicht bereit, eine Gräuelherrschaft gegen die nächste einzutauschen. Um den Ort vor der Übernahme der Partisanen zu schützen, gelingt es Georg mit drei älteren Männern eine bewaffnete Ortstruppe aufzustellen. Nur mit Mühe schafft er es, die drei Arbeiter der Firma Knoch mit Gewehren aus dem Arsenal im Gemeindeamt auszustatten und in entsprechenden Wachpositionen im Dorf zu verteilen. Das reicht ihm noch nicht: Nahe der großen Zementfabrik in Wietersdorf befindet sich ein Lager für englische Kriegsgefangene, die dort den Betrieb aufrechterhalten. Georg möchte auch sie zum bewaffneten Widerstand überreden, allerdings scheitert er am Einspruch des Lagerältesten. Ein Sergeant aus dem Lager, der heimlich mit einer attraktiven jungen Frau aus Klein St. Paul liiert ist, gibt sich Mühe, Georgs Plan zu übersetzen. Dennoch gibt es kein Interesse der Briten, sich gegen die Partisanen zur Wehr zu setzen. Sie glauben, dass sie sowieso in nicht allzu ferner Zukunft wieder in ihre Heimat zurückkehren können. Das Problem mit den Truppen aus dem Süden ist nicht das ihre. Wenige Stunden nach Georgs unerfreulichem Besuch im Lager trifft der Emissär der Partisanen im Gemeindeamt bei Onkel Gustl ein und verlangt die bedingungslose Übergabe aller Gemeindegeschäfte an die Partisaneneinheit, die ihm in Kürze nachfolgen wird. Onkel Gustl kennt den Botschafter, der sich bedrohlich vor seinem Schreibtisch in der Amtsstube aufbaut. Er hat als Zwangsarbeiter aus Slowenien in einer Tischlerei in der Nähe gearbeitet. Damals hat er ihn höflich gegrüßt, nun meint er in der Position zu sein, ihm drohen zu können. Nicht nur die bewaffnete Gruppe in der unmittelbaren Nähe ist eine Gefahr, unerfreulich sind natürlich die Ortskenntnisse des Emissärs, denn er kennt sich in der Gegend gut aus. Im Befehlston ordnet er an, die Partisaneneinheit im großen Saal des Gasthauses Kampitsch unterzubringen. Onkel Gustl ist verärgert, aber er versucht diplomatisch zu bleiben. Er erklärt, dass man vorerst mit Klagenfurt in Kontakt treten müsse. In dem Moment betritt Georg in Begleitung der provisorischen Ortswehr die Gemeindestube. Mit dem Gewehr im Anschlag fordert Georg den Abgesandten der Partisanen auf, sofort den Ort zu verlassen. Eine vorgehaltene Maschinenpistole und die umgehängte Panzerfaust sollen ihre gute Ausrüstung demonstrieren. Der Emissär sieht sie verblüfft an, man kann ihm direkt ansehen, wie er grübelt. Der Onkel sieht dagegen sehr grimmig aus. Es gelingt tatsächlich, den ehemaligen Zwangsarbeiter in Richtung Eberstein zu verjagen. Schnell rennt er die Dorfstraße hinunter und verlässt den Ort. Doch was nun? Onkel Gustl erhebt sich von seinem Schreibtisch und lehnt sich auf seine Fingerknöchel gestützt nach vorne. Sein Gesicht läuft hochrot an, er ist furchtbar wütend. Georg meint, dass sein Kopf jeden Moment explodieren könnte. Er brüllt: „Bist du komplett übergeschnappt? Was meinst du, was jetzt kommt?“ Georg antwortet leise: „Die Partisanen geben nie mehr her, was sie besetzt haben. Wir müssen die englischen Truppen unbedingt selbst empfangen. Sonst sind wir ausgeliefert.“ Onkel Gustl beruhigt sich langsam und meint, man müsse auf jeden Fall erkunden, was die nächsten Schritte der Partisanen sind. Wieder schickt er ihn in Richtung der Volksschule von Eberstein, um diese zu beobachten. Dort ist keinerlei Reaktion zu erkennen, keine Aufregung, keine Marschbefehle und keine Bewaffnung. In Eberstein verändert sich die Lage nicht, es kommt zu keinem Angriff der Partisanen. Die Drohung ist wie heiße Luft verpufft.

Aus der Sicht des historischen Kontextes:

Flüchtlinge und Heimkehrer

Bei Kriegsende wurde Kärnten von Menschenmassen überflutet wie nie zuvor in seiner Geschichte. Nach dem Zusammenbruch aller Fronten drängten endlose deutsche Truppenkolonnen aus Italien und vom Balkan nach Kärnten herein. Letztere haben nur noch ein Ziel vor Augen, nämlich in britische Kriegsgefangenschaft zu geraten. Mit den deutschen Einheiten kamen Truppenverbände, die aus antikommunistischer Einstellung auf deutscher Seite gekämpft hatten (Kosaken, slowenische Heimwehrverbände etc.) bzw. Truppenverbände der Satellitenstaaten Hitlerdeutschlands in Kroatien und Ungarn. Umgekehrt wollten Zehntausende Zwangsarbeiter und Kriegsgefangene nunmehr in ihre Heimatländer zurückkehren. Die Organisierung dieser sich in verschiedene Richtungen bewegenden Völkerwanderung stellte die britische Militärverwaltung in den ersten Wochen nach Kriegsende vor eine schier unlösbare Aufgabe. Insgesamt dürften sich in den ersten Wochen nach dem Zusammenbruch mehr als eine Million Menschen in Kärnten aufgehalten haben, wobei es in einzelnen Landesteilen zu einer noch nie dagewesenen Zusammenballung von Menschen unterschiedlichster Herkunft kam. In manchen Gegenden, wo alleine mehrere hunderttausend Menschen mit unzähligen Fahrzeugen und

Pferdegespannen auf Feldern und Fluren lagerten, wurden die landwirtschaftlichen Kulturen streckenweise restlos zerstört.

Quelle: Wadl, Wilhelm: Das Jahr 1945 in Kärnten. Ein Überblick. Verlag des Kärntner Landesarchivs, 1985, S. 79

In der warmen Frühlingssonne steigt Staub auf der Landstraße auf. Gewaltige Kolonnen von rückströmenden deutschen Soldaten ziehen entlang der Görtschitztal-Straße aufwärts. Vereinzelt werden sie von Kosakenabteilungen auf ihren wunderschönen Pferden begleitet. Onkel Gustl berichtet von Kämpfen zwischen Kosaken und Partisanen, als die Ortswache wieder in der Amtsstube eintrifft. Am späten Nachmittag desselben Tages soll Georg erneut die Volksschule in Eberstein beobachten. Dieses Mal passiert etwas: Wie auf einen unsichtbaren Befehl hin machen sich die Partisanen auf den Weg. Sie verschwinden im starken Verkehr auf der Görtschitztal-Straße zwischen den vielen anderen Rückkehrern. Sie tauchen einfach unter in der Masse. Plötzlich legt sich ein neues Geräusch über die Menge an Stimmen und Tierlauten. Georg hört talabwärts den Motorenlärm von einem englischen Panzerspähwagen. Der Wagen nähert sich und fährt seitlich über die Brücke der Görtschitz. In diesem Augenblick ist für Georg der Krieg vorbei. Er nimmt seine Mütze vom Kopf, küsst die kleine Flagge in Rot-Weiß-Rot, kniet am Boden nieder und seufzt laut: „Dank dir Gott!" Dann erhebt sich Georg und rennt freudestrahlend zum Gemeindeamt zurück. Das Maschinengewehr auf seinem Rücken baumelt wild auf und ab.

Der Krieg ist vorüber, aber frei ist man noch nicht. Nun überwachen die Besatzer alles. Onkel Gustl fragt Georg zunächst, ob er bei ihm im Gemeindeamt bleiben will, um als Dolmetscher für die Engländer zu helfen, aber Georg möchte nichts mehr damit zu tun haben. Er meint, man würde wohl auch ohne ihn auskommen. Tante Mitzi dagegen ist ohne Helfer in der Landwirtschaft, weil die beiden Kriegsgefangenen, die ihr in den letzten Monaten tüchtig geholfen haben, nun möglichst schnell nach Hause heimkehren wollen, der eine in Richtung Frankreich, der andere nach Italien. Der Tag nach dem Eintreffen der britischen Besatzer ist auf einem Bauernhof wie jeder andere, der Alltag in der Landwirtschaft muss weitergehen und das Vieh auf die Alm gebracht werden. Das Tal ist mit vielen Flüchtlingen und Kosaken, deren Pferde auf den Weiden stehen, derart von Vieh überschwemmt und abgegrast, dass Tante Mitzi nicht mehr weiß, wohin sie mit ihren Kühen soll. Also werden ihre Rinder schon etwas früher als sonst auf die Herle-Alm getrieben. Georg begleitet die Herde hinauf, für ihn beginnt nun eine friedliche Zeit in der Hütte, ohne befürchten zu müssen, dass er dort aufgegriffen wird. Binnen einer Woche soll er jedoch zurück nach Wietersdorf zu seiner Tante ins Tal kommen. „Sofort!“, meint das Nachbarmädchen, welches ihn verständigt. Um das Vieh nicht allein zu lassen, marschiert Georg in der Nacht talabwärts, denn die Kühe liegen ruhig auf der Weide, bis er noch vor dem Morgengrauen zurückkehrt. Als er am Hof eintrifft, ist er erschüttert von dem Anblick: Die Wiesen und Obstgärten rund um den Hof sind von Kosaken besetzt, sie haben Zelte aufgeschlagen und ihre Planwägen tiefe Furchen in den saftigen Boden gepflügt. Auf der Straße patrouillieren die Engländer mit ihren Jeeps, selbst nachts. Georg muss länger an die große Haustüre pochen, bevor die Tante ihm öffnet. Sie sieht sehr verängstigt aus. Sie führt ihn in ein Zimmer im ersten Stock, wo hinter dem Kachelofen ein kräftiger Zivilist hockt. Er trägt Onkel Hans’ alte Kleidung und macht einen panischen Eindruck. Er spricht kein Wort, aber Tante Mitzi deutet aufgeregt auf ihn und erzählt Georg, dass die Engländer nun die Kosaken abtransportieren wollen. In Kürze soll das geschehen. Immer noch weist sie auf ihn und berichtet, er sei der Kosakenoffizier, der verhindert hätte, dass ihr Hof in Flammen aufgeht. Sie spricht schnell: „Der hat mir echt geholfen. Bitte entscheide du, was wir tun können. Ich weiß es nicht. Onkel Hans ist nach Klagenfurt gefahren." Georg sieht den hochgewachsenen kräftigen Kosakenoffizier musternd an und entscheidet spontan: „Ich nehm' ihn mit zur Hütte. Einen anderen Weg sehe ich nicht." Die beiden schlüpfen durch den Hühnerstall hinaus aufs freie Feld und marschieren mit großen Schritten oberhalb von Kitschdorf an einem großen Pferdepferch vorbei, den die Engländer bewachen. Leise schleichen sie an der Koppel vorbei. Anatoli erkennt sein Pferd zwischen vielen anderen auf der Wiese und ruft es aus seiner Deckung mit einem schrillen Pfiff. Das herrliche Pferd scheut auf, startet inmitten der anderen plötzlich einen Galopp und springt mit einem gewaltigen Satz über den Zaun auf Georg und Anatoli zu. Georg ist baff! So etwas hat er noch nie gesehen und der Sprung ist beeindruckend. Leise wiehernd freut sich das Pferd, seinen Besitzer wiederzusehen, es schnüffelt an Georgs Hand und schüttelt die Mähne. Nun sind sie zu dritt: Zwei Männer und ein herrlicher brauner Hengst, die weiter ungesehen über Kirchberg an den englischen Feldwachen vorbei durch die Lölling auf die Saualpe wandern.

Von Georgs Aussichtspunkt aus beobachten die beiden schon am darauffolgenden Tag, wie die britischen Panzerwägen kommen. Über viele Stunden fahren die LKWs mit Anatolis Kriegskameraden vorbei, die sich heftig gegen die Auslieferung wehren, obwohl man sie schon vorher entwaffnet hat. Anatoli sitzt neben Georg, unaufhaltsam kullern Tränen über seine Wangen. Das sieht bei einem so großen und kräftigen Mann eigenartig aus, aber er schämt sich nicht dafür. Anatoli erzählt ihm abends vor dem kleinen Holzofen sitzend von seinem Schicksal und seiner Vergangenheit. Er wurde in Leningrad als Sohn eines zaristischen Marineoffiziers geboren und war als Unterleutnant in der Roten Armee gegen die Deutschen bei Schlüsselburg eingesetzt. Ungewollt geriet er hinter die deutschen Linien und meldete sich bei einem Trupp für die antikommunistischen Kosaken. Ab diesem Zeitpunkt diente er auf der deutschen Seite in Kroatien und beim Aufstand in Warschau. Er war über viele Meilen gereist und auf dieser Strecke in grauenvolle Massaker verwickelt gewesen. Die geschilderten Einzelheiten verstören Georg zutiefst. Es ist erschreckend, wozu ein Mensch fähig ist. Als er ihn darauf anspricht, warum er mit einer derartigen Brutalität vorging, antwortet Anatoli: „Vaterlandtreue, dem Kaiser gegenüber und Kameradschaft. Das ist das Wichtigste." Georg lässt ihn sprechen von einer Welt, die er sich nur schwer vorstellen kann: „Jahrhundertelang waren wir treue Anhänger des Zaren. Wir haben für ihn ganz Russland, bis zum Stillen Ozean, erobert. Dafür waren wir Kosaken geachtet und mit Privilegien ausgestattet." Aber diese Privilegien hat der Kommunismus ihnen genommen: Land, Gut und die Kosakenehre. Anatoli legt ein Scheit Holz nach: „Er war von Anbeginn an unser Todfeind. Wenn wir also gezwungenermaßen einen Eid auf ihn ablegen mussten, waren wir auch nicht verpflichtet, diesen einzuhalten!" Anatolis Augen funkeln. „Versteh mich nicht falsch, Hitlers Politik war für mich und meine Kameraden nicht interessant. Er war für uns lediglich der Mann, der uns in unserem Kampf gegen die Sowjets unterstützen konnte. Man versprach uns Siedlungsgebiet in Jugoslawien. Viele Menschen hatten dort ihre Dörfer verlassen und waren zu den Partisanen gegangen." Georg denkt an die vielen Tagesschauen, die er in der Marineschule gesehen hatte, und an die ewige Parole vom Land für alle, von den Siedlungsgebieten im Osten und der häufig besungenen Heimatscholle. Was für eine große Lüge, und wie viele haben daran geglaubt? Anatoli schweigt lange, dann sammelt er sich noch einmal: „Und dann war auf einmal alles vorüber. Deutschland hat den Krieg verloren, man hat einfach kapituliert, und wir Kosaken mussten unsere Waffen strecken. Schande …“

Georg sinniert in der Nacht, auf dem Strohsack in der Hütte liegend, warum Menschen aus Überzeugung derart handeln. Egal wie lange er nachdenkt, diese Form der Grausamkeit kann er nicht verstehen. Auch er hat viele Dinge aus Überzeugung und aus bloßem Überlebenswillen getan. Es steht ihm nicht zu, ihn zu verurteilen. Zumindest hat man Anatoli nie verhaftet und wie ein Lamm zur Schlachtbank führen wollen. In dem Moment, als man ihn ausliefern sollte, hat er nichts anderes getan wie Georg: Er hat die Flucht ergriffen.

Oben auf der Herle-Alm ist Georg froh über dessen Anwesenheit, denn er kümmert sich mit viel Verständnis und Einsatz um das Vieh. Als ein Trupp zurückflutender Ukrainer versucht, die Herde wegzutreiben, baut Anatoli sich wild brüllend vor den Dieben auf. Georg holt das Maschinengewehr aus der Hütte und lässt den Gurt voll durchlaufen. Er zielt über die Köpfe hinweg auf den gegenüberliegenden Waldhang. In kürzester Zeit ist die Straße menschenleer und Tantes Vieh in Sicherheit. Dann stellt er das Gewehr ab und starrt es lange an. Georg möchte nie mehr eine Waffe tragen, nie mehr Krieg erleben müssen. An seinem letzten Tag auf der Alm pflanzt er zwei Fichtenbäumchen in Form eines „V“ für „Victory“ auf einer Lichtung nahe seinem Versteck in der Höhle. Er schwört sich selbst: Dorthin will er zurückkehren, um zu sehen, wie sie gedeihen. Ein Symbol für den Frieden, der endgültig über den Krieg siegt.

Georg verabschiedet sich von Anatoli und kehrt zurück ins Tal, seit langer Zeit unbeschwert und pfeifend, um seiner Tante beim Bestellen der Felder zu helfen. Es ist höchste Zeit, wenn man die Ernte noch retten will. Nach wie vor haben sie keine Nachricht von Wunibald. Auf Nachfrage über das Gemeindeamt kann Onkel Gustl allerdings erfahren, dass sein Neffe aus Innsbruck verschwunden ist. Als im Juni 1945, ein Monat nach Kriegsende, ein Wehrdienstentlassener auf dem Hof zum Dienst erscheint, darf Georg sich verabschieden. Er ist den beiden für immer zu Dank verpflichtet und schwört sich, nie zu vergessen, in welche Gefahr sie sich begeben haben, um ihm einen Unterschlupf zu gewähren.

Eine neue Zeit bricht an: Die Uniformen werden versteckt, verbrannt oder Teile davon umgenäht. Die Plätze werden wieder umbenannt, der Wiederaufbau und die Aufräumarbeiten beginnen. Die Stadt wird immer noch von Heimkehrern und Flüchtlingen geflutet. Georg spricht in der englischen Militärverwaltung in Klagenfurt vor, um die Erlaubnis zu erhalten, nach Innsbruck zu fahren. Vier Semester fehlen ihm noch bis zum Ende seines Studiums. In seinem großen Seesack werden vorsorglich Kartoffeln und Schweineschmalz sowie warme Kleider verstaut. Immer noch sind Lebensmittel sehr kostbar. Immer noch bleiben Wohnungen kalt oder werden mit Flüchtlingen überbelegt. Im Herbst setzt Georg sein Studium in Innsbruck fort. Seine kleine Wohnung in der Trogerstraße kann er im Winter 1945 auf 1946 nicht ein einziges Mal beheizen. Der Krieg ist vorbei, doch die Not noch lange nicht.

Die Studienjahre gehen zu Ende und Georg kehrt in die Heimat zurück. Zu Weihnachten 1947 lernt er bei einem Skiurlaub eine hübsche junge Lehrerin aus dem Görtschitztal kennen. Ihr Wesen beeindruckt ihn sofort. Trotz der großen Anstrengung während der Skitouren bleibt sie stets natürlich. Irgendwie herrscht eine Vertrautheit zwischen den beiden, die er nicht einordnen kann. Umgekehrt ist die junge Frau nicht sofort Feuer und Flamme für ihn, sie beobachtet ihn sorgfältig. Es dauert eine Zeit, bis sie ihm gesteht: „Ich kenne dich schon länger. Du hast mir einmal gesagt, dass mein ausgehobener Schützengraben lächerlich ist. Dann bist du verschwunden." Da ist es wieder, sein verschmitztes Lächeln. Er ist richtig verliebt in dieses Mädchen. Georg bittet sie schon bald danach um ihre Hand, und zu Maria Himmelfahrt 1948 läuten die Hochzeitsglocken. Er bedauert diese Entscheidung über sechzig Jahre lang nie.

ENDE

Georg Lexer mit seinen Enkelkindern vor der Victory Fichte auf der Saualm (1996). Diese Fichte pflanzte er am 8. Mai 1945, als der Krieg zu Ende war.

Epilog von Georg Lexer

Oder: Was danach geschah?

„Niemand sollte einen anderen Menschen verurteilen, bevor er sich nicht in absoluter Ehrlichkeit selber gefragt hat, ob er in einer ähnlichen Situation nicht vielleicht dasselbe getan hätte.“
(Viktor Frankl)

Man sagt hier im Lesachtal „Innegen“ nicht nur, wenn man einen Raum betritt, sondern auch, wenn man in sich geht, um nachzudenken. Genau das ist während der Arbeit an diesem Buch passiert, das ich über viele Jahre geplant, aber erst nach meinem 70. Geburtstag umsetzen konnte. Ich habe mich über Jahre mit der Geschichte meiner Familie beschäftigt, vieles gesammelt und gewusst, aber in der schriftlichen Auseinandersetzung noch zusätzlich viele Dinge über mich und meine Wurzeln erfahren.

Meine Großeltern, die ich leider nie kennenlernen durfte, und ihre beiden Söhne waren im katholischen Widerstand tätig. Sie praktizierten den Mut zum aufrechten Gang. Wir haben heute die Gnade, in einer Demokratie leben zu dürfen. Wir sollen heute den aufrechten Gang in Demut praktizieren, nicht von Mut reden, wenn man sowieso aufrecht gehen kann beziehungsweise darf, ohne um das eigene Leben zu fürchten. Mein Vater hat am Grabstein seiner Eltern folgende Zeile anbringen lassen: „Sie starben für ihren Glauben und unsere Freiheit.“ Ich empfinde diese Demut ebenso und verneige mich meinen Großeltern gegenüber.

Was meinem Großvater angetan wurde, kenne ich nur aus Erzählungen. Nach Kriegsende besuchte der Bauer Weißnegger aus Maria Rojach im Lavanttal meinen Vater, um ihm die letzten Grüße des Großvaters zu überbringen. Sie waren gemeinsam im Konzentrationslager. Weißnegger hat unglaubliche sieben Jahre Haft im KZ in Buchenwald überlebt und die Bitte des Gendarmen, seine letzten Grüße an seine Familie auszurichten, nie vergessen. Der Bauer blieb mit meinem Vater über viele Jahre in Kontakt. Ich durfte den alten Herrn noch persönlich kennenlernen. Ich habe ihm viele Fragen über das KZ gestellt, ich wollte alles wissen, und so hat er mir bei einem Besuch auf meine Bitte hin seinen entstellten Rücken gezeigt: daumendicke Striemen, eine Narbe auf der anderen, durch die vielen Peitschenschläge. Mich faszinierte das als Kind und es verängstigte mich zugleich, aber das Schweigen darüber empfand ich als weit schlimmer. Mein Vater konnte eigentlich nicht viel über seinen Vater erzählen.

Auf seiner unvergesslichen Bahnreise zur Aufnahmsprüfung in Klagenfurt erzählte er ihm über die schwierige Situation des nach dem Ersten Weltkrieg Heimgekehrten, der dann als pflichtbewusster Gesetzeshüter ins Lesachtal kam, in dem seit jeher vieles in einer Art von Selbstjustiz geregelt wurde. Ein Beispiel dafür ist das vorne beschriebene Erlebnis mit den Schmugglern, auf das hin er geschnitten wurde. Umgekehrt hat man sich für dieselbe Sache gegenseitig angezeigt. Da seine Ehefrau sich in dem Tal nicht wohlfühlte, nahm er erneut Abschied ohne Reue.

Mit 16 Jahren sah mein Vater ihn das letzte Mal, und auch davor war er nicht viel zu Hause. Obwohl der Großvater seine Söhne liebte und sie sogar mit auf die Patrouillen genommen hat, blieb eine gewisse Distanz bestehen. Selbst mein Vater war noch so „gestrickt“, aber auch wenn er mich

Kaverne hinter dem Haus am Hügel bei Villagio del Pescatore. Hier verlief im Ersten Weltkrieg die Front in Richtung Meer.

nicht oft auf den Schoß gehoben hat, war er in Notsituationen der beste Kämpfer für mich. Das vergesse ich ihm nie. Er entstammte einer Generation, die ihre Kriegstraumata mit vielen Dingen übertünchte: Aggression und Alkoholmissbrauch waren sehr verbreitet. Die Männer kamen zurück und waren nicht mehr dieselben, es gab viele „Zitterlinge“, heute nennt man es posttraumatische Belastungsstörung (PTBS). Mein Vater hat lange in der Nacht gezittert, weil er über Jahre großer Kälte ausgesetzt war. So begann er zu beben, wie Tiere es gegen die Kälte tun. Das kann man nicht einfach wieder abstellen. Der Hunger war oft sein Begleiter, schon lange bevor der Krieg ausbrach und noch danach.

Heute weiß man aus verschiedenen Untersuchungen, dass schwerwiegende traumatische Erlebnisse von einer Generation zur nächsten epigenetisch weitervererbt werden, wenn die Vorgenerationen es nicht schaffen, diese zu verarbeiten. Eine Verarbeitung von so grauenhaften Erlebnissen wie der Inhaftierung im KZ oder im Gefängnis beziehungsweise in ständiger Angst vor der Verfolgung zu leben, kann nur gelingen, wenn darüber gesprochen wird. Und wenn jemand zuhört. So ein Zuhörer war ich Zeit meines Lebens und habe dabei auch viel für mich persönlich gelernt. Das Schweigen einer ganzen Generation konnte ich bei vielen meiner Studienkollegen und deren Eltern beobachten. Es hat ihnen nicht gutgetan. Ich empfinde es heute als eine große Gnade, dass mein Vater anders war und immer wieder mit mir über die Zeit seiner Kindheit und mit viel Respekt und Ehrfurcht über seine Eltern gesprochen hat. Er machte kein Hehl um seine Taten in der Jugend, weder hat er sie bereut, noch glorifiziert. Es war eigentlich nichts Großes oder Zerstörerisches, was er getan hat, und dennoch: Damals war es sehr gefährlich, denn seine Botschaft half jenen, die nicht so dachten wie der Rest der Gesellschaft. Georg Lexer war sich bereits als junger Mann seiner Taten bewusst, es handelte sich nicht um unbedarfte Lausbubenstreiche eines Schülers. Die nach seinem Fortgang zur Marine gegründete AFÖ – Antifaschistische Freiheitsbewegung Österreichs – hat in Wahrheit auch keine gefährlichen oder bedrohlichen

Großvaters Bruder, Onkel Anton, war der Oberringer Bauer im Lesachtal. In jungen Jahren waren die beiden gemeinsam im Kärntner Abwehrkampf. So hätte wohl auch der Großvater ausgesehen, wenn er hätte alt werden dürfen und nicht im KZ gestorben wäre.

Aktionen gewagt. Dennoch: Die Folgen waren verheerend, denn schon die kleinsten Dinge wurden schwer bestraft. Er und sein Bruder kamen davon, aber zehn Widerstandskämpfer, darunter Dr. Granig und der Landtagsabgeordnete Karl Krumpl, wurden in den letzten Tagen vor der Kapitulation hingerichtet.

Eduard Pumpernig erhielt „nur" zehn Jahre Gefängnis, er wurde nicht zum Tode verurteilt, weil er viele Informationen an die Gestapo weitergab. Nach dem Zweiten Weltkrieg wurde er sogar Politiker. Mit ihm wollte mein Vater für den

Eine Komposition aus Feldflasche, Krücken und Gamaschen und OP-Tisch aus dem 1. Weltkrieg, wie sie im Lazarett verwendet wurden.

Rest seines Lebens nichts mehr zu tun haben. Überhaupt ist mein Vater noch viele Jahre lang den rehabilitierten Schergen aus der Zeit der Nationalsozialisten begegnet. Weil er kein Nazi war, ist er daher oft in Schwierigkeiten gekommen – ein „Volksschädling", der nicht vergessen hatte. Details über die in Kärnten über Jahrzehnte weiterwirkenden Nationalsozialisten hat er mir aber immer erst nach deren Tod erzählt. Unvergesslich bleibt mir seine plastische Darstellung des bekannten Anwalts S., der als glühender Hitlerjunge vom Schloss Ehrenhausen heruntergerufen hat: „Süß und herb ist es für den Führer zu sterben!" Aber auch das gab es: Einer der Mitläufer, welche damals Dr. Kadras bespuckten, wurde später selbst ein hoher Würdenträger in der katholischen Kirche, ja sogar Generalvikar.

In große Meinungsverschiedenheiten geriet Vater mit der Kärntner Ärztekammer, als er den „angesehenen“ Dr. Ramsauer nicht im Sanatorium Mariahilf tätig werden ließ, das über Jahrzehnte unter Vaters Leitung stand. Ramsauer war als KZ-Lagerarzt maßgeblich an der Tötung von Gefangenen durch Benzininjektionen in den Lagern Dachau, Mauthausen und am Loibl verantwortlich. Er wurde zwar angeklagt, saß aber nur sieben Jahre in Haft. Nach seiner Entlassung (aus gesundheitlichen Gründen) praktizierte er bis ins hohe Alter in Klagenfurt weiter. Diesen Mann ließ mein Vater nicht über die Schwelle „seines“ Sanatoriums. Seine Überzeugung war aufrecht bis zum Schluss.

Mein Vater wurde als Zeitzeuge mehrfach interviewt, aber es sind wenige Publikationen über die AFÖ, die Antifaschistische Freiheitsbewegung Österreichs, erschienen. In vielen dieser Berichte werden die Namen meiner Großeltern, meines Onkels und Vaters genannt. Erst spät folgte die Würdigung und gleichzeitig die Entschuldigung für meinen Großvater, zu dessen Ehren am 4. Juli 2014 ein „Stolperstein“ am Bahnweg 21 vor dem ehemaligen Wohnhaus der Familie Lexer gelegt wurde. Das Haus wurde inzwischen ersetzt, viele andere Dinge bleiben aber erhalten, wie die vier nach den Widerstandskämpfern benannten Gassen im Ortsteil Welzenegg: Die „Krumplgasse“, die „Bärnthalergasse“ und die „Dr.-Granig-Gasse“ münden in die „Dr.-Kadras Gasse“. Ob den Bewohnern die Bedeutung dieser vier Männer bekannt ist?

Mein Vater hat nie überwunden, dass mein Großvater zwar freigesprochen, aber dennoch von der Geheimen Staatspolizei „einkassiert“ wurde, weil er in seiner Pflichtausübung unbeirrbar blieb. Weil der Großvater immer korrekt war und die Würde der Häftlinge in Wöllersdorf respektierte, gab es ein spätes Dankeschön. Nur deshalb verkaufte der

Stolperstein im Gehsteig vor dem Haus Bahnweg 21 in Klagenfurt, feierlich verlegt 2014. Leider konnte es der 2011 verstorbene Georg nicht mehr erleben.

Bauer Wank, einst als illegaler Nationalsozialist in Wöllersdorf inhaftiert, meinem Onkel Wunibald viele Jahre später einen eigentlich unverkäuflichen Baugrund in Pischeldorf. Wank hat meinen Großvater nie vergessen.

Den Dienst an der Waffe hat mein Vater nicht verweigert, obwohl das nicht aus Überzeugung geschah und er nie einen Eid auf das Deutsche Reich und den Führer abgelegt hatte. Es hätte ein sicheres Todesurteil bedeutet und die zusätzliche Schmähung seiner Mutter. Es war daher für beide

Brüder keine Alternative. Für meinen Vater war die Meldung zur Marine die einzige Möglichkeit, ein Studium zu beginnen, er beendete es dann 1947 in Innsbruck. Als Leiter der Radiologie und medizinischer Direktor des Sanatoriums Mariahilf in Klagenfurt ging er nach einer langen Dienstzeit in Pension. Mit unserer Mutter, die er bald nach dem Krieg kennengelernt hatte, zogen sie gemeinsam fünf Kinder auf, die alle Ärzte wurden wie er.

Viele Dinge hat mein Vater zur Verarbeitung des Schicksals seiner Eltern unternommen: Als Erinnerung an den Großvater kaufte der Vater ein kleines Haus im Villaggio del Pescatore bei Duino, ganz in der Nähe des ehemaligen Isonzoschlachtfeldes, wo sein Vater im Ersten Weltkrieg schwer verwundet worden war. Der Ort war in den 1950er-Jahren ein Zufluchtsort für viele Ausgebombte und Flüchtlinge des Tito-Regimes. Heute noch gehen wir am Lago di Doberdó spazieren, besuchen die Überreste der Frontstellungen und wir versuchen zu verstehen. Die beiden Brüder Georg und Wuni besuchten noch vor dem Fall der Mauer in den 1980er-Jahren das Konzentrationslager Buchenwald bei Weimar in der damaligen DDR. Durch Nachforschungen ist es ihnen gelungen, die wahre Todesursache des Vaters herauszufinden. Es zeigt, dass es eine offene Wunde auf der Seele bleibt, wenn Teenager ihren Vater nie verabschieden konnten. Dass es meinem Vater dann beim Sterben seiner Mutter gelungen ist, war vielleicht heilsam, obwohl es so tragisch war. Schlimm war für mich, dass einige mir bekannte Personen die Schuld am Tod der Großmutter (durch die Nazis) meinem Vater in die Schuhe schieben wollten. So geschah eine völlig unzutreffende Opfer-Täter-Umkehr.

Erst nach dem Krieg erfuhr mein Vater, dass er nach seiner Flucht auch im Lesachtal gesucht wurde, weil man dort sein Versteck vermutete. Es gab eine Hausdurchsuchung bei

Bild von Pescatore, gemalt vom Vater

seinem Onkel Anton, dem Bruder des Vaters. Natürlich hätte man ihm ein Versteck gewährt, es waren starke Familienbande von beiden Seiten vorhanden.

Mein Onkel Wunibald war 1945 im Frankreichfeldzug und entging der Verhaftung, indem er sich den Amerikanern ergab. Er verbrachte danach einige Zeit in den USA. Nach seiner Heimkehr wurde er Veterinärmediziner. Auch er hat seine Erinnerungen aufgeschrieben, sie dienen zusammen mit den Memoiren meines Vaters als Grundlage für dieses Buch. Darin erwähnt er, dass er 1986 den geretteten amerikanischen Piloten ausfindig machen konnte. Viele Jahre später wurden die beiden Brüder dafür geehrt – auch die guten Dinge wurden nicht vergessen.

Überhaupt geht es mir in diesem Buch darum, nicht zu vergessen, aber das Verzeihen ist wichtig. Etwas zu verklären, hilft niemandem. Viktor Frankl, ein berühmter Arzt und einer der wenigen jüdischen Überlebenden des Konzentrationslagers Dachau, hat mich in meiner medizinischen Laufbahn stark geprägt. Er hat sich auch mit meinem Vater im Sanatorium Mariahilf getroffen. Zu den prägendsten Erlebnissen meines Lebens zählt der Moment, als ich zeitgleich mit Viktor Frankl die Medaille der Österreichischen Albert-Schweitzer-Gesellschaft empfangen durfte. Viktor Frankl, Begründer der Logotherapie, hat sich Zeit seines Lebens gegen Hass und Vergeltung und für das Leben entschieden, aber vergessen hat er nie.

Frankl wurde aufgrund seiner jüdischen Wurzeln verfolgt, aber gläubigen Katholiken ging es ähnlich im nationalsozialistischen Regime. Meine Einstellung zur katholischen Kirche unterscheidet sich gewiss von der meines Großvaters, der ein Laienbruder bei den Serviten im Lesachtal war. Mein Vater hat eine sehr strenge religiöse Erziehung genossen, aber er war nicht für die Ecclesia Triumphans, sondern setzte sich für den Kampf gegen das Böse ein. Er war ein „ökosozialer Mensch" durch und durch. Ich bezeichne mich als einen gläubigen Menschen, der im Sinne der Urchristen versucht, moralisch zu handeln, aber mit Moralisten nichts zu tun haben will. Ich finde Gott im Respekt vor der Natur. Nach dem Vorbild von Franz von Assissi versuche ich die Welt zu betrachten. Gott wohnt in sauberen Bächen, in naturbelassenen Pflanzen, die der Mensch nicht aus Profitgier verändert hat. Er wohnt im Holz, in Steinen und in der unberührten Natur. Es ist eigentlich eine Gotteslästerung, wenn ich die Schöpfung nicht ehre und ihre Zeichen nicht erkenne.

Ein solches Zeichen gab mir mein Vater posthum: Er pflanzte auf der Saualm nach dem Krieg und dem Einmarsch der Briten in Kärnten zwei Fichten, die in der Form eines „V“ wuchsen und nannte sie „Victory-Fichten“ für den Sieg über den Krieg. Er zeigte diesen Platz immer wieder seinen Kindern und Enkelkindern. Nach seinem Tod am 16. Oktober 2011 habe ich am darauffolgenden Tag diesen Ort wieder besucht, weil ich mir über viele Dinge klar werden musste und Frieden suchte. Außerdem wollte ich für das Begräbnis Zweige von diesem für ihn so besonderen Ort holen. Es war ein düsterer und nebliger Tag, erste Schneeflocken flogen vom Himmel, eine Weltuntergangsstimmung rund um mich herum. Als ich die Lichtung erreichte, sah ich, dass einer der beiden Bäume gebrochen war. Seine Zeit war gekommen.

Ich vermisse die Reise nach innen – das „Innegen“. Wir erleben die Religion extrinsisch, also bei der Hochzeit, bei der Taufe und noch bei der Fleischweihe, aber das sind nur Rituale, und die Priester werden immer mehr zu Zeremonienmeistern. Daher ist mir die Rückbesinnung auf Wesentliches und die Aufarbeitung des katholischen Widerstandes in Kärnten auch so wichtig. Es ist ein kaum bearbeitetes Thema, das man ins Heute übersetzen muss. Es geht darum, das Feuer weiterzugeben und nicht die Asche anzubeten (Papst Johannes XXIII.) Daraus folgert auch die wesentliche Botschaft, dass es nie wieder Krieg geben darf. Wie Bertha von Suttner einst sagte: „Waffen nieder!“ Als sie starb, begann der Erste Weltkrieg.

Ich appelliere an die Verantwortlichen im Bildungswesen, sich mit dem Thema nicht zum Selbstzweck zu beschäftigen, sondern mit Vorsicht die Vergangenheit aufzuklären, um der zukünftigen Generation ähnliche Tendenzen zu ersparen. Damit soll auch Schaden an der Demokratie abgewehrt werden, egal ob durch linke oder rechte Extremisten.

Wir sollten einst wertschätzende Begriffe wie „Heimat“ und „Kameraden“, welche von der Nationalsozialistischen Partei missbräuchlich verwendet wurden, von ihrer negativen Bedeutung befreien und sie nicht Rechtsextremen „überlassen“. So haben sie keine Handhabe, dass ein solch menschenverachtendes Verhalten je wieder vorkommt.

Autor mit seinem Vater Georg (1922–2011) in den Dolomiten um etwa 1960

Ein befreundeter Künstler malte Georg auf seinem Boot in Duino um das Jahr 2000. Hier war er sehr glücklich.

Zum Schluss noch ein Andenken an meinen Vater. Bei seinen persönlichen Dokumenten hat er uns folgende Zeilen eines Unbekannten hinterlassen:

Freu dich über jede Stunde,
die du lebst auf dieser Welt!
Freu dich, dass die Sonne aufgeht,
und auch dass der Regen fällt.
Du kannst atmen, du kannst fühlen,
kannst auf neuen Wegen geh'n.
Freu dich, dass dich and're brauchen
und dir in die Augen seh'n.

Freue dich an jedem Morgen,
dass ein neuer Tag beginnt.
Freu dich an den vielen Blumen
und am kalten Winterwind.
Du kannst hoffen, du kannst kämpfen
und dem Bösen widersteh'n.
Freu dich, dass die dunklen Wolken
irgendwann vorübergeh'n.

Freue dich an diesem Tage,
dass du ein Zuhause hast.
Freu dich an den stillen Stunden
und vergiß die laute Hast.
Du kannst lieben, du kannst träumen,
kannst die schöne Welt noch seh'n.
Freu dich über jede Stunde,
denn das Leben ist so schön.

Danksagung

Mein Dank gilt vielen Menschen, die mir beim Schreiben und Recherchieren mit ihrer Meinung geholfen haben, die als Probeleser fungierten und mir Fotos zur Verfügung gestellt haben. Ich bedanke mich beim Verlag Hermagoras/Mohorjeva für das ehrliche Interesse an dem Thema „Katholischer Widerstand in Kärnten" und dem Diözesanarchiv in Klagenfurt.

Allen voran der Schriftstellerin Mag.ª Katharina Springer, die mir durch Bernd Hofstätter empfohlen wurde und mit der ich über ein Jahr intensiv gearbeitet habe. Ich habe nicht vermutet, dass durch das Niederschreiben der Geschichte meiner Familie ein gesundheitsförderndes Ordnungsprinzip in mein Leben eingekehrt ist. Aber so war es.

Weiters ein besonders großes „Dankeschön" an Univ.-Prof. i. R. Dr. Werner Drobesch und Mag. Hanzi Filipič, die als wissenschaftliche Berater für die Aufarbeitung der historischen Ereignisse fungierten.

„Herzlichen Dank" auch an die Testleser Mag. Hubert Patterer, Dr. Walter Brunner, Karl Brunner, Mag. Ernst Müller, Klaus Graf, Mag. Michael Steuer und Angelika Arneitz. Danke für die Fotos von Werner Lexer und Hans-Jörg Prix, lieben Dank für die Recherchen von Hans Guggenberger, Pater Norbert M. Harm und Prior P. Silvio M. Bachorik in Maria Luggau.

Nachwort der Autorin

Seit über fünfzehn Jahren beschäftige ich mich als Autorin und Biografin mit den Lebensgeschichten und Lebenswerken von Zeitzeugen des Ersten und Zweiten Weltkrieges. Viele Dramen über Flucht und Verfolgung sind mir erzählt worden, aber über den katholischen Widerstand finden sich verhältnismäßig wenige Quellen in Kärnten. Die Memoiren von Dr. Georg Lexer (1922 – 2011) sind eine großartige Zusammenfassung dieses Themas und der Ereignisse vor und während des Ersten Weltkrieges, der Zwischenkriegszeit, dem Aufstreben des Nationalsozialismus sowie dessen tiefen Fall.

Was in meiner Tätigkeit als Biografin eine nicht unwesentliche Rolle spielt, ist der subjektive Erinnerungscharakter. Allein im Vergleich der Memoiren der beiden Brüder Georg (1987) und Wunibald Lexer (1995) gibt es kleine Abweichungen bei Örtlichkeiten oder die exakten Abläufe von Situationen, die zum Zeitpunkt ihrer Rückschau über vierzig Jahre zurückliegen. Aber: In wesentlichen Dingen stimmen sie überein – sie haben sich unauslöschlich ins Gehirn eingebrannt. Als Absicherung der subjektiven Sicht war es mir daher ein Anliegen, zusätzlich fundierte historische Texte abzubilden, die deren Berichte untermauern. Tatsächlich sind im Laufe der einjährigen Arbeit an diesem Buch noch zusätzliche Informationen aufgetaucht, die interessante Details einbrachten. Ganz persönlich gilt meine größte Bewunderung Ottilie Lexer, die ich als Mutter gut verstehen kann.

Die Personen in diesem Roman sind nicht erfunden, sondern haben tatsächlich gelebt. Historische Ereignisse sind recherchiert und in einer Form dargestellt, die es abseits des „trockenen“ Geschichtsbuches erlaubt, sich heute in Situationen hineinzufühlen und hinein zu denken, die viele Jahre zurückliegen. Wenige Dinge konnten nicht mehr nachgeprüft werden, weil es an Datenmaterial fehlt. Sie sind im Rahmen der Freiheit der Romanautorin und aus ihrer Erfahrung durch zahlreiche Zeitzeugeninterviews konstruiert worden. Aber: Sie hätten so passiert sein können.

Exkurse

Antifaschistische Freiheitsbewegung Österreichs

Die Antifaschistische Freiheitsbewegung Österreichs (AFÖ) war eine österreichische Widerstandsgruppe aus dem katholisch-konservativ-bürgerlichen Lager gegen das NS-Regime. Die Antifaschistische Freiheitsbewegung wurde 1941 in Kärnten durch den Priester Anton Granig und den Landtagsabgeordneten Karl Krumpl, beide aus Kärnten, sowie den Franziskanerkleriker Frater Benno OFM gegründet. Die Gruppe konstituierte sich Ende Februar 1942/Anfang März 1942 in der Wohnung von Anton Granig. Erster Aufruf war im Februar 1942:

„Kärntner, unsere Heimat ist in Not! Braune Verbrecher haben unsere Heimat verraten. Unsere Söhne bluten und fallen an den Fronten für ein braunes Verbrechertum. Die braunen Volksverräter sind daheim in warmen Ämtern und beuten das Volk aus. Kärntner, auf zur Tat! Hinaus mit den braunen Bonzen an die Front! Kärnten und unser Österreich müssen wieder frei werden vom preußischen Joch. Alle einig gegen die braunen Verbrecher! Es lebe Kärnten!"

Weitere Flugblattaktionen folgten; Sprengstoffanschläge gegen Eisenbahnbrücken und die Staatspolizei in Klagenfurt wurden in Erwägung gezogen.

Aktivisten waren unter anderem Eduard Pumpernig, Kapistran Pieller OFM, Angelus Steinwender OFM, Georg Kofler, Arthur Trattler, Anton Jaklitsch, Wenzel Primosch, Franz Bernthaler, Karl Wanner, Ernst Ortner und Otto Tiefenbrunner. Den Sympathisantenkreis bildeten unter anderem Arthur Schuschnigg (Bruder von Kurt Schuschnigg), Alois Karisch, späterer Landesrat in Kärnten, sowie der Erzbischof von Salzburg, Andreas Rohracher.

Am 6. 7. 1943 wurden einige Mitglieder der AFÖ von der Gestapo festgenommen, fast alle anderen bis Ende Sommer 1943. Im Prozess des Volksgerichtshofs am 11. 8. 1944 in Wien unter dem Vorsitz von Kurt Albrecht wurde die AFÖ zerschlagen, einige Mitglieder zum Tode oder in späteren Prozessen zu Zuchthaus verurteilt. Das Urteil lautete:

„Die Angeklagten [Eduard] Pumpernig, Dr. Granig, [Wenzel] Primosch, [Ernst] Ortner, [Karl] Krumpl, Dr. [Eduard] Steinwender und Dr. [Wilhelm] Pieller haben in den Jahren 1941–1943 vor allem in Kärnten eine Organisation mit habsburgisch-separatistischen Zielen ins Leben gerufen oder sich an diesen staatsfeindlichen Umtrieben als Mittäter beteiligt. Dabei haben Pumpernig, Dr. Granig, Primosch, Ortner, Dr. Steinwender und Dr. Pieller auch staatsfeindliche Aufrufe hergestellt oder verbreitet oder sonst sich für diese Arbeiten zur Verfügung gestellt."

Quelle: https://de.wikipedia.org/wiki/Antifaschistische_Freiheitsbewegung_%C3%96sterreichs (Zugriff: 10. 7. 2023)

Gründergeschichte der Serviten

Die sieben heiligen Väter gründeten im Jahr 1233 in Florenz den Orden der Diener Mariens – genannt Serviten. Alle sieben entstammten angesehenen Patrizierfamilien und waren als Kaufleute in der damals renommierten Handels- und Finanzmetropole Florenz tätig. Ihren Berufungsweg begannen sie in einer marianischen Laiengemeinschaft, der „Societas maior Dominae Nostrae". 1233 verließen sie, nicht ohne öffentliches Aufsehen, ihre weltlichen Verpflichtungen und zogen zunächst gemeinsam in ein Haus im Stadtteil Caffaggio, dem Ort, an dem sich heute die Servitenkirche und Basilika „Santissima Annunziata“ findet. Um 1247 zogen sie weiter auf den Monte Senario, einen einsamen Berggipfel bei Florenz. Der Monte Senario gilt seitdem als die Wiege des Servitenordens. Die Gebeine der Sieben, sie wurden dort bestattet, finden sich heute im Sieben-Väter-Schrein in einer Seitenkapelle der Basilika auf dem Monte Senario. 1888 wurden die Sieben, Bonfilius, Bonajunkta, Amideus, Manettus, Hugo, Sosteneus und Alexius, einmalig in der Kirchengeschichte, als Gründergruppe eines Ordens durch Papst Leo XIII. heiliggesprochen.

„In unserem Leben streben wir nach dem Ideal, Christus in seiner vollendeten Gestalt darzustellen. Daher werden unsere Beziehungen zu den Geschöpfen nur von Frieden, Barmherzigkeit, Gerechtigkeit und aufbauender Liebe getragen sein. Bei diesem Diensteinsatz soll die Gestalt Mariens zu Füßen des Kreuzes unser Leitbild sein. Da der Menschensohn noch immer in seinen Brüdern gekreuzigt ist, wollen wir, die Diener seiner Mutter, mit ihr zu Füßen der unzähligen Kreuze stehen, um Trost und erlösende Mitarbeit zu bringen. In unserer Hingabe an die immer größere Liebe werden wir Tag für Tag unser Kreuz auf uns nehmen. Eingedenk, daß wir nach den Worten gerichtet werden: ‚Ich war hungrig, und ihr habt mir zu essen gegeben ..., ich war nackt, und ihr habt mich bekleidet‘ (Mt 25,35-36), wollen wir auf unsere eigenen Interessen verzichten, um Jesus in seinem Erlösungswerk am Menschen zu folgen. Die Schöpfung liegt immer noch in Schmerz und Wehen. Doch das Bewusstsein, Träger jener Kräfte zu sein, die sie von der Knechtschaft der Verderbnis befreien, um sie in die Freiheit der Kinder Gottes zu führen, soll uns die Freude schenken, die Christus versprochen hat, und die niemand uns jemals nehmen kann.“

Quelle: Schlussworte aus den Statuten des Servitenordens, www.serviten.at

Biografien

Dr. Anton Granig (17. 9. 1901–15. 4. 1945)
wurde 1901 in Großkirchheim geboren, 1932 Priesterweihe, ab 1941 Direktor der St.-Josefs-Bruderschaft. Dr. Granig war eine der Schlüsselfiguren und geistiges Haupt der „Antifaschistischen Freiheitsbewegung Österreichs“ (AFÖ), einer Widerstandsgruppe, die sich in Granigs Wohnung 1942 konstituierte und der zwei weitere Priester, die Franziskanerpatres Kapistran Pieller und Angelus Steinwender, sowie Politiker wie der Landtagsabgeordnete Karl Krumpl und Beamte wie Anton Jaklitsch angehörten. Nach mehreren erfolgreichen Flugblattaktionen (die Flugblätter wurden größtenteils im Wiener Franziskanerkloster gedruckt und zum Teil durch Geldspenden von Bischof Rohracher finanziert) begann die AFÖ mit der Planung von Sprengstoffanschlägen gegen Eisenbahnbrücken. Im Frühsommer 1943 flog die Gruppe allerdings auf. Anton Granig wurde am 17. Juni 1943 verhaftet und nach Wien überstellt, in den Wochen darauf die AFÖ durch weitere Verhaftungen komplett zerschlagen. Am 11. August 1943 wurden Granig und die weiteren Hauptangeklagten wegen „staatsfeindlicher Umtriebe“ in einem Schauprozess vom Volksgerichtshof zum Tode verurteilt. Gnadengesuche von Bischof Rohracher als auch Altbischof Hefter blieben ungehört. Granig wurde am 5. April 1945 von Wien ins Gefängnis Stein an der Donau überstellt und dort gemeinsam mit 43 anderen Gefangenen am 15. April 1945 erschossen. An jenem Tag erreichte die Rote Armee St. Pölten und war somit nur mehr 30 Kilometer vom Gefängnis Stein entfernt.

Quelle: https://austria-forum.org/af/AustriaWiki/Anton_Granig

DDr. Josef Kadras (19. 3. 1893–24. 6. 1970)

Georg Lexer anlässlich des 100. Geburtstages von Generalvikar DDr. Kadras, in: Kleine Zeitung, 18. 3. 1993:

Ein furchtloser Kämpfer für Glauben und Freiheit

Der am 19. März 1893 in Grades geborene Generalvikar DDr. Josef Kadras wirkte als Priester in St. Paul, dann als Lehrer im Bundesgymnasium in Klagenfurt, er wurde 1923 zum fürstbischöflichen Sekretär berufen, 1940 zum Kanzler der Diözese, zwei Jahre später zum Generalvikar und 1967 zum Dompropst. Er starb am 24. Juni 1970. Klein von Gestalt, aber groß an Geist und Willenskraft, nötigten seine Haltung und seine Persönlichkeit auch politischen und weltanschaulichen Gegnern Respekt ab.

Eine der prägendsten Persönlichkeiten der Kirche Kärntens in unserem Jahrhundert, Generalvikar und Dompropst DDr. Josef Kadras, wurde am Josefitag vor hundert Jahren in der Marktgemeinde Grades geboren.

Sein mutiges und entschlossenes Wirken während der NS-Zeit, sein Widerstand gegen die Aussiedlung und Verhaftungen, die Hilfe für Flüchtlinge und Verfolgte und die Winterhilfe unmittelbar nach Kriegsende sind vielen Zeitzeugen noch in lebhafter Erinnerung. Generalvikar DDr. Josef Kadras war vor allem als Latein- und Griechischprofessor für viele Gymnasiasten der Inbegriff eines gerechten Lehrers, der von seinen Schülern eine Leistung verlangte, welche seinem Bemühen entsprach: streng, aber gerecht.

Die große Bewährung für Kadras kam mit dem Hereinbrechen der Tyrannei über unsere Heimat Österreich im März 1938. Als Lehrer wurde er sofort entlassen. Ab diesem Zeitpunkt wurde er für viele in unserem Lande zum Helfer in seelischer und materieller Not. Sein unerschrockenes und selbstloses Wirken als Priester fällt vor allem in diese

Zeit. 1939 resignierte Fürstbischof Dr. Hefter, Weihbischof Dr. Rohracher übernahm als Kapitelvikar die Leitung der Diözese Gurk, und Kadras wurde 1940 Kanzler des bischöflichen Ordinariates. In dieser Eigenschaft nahm er den Kampf auf gegen die Verfolgung und die kirchenfeindlichen Machenschaften der „braunen" Diktatur.

Gegen Willkür

Damals ahnte er noch nicht, daß er in wenigen Jahren einen Zweifrontenkrieg – nun auch gegen die Grausamkeit der kommunistischen Partisanen im Süden unseres Landes – werde führen müssen. Dieser Kampf gegen Partisanenwillkür und die Unduldsamkeit vieler Mitbürger in unserem Lande war mit dem Kriegsende noch nicht beendet.

Ein Aufruf der Partisanenregierung in Laibach forderte „Kadras tot oder lebendig."

Als Dr. Weimann Gestapochef in Kärnten wurde, begannen die gefährlichsten Zeiten für DDr. Kadras. Unerschrocken ging er zur Gestapo in die Burggasse, stets im Talar und mit einem höflichen „Grüß Gott". Er hat sicher nie ein „Heil Hitler" gesprochen.

Ein persönliches Erlebnis: Ich wurde im Sommer 1943 von der Gestapo verhaftet, DDr. Kadras wußte davon. Bei einer Einvernahme durch Weimann und Hitzler kam ein junger Gestapomann in den Vernehmungsraum. Nach zackigem Gruß: „Der Kadras ist draußen". Weimann: „Sagen Sie ihm, ich bin nicht da", darauf zu Hitzler: „Ich fühle mich ihm heute nicht gewachsen", der allmächtige Gestapochef kapitulierte vor der geistigen Überlegenheit, die in diesem körperlich unscheinbaren Manne wohnte.

Stiller Helfer

Die SS wollte das Marianum enteignen. Sofort hat Kadras dieses Gebäude an die Wehrmacht vermietet. Dies konnte er tun, da er so manchen stillen Helfer unter seinen damaligen Schülern hatte. Er war stets sehr gut informiert, konnte so auch den Angriffen der Machthaber klug ausweichen. Sein persönliches Verhalten machte Eindruck. Viele Dokumente seines Widerstandes gegen die herrschende Gewalt lassen seinen Geist erkennen und wurden vom Kapitelvikar Dr. Rohracher mitgetragen.

Der Protest gegen die Slowenenaussiedlung, gerichtet an höchste Staats- und Parteistellen am 16. April 1942, verhinderte eine drohende zweite Slowenenaussiedlung. Das Ordinariat wurde damals von der Gestapo einige Male durchsucht. Kadras gelang es, eine vernünftige und persönliche Gesprächsbasis zum damaligen Gauhauptmann Meinrad Natmessnig zu finden.

Lebensretter

Die war ein Schlüsselpunkt für viele humanitäre Aktivitäten, welche von Kadras initiiert wurden. So konnte er unter anderem am 5. Mai 1945 erreichen, daß acht zum Tode verurteilte Slowenen in die Freiheit gelassen wurden, da das Exekutionskommando am Kreuzbergl bereits auf diese Verurteilten wartete. Die Namen der damals freigelassenen: Josef Ausenig, Drago Gremek, Josef Jalolic, Josef Logar, Boris Misiar, Daniela Mrak, Anton Schuschu und Helene Tschass.

Bereits Anfang April kam Dechant Christian Koschir zum Herrn Kanzler und berichtete, daß Bischof Rožmann beim Einmarsch der Partisanen in Laibach ermordet werden sollte und bat für seine Rettung. Kanzler DDr. Kadras konnte den Bischof mit Hilfe des Pater Heinzel – später Rektor der Universität in Innsbruck – nach Klagenfurt bringen. Sein

Verdienst war es auch, daß Bischof Dr. Gregorius Rožmann sowie Bischof Šarić aus Sarajevo nicht den Titopartisanen übergeben wurden. Die Verhaftung der Bischöfe sollte an einem Montag im August 1947 erfolgen. Um 4 Uhr früh begleitete Kadras die Bischöfe mit je einem Sekretär durch die bischöfliche Gärtnerei zur Pischeldorferstraße, wo ein Jeep, gelenkt vom englischen Militärkaplan, wartete. Um 8 Uhr wurde das Ordinariat von einer englischen Einheit mit Panzern umstellt. Die Durchsuchung des Ordinariates nach den beiden Bischöfen blieb erfolglos: Zum selben Zeitpunkt wurden die Gesuchten auf dem Katschberg einem amerikanischen Feldgeistlichen übergeben.

Mutiges Herz

Diese Schilderung der Person von DDr. Josef Kadras ist weitgehend auf den Zeitraum der nationalsozialistischen Besetzung Österreichs begrenzt. Ich war in dieser Zeit selbst ein Betroffener und habe die Fürsorge und Hilfe unseres Onkel Pepi (wie wir ihn damals als Decknamen anredeten) erfahren. Vergelt's Gott unserem Helfer und Kämpfer für Österreichs Freiheit.

Generalvikar DDr. Kadras war ein gläubiger und bekennender Priester, ein begeisterter Österreicher, von überlegener Klugheit und unbeugsam in seinem Rechtsempfinden.

Das größte Kreuz, das er aber wohl tragen mußte, waren der offensichtliche Neid, die Mißgunst und die Angriffe von Gegnern, die mit geschlossenem Visier gegen ihn agitierten. Der mir gut bekannte Prälat Valentin Podgorc hat ausgesprochen, was viele wußten. DDr. Kadras hat sich in dieser Zeit und auch nachher bis zum äußersten gedemütigt. Er hat gebeten und beschworen, er eilte selbst in die Gefängnisse, auf die Gerichte. Er wurde wahrhaft der Schutzengel vieler Kärntner; aber auch der unterdrückten Slowenen. Vielen war und ist dieser Schutzengel unbekannt; darum muß der Dank derer, die darum wissen, laut sein.

DDr. Josef Kadras ist am 24. 6. 1970 im Alter von 77 Jahren gestorben, seine guten Werke gingen ihm voraus. Trotz aller persönlicher Verunglimpfungen hat er stets verziehen.

Eduard Pumpernig (9. 3. 1920–7. 4. 1992)

Nach dem Besuch der Volksschule absolvierte Eduard Pumpernig ein humanistisches Gymnasium, zunächst in Graz und später in Sankt Pölten. Nach der Matura begann er das Studium der Theologie. Als junger Mann war Pumpernig Gründungsmitglied der Antifaschistischen Freiheitsbewegung Österreichs, einer Widerstandsgruppe gegen den Nationalsozialismus. Am 23. Juli 1943 wurde Pumpernig in Wien von der Gestapo verhaftet. Nach seinem Prozess vor dem Volksgerichtshof am 11. August 1944 wurde Pumpernig zu 10 Jahren Haft im Zuchthaus verurteilt. 1945 wurde er befreit und kehrte in die Steiermark zurück. Durch die Kollaboration mit der Gestapo konnte er seine Haut retten, verriet aber die Namen mehrerer anderer Widerstandskämpfer, die zum Tode verurteilt wurden. Pumpernig gehörte 1945 zu den Gründungsmitgliedern der Steirischen Volkspartei. 1959 war er kurzzeitig Bezirksvorsteher-Stellvertreter des 6. Grazer Gemeindebezirks Jakomini. 1963 saß er für wenige Monate als ÖVP-Abgeordneter im Grazer Gemeinderat. Im November 1974 wurde Eduard Pumpernig in Wien als Mitglied des Bundesrats vereidigt. Er blieb dort bis Juni 1985 Bundesrat. Zuletzt übte er von Januar bis Juni 1985 die Funktion des Bundesratspräsidenten aus.

Quelle: https://de.wikipedia.org/wiki/Eduard_Pumpernig, Zugriff: 10. 7. 2023

Quellen und Literatur

Quellen:

Originalbriefverkehr zwischen Ottilie und Georg Lexer, geschrieben aus dem KZ Buchenwald bei Weimar (1938–1939).

Veränderungsmeldung KZ-Buchenwald bei Weimar, 2. August 1941.

Studentenausweis Georg Lexer Universität Straßburg, 1942.

Partezettel DDr. Josef Kadras, Priesterpersonalakt – Archiv der Diözese Gurk.

Original-Auszüge der Gerichtsprotokolle der Verhandlungen von Wunibald und Georg Lexer sowie Original-Todesanzeige Georg Lexer in: Lexer, Wunibald: Gelebt.Erlebt.Überlebt. Erinnerungen, wie sie mir das Leben schrieb, Klagenfurt, 1991.

Nachruf DDr. Josef Kadras, in: Kärntner Kirchenblatt 1970, Nr. 27, 3 – Archiv der Diözese Gurk.

Georg Lexer anlässlich des 100. Geburtstages von Generalvikar DDr. Kadras, in: Kleine Zeitung, 18. 3. 1993 – Archiv der Diözese Gurk.

Lexer, Georg: Memoiren (unveröffentlicht), Mai 1987.

Lexer, Wunibald: Gelebt. Erlebt. Überlebt. Erinnerungen, wie sie mir das Leben schrieb, Klagenfurt 1991.

Weiterführende Literatur:

Baum, Wilhelm: Granig, Anton. In: Biographisch-Bibliographisches Kirchenlexikon, Bd. 32, Nordhausen 2011.

Behrendt, Karl Philipp: Die Kriegschirurgie von 1939–1945 aus der Sicht der Beratenden Chirurgen des deutschen Heeres im Zweiten Weltkrieg, Diss., Freiburg 2003.

Berke, Hans: Buchenwald. Eine Erinnerung an Mörder, Salzburg 1946.

Danglmaier Nadja/ Koroschitz Werner, Nationalsozialismus in Kärnten: Opfer – Täter – Gegner, 3. Auflage, Innsbruck-Wien-Bozen 2021.

Ebner, Rebekka Marie: Kirchlicher Widerstand gegen das NS-Regime in Kärnten. Vorwissenschaftliche Arbeit. RG/ORG St. Ursula Klagenfurt, 2021.

Fräss-Ehrfeld, Claudia: Geschichte Kärntens 1918–1920: Abwehrkampf – Volksabstimmung Identitätssuche, Klagenfurt 2000.

Frankl Karl Heinz/ Tropper Peter: Kadras, Joseph, in: Erwin Gatz (Hg.), Die Bischöfe der deutschsprachigen Länder 1945–2001, Berlin 2002, 258.

Grimm, Kurt: Die Flucht. Erlebnisse eines Matrosenobergefreiten der Deutschen Kriegsmarine o. O. 2018.

Gstettner, Peter: Das KZ in der Lendorfer Kaserne vor den Toren der Stadt Klagenfurt. Ein Vorschlag zur Geschichtsaufarbeitung und Erinnerung, in: Justiz und Erinnerung, Nr. 4. (http://www.nachkriegsjustiz.at/prozesse/umgang/klagenfurt_geschichtsaufarbeitung_pg.php, Zugriff: 10. 7. 2023)

Hanisch, Ernst: Der lange Schatten des Staates. Österreichische Gesellschaftsgeschichte im 20. Jahrhundert, Wien 1994.

Kronthaler, Michaela: Dr. Anton Granig Mitbegründer der „Antifaschistischen Freiheitsbewegung Österreichs“, in: Bedrängte Kirche. Bedrängt – verfolgt – befreit, hg. v. Maximilian Liebmann/ Michaela Kronthaler (= Grazer Beiträge zur Theologiegeschichte und kirchlichen Zeitgeschichte 9), Graz 1995.

Dittmann, Ellen Magdalen: Der Chirurg Erich Lexer (1867–1937) Untersuchung zu seiner Person, seiner Wirkung und seinem Nachruhm, Heidelberg 2007.

Liebmann, Maximilian: Planungen und Aktionen der „Antifaschistischen Freiheitsbewegung Österreichs“ sowie die von einzelnen ihrer Anhänger. In: Kirche in Gesellschaft und Politik, hg. v. Michaela Kronthaler/ Rudolf Zinnhobler/ Dieter A. Binder, Graz 1999, S. 338–357.

Liebmann, Maximilian: Die Antifaschistische Freiheitsbewegung Österreichs, in: Geschichte u. Gegenwart 4, 1985.

Liebmann, Maximilian: Gelitten für Österreich. Christen und Patrioten in Verfolgung und Widerstand, Wien 1989.

Ludescher, Hans: Bratäpfel und Läusepulver. Geschichten aus der Kindheit, o. O. 1983.

Maurer, Hans-Joachim: Die Marineärztliche Akademie 1940–1945: kurzer Abriss ihrer Geschichte, in: Deutsches Schiffahrtsarchiv 26 (2003), 111–124.
Najemnik, Franz: Erinnerungen an den Widerstand gegen das NS-Regime in Kärnten: Gestapohaft, Partisanentätigkeit und Untergrundarbeit, Klagenfurt-Wien 2012.
Obernosterer, Engelbert: Mythos Lesachtal. Klagenfurt-Wien 2010.
Roth, Herlinde: Beiträge zum Widerstand gegen das NS-Regime in Kärnten 1938–1945, Diss., Wien 1985.
Steinwender, Leopold: Christus im Konzentrationslager. Wege der Gnade und des Opfers, Salzburg 1946.
Tropper, Peter: Kirche im Gau. Dokumente zur Situation der katholischen Kirche in Kärnten von 1938 bis 1945, Klagenfurt 1995.
Tropper, Peter: Anton Granig. In: Blutzeugen des Glaubens. Martyrologium des 20. Jahrhunderts, Bd. 3: Feldkirch, Innsbruck, Gurk, Salzburg, Wien 2000.
Valentin, Hellwig: Der Sonderfall. Kärntner Zeitgeschichte 1918-2004/08, Klagenfurt/Celovec – Ljubljana/Laibach – Wien/Dunaj, akt. u. erw. 2. Auflage 2009.
Wadl, Wilhelm: Das Jahr 1945 in Kärnten. Ein Überblick, Klagenfurt 1985.
Walzl, August: Zwangsarbeit in Kärnten im Zweiten Weltkrieg. Die Hintergründe eines Politischen Phänomens im Alpen-Adria-Raum, Klagenfurt 2001.
Wenzel, Edgar M.: So gingen die Kosaken durch die Hölle. Die grosse Dokumentation, Wien 1976.
Wadl, Wilhelm: Der Kaiser schickt Soldaten aus. ORF-Interview anlässlich 100 Jahre Ausbruch des Ersten Weltkriegs, 2014.

Internetquellen:

Austria Forum: Georg Lexer. https://austria-forum.org/af/Biographien/Lexer%2C_Georg
Austria Forum. Anton Granig: https://austria-forum.org/af/AustriaWiki/Anton_Granig

Antifaschistische Freiheitsbewegung Österreichs (mit zahlreichen Querverweisen): https://de.wikipedia.org/wiki/Antifaschistische_Freiheitsbewegung_%C3%96sterreichs

Danglmaier Nadja/ Stromberger Helge: Orte der nationalsozialistischen Gewalt in Klagenfurt. Auseinandersetzung mit Regionalgeschichte in Höherbildenden Schulen. https://www.erinnern.at/bundeslaender/kaernten/unterrichtsmaterial/FERTIG%20Teil%201.pdf

Garscha, Winfried: DÖW-Dokumentationsarchiv des österreichischen Widerstands, Folge 104, 2004 https://www.doew.at/cms/download/dlmms/167.pdf

Jurasek, Hubert: Dr. Georg Lexer, Widerstand und Flucht nach seiner Verhaftung. In: Der Freiheitskämpfer. Organ der Kämpfer für Österreichs Freiheit. 60. Jahrgang, Nummer 30, April 2010. http://www.oevp-kameradschaft.at/wp-content/uploads/2011/12/der_freiheitskaempfer_2010_63_30.pdf

Klösch, Christian: DÖW Dokumentationsarchiv des österreichischen Widerstands, Folge 182, 2007 – Publikation zum NS-Juliputsch im Kärntner Lavanttal des Führers heimliche Vasallen. Https://www.doew.at/cms/download/cniud/182.pdf

Maurer, Hans-Joachim: Die Marineärztliche Akademie 1940–1945: Kurzer Abriß ihrer Geschichte. Online unter: file:///C:/Users/sprin/OneDrive/Dokumente/Lexer%20Recherchen%20Roman/ssoar-dsa-2003-maurer-Die_Marinearztliche_Akademie_1940-1945_kurzer.pdf

ORF Kärnten: Österreich Bild am Sonntag anlässlich „70 Jahre Kärntner Abwehrkampf und Volksabstimmung 1920“, Sendedatum 7. Oktober 1990 Online verfügbar unter: https://tvthek.orf.at/history/Geschichte/10102589/70-Jahre-Kaerntner-Abwehrkampf/10307677

Pirker, Peter: „… DEN DRECK UNTERSCHREIB ICH NICHT!“ Anton Kutej, Štefan und Janko Messner – drei Entziehungsversuche aus der Wehrmacht. (o.J.) Online unter: http://www.peterpirker.at/media/file/10%20Pirker%20Messner%20Kutej.pdf

Pirker, Peter: Der Nationalsozialismus im Oberen Drautal, Aufstieg, Herrschaft, Opposition und Widerstand. Online seit 2013: http://www.aegide.at/files/files/Texte/Pirker_Der_Nationalsozialismus_im_Oberen_Drautal.pdf

Tropper (ed.), Peter G. Kirche im Gau; Dokumente zur Situation der katholischen Kirche in Kärnten von 1938 bis 1945. Mit einem Beitrag von Karl Heinz Frankl; Klagenfurt: Universitätsverlag Carinthia, 1995. https://www.kath-kirche-kaernten.at/dioezese/detail/C2639/blutzeugen_des_glaubens Kurzbiographien vgl.: Jan Mikrut (Hg.), Blutzeugen des Glaubens; Martyrologium des 20. Jahrhunderts; Bd 3. Diözesen: Feldkirchen, Innsbruck, Gurk, Salzburg, (Wien: Dom-Verlag, 2000, 143–209).

Süddeutsche Zeitung: Psychische Leiden im Ersten Weltkrieg. Hetzjagd auf angebliche Feiglinge, 2014. https://www.sueddeutsche.de/politik/psychische-leiden-im-ersten-weltkrieg-vom-schlachtfeld-in-die-hoelle-der-nervenaerzte-1.1871045-2

Schlussworte aus den Statuten des Servitenordens: www.serviten.at

Tessin, Georg: Verbände und Truppen der deutschen Wehrmacht und Waffen-SS im Zweiten Weltkrieg 1939–1945. https://www.bundesarchiv.de/downloads/Tessin/Bd_1_ocr.pdf

Valentin, Verena: Regionale Herkunftsprofile des Gurker Diözesanklerus 1858–1981. Fremde werden heimisch. https://netlibrary.aau.at/obvuklhs/download/pdf/2414649?originalFilename=true

Vorträge Friedrich Muckermanns in der Domkirche zu Klagenfurt vom 21. bis 23. November 1937. Carinthia, Klagenfurt, 1938 Online unter: https://portal.dnb.de/bookviewer/view/1032667214#page/10/mode/1up

Zitate Albert Schweitzer: https://albert-schweitzer-stiftung.de/ueber-uns/menschen/albert-schweitzer/zitate#Mitf%C3%BChlen%20und%20Miterleben

Alle Online-Zugriffe am 30. 7. 2023

Kommentar zum Titelbild vom Maler Brandy Brandstätter

Menschen, Klima und Pflanzenschutz waren mir schon in frühester Jugend ein wichtiges Anliegen.

Schon lange bevor sich Menschen auf die Straße klebten. In meinem Freundeskreis versuche ich es bei jeder Gelegenheit vorzuleben. (z. B. … steigt, trampelt nicht auf Gänseblümchen). Ja, und jetzt auch mit Hilfe meiner Malerei. Am Beispiel der Mohnblume, die durch ihr leuchtendes Rot nie zu übersehen ist. Schutzlos steht sie da mit ihren hauchzarten Blütenblättern. Wird umgemäht, ausgerissen und schafft es dann nicht mehr bis zur Vase.

In meiner Malerei hab ich versucht, sie mit Verteidigungsgegenständen aus ihrer Umgebung darzustellen, damit sie in Ruhe blühen und verblühen kann. Der Mohn steht auch als Symbol für die Gefallenen im Ersten Weltkrieg.

Graphic BRANDY Brandstätter GmbH
Bahnhofstraße 10, 9020 Klagenfurt
M +43 664 2030481
www.brandy.co.at

Ahnenreihe der Familie Lexer

Josef Lexer	geboren 1857, Bauer in Stabenthein, vlg. Bäcker
Georg Lexer	geboren 1888 in Stabenthein, gestorben 1941 im KZ Buchenwald in Weimar (GER)
Ottilie Lexer	geborene Puck, geboren 1893 in Klein St. Paul, gestorben 1944 in Klagenfurt
Georg Lexer, Dr.	geboren 1922 in Wieting, gestorben 2011 in Klagenfurt
Wunibald Lexer, Dr.	geboren 1923 in Liesing, gestorben 2005 in Klagenfurt
Georg Lexer, Dr.	geboren 1952 in Klagenfurt

Abkürzungsverzeichnis

AFÖ	Antifaschistische Freiheitsbewegung Österreich
KZ	Konzentrationslager
Gestapo	Geheime Staatspolizei
HJ	Hitlerjugend
NSDAP	Nationalsozialistische Deutsche Arbeiterpartei
SA	Sturmabteilung
SHS	Staat der Serben, Kroaten und Slowenen
SS	Schutzstaffel

Dr. Georg Lexer

Foto: Wolfgang Humer

Der 1952 in Klagenfurt geborene **Georg Lexer** entstammt einer Ärztefamilie. Der Chirurg war in mehreren Krankenanstalten in leitender Position und setzt sich seit Jahrzehnten für die präventive Medizin ein. Als begeisterter Wanderer und Naturliebhaber lebt er nun im Lesachtal und führt mit seiner Frau Andrea einen Biobauernhof mit Kärntner Brillenschafen. Er ist zu seinen familiären Wurzeln zurückgekehrt. Er ist Botschafter für Slow Food und Verfechter eines gesundheitsfördernden Lebensstils zur Vermeidung von Krankheiten.

www.peintnerhof.at